Gaea

GAEA

狼嚎

CITYFEAR 都市恐怖病 6

九把刀 著
Giddens

簡嘉誠 插畫

都市恐怖病 CITYFEAR 6

狼嚎

目錄

引言 05
英雄歐拉 07
變身 35
歷劫歸來 71
村長的故事 115

被保護者 133
巨斧 155
海門走了 193
賓奇篇 225
狄米特的影子 237
山王篇 285
海門歸來 321
尾聲 353
From 狼嚎 To 蟬堡 357
後記　從來就不是從眾的／九把刀 361

引言

惡魔盤據在萬人頭骨上，噬血的綠芒在夜空中飛舞，在漫天砲火中，恣意訕笑步入滅亡的舊時代。他們張開大嘴，將恐懼的毒素注入每個心靈，瘋狂烈焰在每個人的心中點燃、悶燒、灰白殆盡。

和平的寧靜早已被人們遺忘，正義的榮光不知墜落何處，不再被信任。

這個時代的人們只相信力量；只相信以暴制暴的強大力量，才能夠帶來短暫的曙光。

暴力凌駕倫理道德，暴力高踞在藝術上，暴力睥睨著歡樂笑顏；科學不再是爲了汲求宇宙奧祕，而是爲了獲取更蠻橫的暴力，收音機旁的耳朵再聽不到醉人的音符，只有教條式的勝利宣傳，宣傳著高人一等的暴力形式。

暴力才是這個時代唯一的眞理。

世界已經墮落。

黑暗的毒滲透到地心，億兆雙手掙扎在魔鬼的尖牙裡。

在最黑暗的時代，才有最燦爛的英雄。

英雄才擁有超越暴力的力量，一種正氣凜然的氣魄。

01 英雄歐拉

二次世界大戰末期．圍城柏林

「我一直相信會有這麼一天，我們會重新踏上歷史的轉捩點。」渥華趴在歐拉的腿上，看著屋頂下逐漸模糊的彎曲路燈，遠方的迫擊砲與機槍聲連綿不斷，從遠至近撕裂著這個城市。渥華感到腳底屋瓦震動，甚至還聞到嗆鼻的煙硝味。

熟悉的柏林已變成一座待宰的死城，家家戶戶緊閉門窗祈求英美聯軍早一步將坦克開進城門，甚至已爲美國大兵準備好乾淨的房舍與葡萄酒；但艾森豪已拒絕選擇性投降的哀饒，冰冷的事實敲響了日耳曼民族最後的喪鐘，烏雲已經遮蓋多日。

無論如何，滿城軍民都不願曾被他們逼入圍城絕境的蘇聯紅軍，踏著鐵靴、拿起刺槍搗破門窗，在柏林複製一場場曾在莫斯科城外上演過的姦淫擄掠，幾近彈盡援絕的武裝親衛隊與殘餘的陸軍部隊只好浴血奮戰，而捍注了氰酸鉀的自殺膠囊在一雙雙發抖的手中跳動。

「是的，惡魔的末日在我們進入法櫃的那一刻，就已經註定。」歐拉髒污的黑手慢慢蒙上渥華無神的眼珠。

「先走吧，英雄，剩下的歷史就交給我們了。」摩賽像巨熊高大壯碩的身子拔起，背上的粗糙黑毛掛著兩挺機關槍，胸肌上「1950's Reverse」的藍色刺青喘伏著。

「決戰時刻，把握。」渾身棕毛的蓋雅話一向很少，他的眼睛一直觀察著遠處街上不斷吆喝的蓋世太保，手腕上的四柄利刃閃耀銀光。

洛思緹、雅米茄、凱西靜靜看著歐拉，歐拉將插進屋脊上的雙斧掛回背上，將渥華放在即將進入黑夜的污濁天空下；一雙狼眼紅得可怕，全身的青毛豎起，有如無堅不摧的鋒利鎧甲。

「走吧。」歐拉說，看著蹲在地上嘔吐的法可。

長滿蒼白狼毛的法可抬起頭來，堅定地點點頭，這些日子以來他已學會什麼是勇氣。只可惜，法可還不明白自己握有多少勇氣的光芒，與力量。

「你是最重要的戰士。」每當法可陷入恐懼的倉皇猶疑時，就會想起歐拉勉勵他的這句話。歐拉的眼睛總像夕陽的落日，血紅卻充滿孤獨。

「走吧。」法可站起，提起一串沉甸甸的手榴彈。

一架轟炸機高空滑過，七個巨大的狼身躍起，隱沒在四面八方震耳欲聾的爆炸聲裡。

□

「報告元首，列車已經準備好了，隨時可以出發。」一名武裝親衛隊立正站好。在最後的時刻他依舊挺起胸膛、信心滿滿，因爲元首的戰略絕對高瞻遠矚，元首的祕密計畫一定能夠實現。

一個身材臃腫、鼻下留著小鬍子的禿頭男人點點頭，眼神深邃，看不出他心底作何打算，究竟想些什麼，到底有無反敗爲勝的「計畫」。

這位元首，當然就是蹂躪歐洲大陸、揮戈非洲、隔海與英國轟炸對決、突進蘇俄距克里姆林宮僅六十公里、興建集中營屠殺四百多萬猶太人的魔王——希特勒！

「爲了讓亞利安民族純正的血統統御世界，讓我們進入歷史上最光榮的大反擊吧。」希特勒面無喜色，斜眉看著站在兩旁的護士與親衛隊，還有表情肅穆的情婦艾娃，他們幾個小時前才在簡陋的防空洞中結婚。

希特勒攙著艾娃，與爲首的親衛隊隊長進入指揮總部的地下防空洞裡，身後還跟著二十六個全副武裝的親衛隊隊員。

地下防空洞儼然是個小型的指揮部，牆上還掛著釘滿敵我各部隊番號的地圖，親衛隊隊長單手拉開防空洞裡極爲沉重的岩門，十多個親衛隊隊員張大嘴巴，面露不可思議的欣羨神色。

那可是重達三百公斤的祕密岩門啊！

「王，核彈半小時後引爆，請進密穴等待毀滅性的勝利吧。」隊長神祕地笑。

王？

核彈？那是什麼東西？是元首的祕密武器？

「接下來的偉大歷史，就不是你們人類能夠參與的。」希特勒的瞳孔射出晶綠璧芒；剎那間，親衛隊忠貞的鮮血潑上地圖，慘叫聲迴盪在陰暗的地下室裡，至死還不明白自己爲何喪命。

剩下十一個親衛隊隊員舔舐著嘴角的鮮血，眼中也泛著一抹綠光；艾娃滿臉是血、陰森地靠在希特勒的肩上怪笑。希特勒卻依舊死板著一張臉，說：「席斯，核彈就交給你了，只許成功不許失敗。」

期。

「是的，王。」一名親衛隊隊員躬身領命。

再過半小時，人類的歷史將因柏林四周早已安置好的十顆核子彈，被震向毫無生命意義的空窗期。

那將是一個完全黑暗的時代。

□

祕密岩門的背後，是一條通往地下三百公尺密穴的天然大理石道，而密穴另一個出口則是柏林外郊的森林。但如此深不見底的密道，卻不見升降梯或機具，甚至連具鐵梯子都沒有。

希特勒跟艾娃看著地道，似乎相當滿意這樣的安排。這樣的地道才是最安全的設計。

此時蘇聯紅軍的砲火聲越來越近，坦克的履帶捲覆的嘎嘎聲似乎已來到柏林街上，希特勒嚴肅死板的臉上不禁露出難得的微笑。

來吧！來自俄國的雜種，你們都將成爲偉大帝國神力的見證。

此時希特勒頭頂上的地板突然一震，石灰塵埃抖落。親衛隊隊長臉色微變，心想：「俄國狗來得也未免太快，街上的武裝親衛隊幹什麼吃的？」

希特勒卻不擔心，因爲這個隱藏絕密的戰略地下室至少得花上三個鐘頭才能找到，那時候柏林早已變成人間煉獄。

希特勒攜手與艾娃縱身往密道裡跳下，像怪物食道的黑洞傳來沉悶的破空聲，親衛隊隊長久久才聽見極其細微的落地聲。

「走吧。」親衛隊隊長看著其他十個隊員，也要跟著跳進洞裡。

就在此時，位於另一個房間的地下室入口暗門轟然炸開。親衛隊隊長大吃一驚，大叫：「怎麼可能？」語畢，同十名親衛隊隊員掏出腰上手槍衝向入口，只見一頭巨大的人狼抱著兩挺機關槍蹲在炸裂的大洞旁，大叫：「去死吧！臭蝙蝠！」

子彈烽火流星般撲向臉色遽變的親衛隊，三名首當其衝、來不及閃躲的隊員立刻被銀頭子彈轟成冒火的碎片。

親衛隊隊長與其餘隊員及時閃避，貼在大理石門牆後，露出比鋼還要堅硬的尖牙，但誰都可以從他們的眼神中，感覺到一股無法置信的倉皇。

即使他們手中的槍火無法穿透人狼堅硬的尖毛鎧甲，他們也有身爲帝國核心武力的驕傲，吸血一族的精銳；但他們看見有對巨斧的影子映在牆上。

該不會是手持雙巨斧的青毛厲鬼……歐拉吧？親衛隊隊長不禁退後了一步。

「沒時間了，硬上！」抱著兩挺機關槍的摩賽大喊，歐拉手持雙斧踏上摩賽的背往前一躍，雙斧劈空斬落，鋼板強化的門牆豆腐般崩落，他隨即反手一揮將斧頭插進天花板，貼在上面。

門牆崩塌，摩賽手中的機關槍再起砲火，無所遁形的親衛隊趕緊飛向密穴洞口，但在銀火烈烈飛舞下，除了隊長來得及衝向密洞，其餘隊員全都浸淫在淒厲的尖叫聲中。

歐拉倒吊在天花板上，左手巨斧拔起一擲，化成一團旋風撲向正跳進密洞的隊長；隊長慘叫一聲，就這麼硬生生被巨斧釘在洞壁，四肢掙扎著、顫抖著，卻遲遲沒有因爲巨斧穿身而化成火焰碎片而更加地痛苦。

歐拉拔起右斧翻身跳下，摩賽扛起炙熱的機關槍走上前，而原本在樓上殿後的其他人也來到戰略地下室。

「我最喜歡看這支斧頭砍蝙蝠了。」歐拉毛茸茸的粗大黑手抓著親衛隊隊長的腦袋，用力一扭，血水炸在歐拉威嚴的臉上。

歐拉將隊長的頭顱往後一丟，蓋雅隨手銀刃一揮，頭顱頓時碎成零零星火。

「希特勒這隻笨吸血鬼一定沒想到核彈已被洛思緹給拆了。」凱西笑道：「倒要看看他還有什麼祕密武器。」

「還沒結束。」蓋雅冷冷說道，看著「傳說中可能出現的密道」。

膽小的法可拿起一串手榴彈，說：「不如我們丟炸彈下去，把他永遠埋起來吧。」

摩賽輕輕一巴掌拍向法可的後腦勺，看著深不見底的黑洞說：「膽小鬼，就算可以永遠把他埋起來，我也要揍他一頓先，沒人反對吧。」

歐拉將雙斧插回背上，靈動地躍入密道，雙臂撐住平滑的圓壁，說：「沒有親眼看希特勒的狗頭落地，誰也不能放心。」說完便雙手飛抓往下爬去，一會就隱沒在黑暗裡。

蓋雅按下手腕上的機關縮回銀刃，也跟著攀了下去。洛思緹、雅米茄、凱西跟隨其後；摩賽看著猶疑不決的法可，一把把他抓了起來放在背上；法可閉上眼睛，緊抓著巨塔般可靠的摩賽攀下密道。

「吱——」歐拉點燃照明棒，甩在地上。

在黑暗中與希特勒作戰，絕對不是明智之舉。

蓋雅按下機關，腕上彈出四柄銀刃，銀光森森映在臉上。

凱西右手握著點燃的照明棒，左手扛著一箱火藥。

雅米茄拿著大砍刀，緊張地東看西看，身邊的洛思緹老神在在咬著照明棒，把照明棒當雪茄抽，兩手拿著火焰槍，揹著沉重的壓縮瓦斯。

最後摩賽跟法可也落地；法可躲在摩賽背後，拿著兩枚手榴彈，鼓起胸膛嘗試讓自己看起來勇敢一點，但他握緊手榴彈的手微微顫抖，透露出對黑暗的恐懼。歐拉遙遙向法可點頭鼓勵，法可神經兮兮地點頭。

七隻狼人或伏或挺，圍成一個圓圈，觀察密道底下的環境。

初步看來，這是個極爲寬敞的下水道設計，四面牆壁成半圓弧狀，而中央近乎不起波瀾地躺著一條死水；河道寬約十公尺，一端封住，一端不知通往何處，還有四艘沒有木槳的小板舟停擺在河道上，儼然是個經由水路活動的藏匿路線。

歐拉心想：果然是河道，卻沒想到竟是如此靜乎死水，不用槳划或馬達推動根本無法在沒有自然流動的渠道上前進，沒帶馬達下來眞是失算了。

歐拉指了指小船，群狼於是靜靜登上板舟，撕斷繫住板舟的粗繩，巨掌撥弄寧靜的死水朝前方挺進。

歐拉獨自一船，蓋雅與雅米茄一船，摩賽跟法可一船，洛思緹跟凱西一船殿後，四艘板舟就靠著照明棒的一點光亮努力向前移動。可能的話，歐拉想盡量拉近與希特勒的距離再做突擊，但這樣的速度實在太緩慢了，他考慮是否要棄船，大夥沿半圓弧形的牆壁斜斜奔跑反而會快上許多。

正當歐拉想發出命令時，遠方隱隱有風雷之聲逼近，河面波瀾點點；歐拉從腰上拿出鋼琴線織成的魚網，將船划向偏方大叫：「不用藏聲了！希特勒正向我們打招呼呢！」

摩賽興奮地架起機關槍大叫：「好啊！幹你媽的！轟掉你的蝙蝠腦袋！」

凱西吐了吐舌頭，說：「看來，你要轟掉的蝙蝠腦袋成千上萬呢。」

隧道的遠方傳來轟轟之聲，正是上萬隻嗜血如命的毒蝙蝠振翅磨牙所發出的！

摩賽大吼：「咬得進我的肉裡才怪！」機關槍焰起，子彈颼颼擊向黑壓壓的隧道深處，遠方的蝙蝠一陣怪叫後，振翅風雷之聲戛然驟止，水道一片寂靜。

法可喃喃說道：「怎麼突然不見了？」

隧道寂靜得可怕，更可怕的是脫卻了聲音的不明敵人，舟板上的亮光卻變成極明顯的標靶，群狼好似航在死亡的龐然鯨魚肚裡。

小舟停下。

蓋雅警覺地看著四周水面，水面平靜無波，但狼的野性讓他嗅出水底下似乎藏著莫名的危險。

歐拉跟雅米茄有默契地看了彼此一眼，一人抓住魚網的一端；洛思緹打開火焰槍的開關，與凱西背對著背相貼；凱西一腳踩著火藥箱，拿起原本拿來當槳滑舟的圓盾與狼牙棒，凝神關注水面；

摩賽放下機關槍，從法可的腰上摘下一枚手榴彈，拉開保險扔進水裡。

法可趕緊閉上眼睛，一記沉重的悶響在深水裡炸開，數千數萬隻毒蝙蝠激射出水面，大肆張開利嘴，像一枚枚活動鑽刺襲擊狼群！

「開！」歐拉大吼，與雅米茄用力一扯寒鋒厲厲的魚網，鮮血在河面中爆開！歐拉縱身往左急躍，雅米茄往右飛跳，銳利的魚網飛舞在血雨中。獨自一人的蓋雅兩腳紋風不動、眼神寂然，雙臂利刃以最冷靜的超高速刺破數百蝙蝠肚腸。

洛思緹身上咬住十幾隻蝙蝠，手中噴出一千度的高熱火焰，壓制不斷衝出河面的蝙蝠，凱西揮舞盾牌與狼牙棒護住自己與洛思緹，法可大叫丟下手中榴彈。在河底釋放出的能量將四艘小舟震得微微上浮，摩賽哈哈大笑：「炸死你們！」出拳將十幾隻蝙蝠震碎，身上卻刺進二十隻瘋狂的小怪獸抓著、咬著。

正當群狼與數萬隻蝙蝠鏖戰正烈時，揮舞著狼牙棒的凱西突然被一陣黑暗包圍，在凱西還搞不清楚發生什麼事時，即永遠地被吞噬在混沌裡。

洛思緹尖叫跳開，對著身旁昂然站立的凱西……冒出血水肚腸的下半身大叫：「水裡還有別的怪物！」

「什麼怪物?!」雅米茄在圓壁上飛跑吼道，看著凱西的下身與盾牌摔進河裡，突然被異常的高速吸進河底。

「怪物！」法可尖聲，一張巨大黏稠的圓嘴在漫天蝙蝠的掩護下拔出河面，在法可的頭頂一公尺處橡皮般咧開三倍，有如發怒的伸縮吃人水管！

摩賽閃電一拳轟倒來不及躲開的法可，法可眼冒金星撲倒；摩賽自己趕緊往後摔逃，圓嘴一擊落空後立刻竄回河底。

□

「狗屎！哪來這麼大的水蛭？」摩賽罵道，趕忙爬起握緊兩挺機關槍盯緊附近的水面，所幸像瘋子亂咬的蝙蝠大量減少，視線稍微明朗；揮舞著魚網的歐拉與雅米茄也試圖捕捉怪物水蛭的身影。

洛思緹心神未定，與他生死之交的凱西在十五秒前，還像希臘英雄赫庫力司般神勇地揮舞狼牙棒叫囂；現在卻只剩下一箱火藥。

洛思緹大怒，雙手火焰槍直朝水裡狂射，歐拉大叫：「冷靜！找出怪物！」一手拉著魚網，一手自背後抽出令群魔喪膽的巨斧。

此刻，歐拉卻感到很不對勁，水道的另一頭突然出現點點星光，像螢火蟲疊疊飛向這裡。

原來如此……歐拉心想……

這樣的陣仗，果然是牽動億兆生靈的豪邁場面！

「大隻的蝙蝠來了！丟出照明棒！」歐拉大吼：「雅米茄跟我上！其餘人想辦法扯爛水蛭！」說完跟雅米茄將魚網丟給摩賽。

法可猛力擲出兩根照明棒，照明棒筆直飛向水道深邃又黑暗的一面，也照耀出敵人的可怖姿態……大隻的蝙蝠，就是飄浮在水面上，手持來福槍、眼睛閃爍著綠光的三十名祕密禁衛軍！

謹慎的雅米茄心中暗暗叫苦：「歐拉怎麼不多叫個幫手？」但歐拉對他的信任令他勇氣百倍，彷彿數百倍的力量也從天而降了；於是手上的大砍刀颳起壯士的寒風，與歐拉遠遠衝向閃耀的綠色青光。

雙方距離還有四百公尺！

「臭死的傢伙，嚐嚐。」禁衛軍士官冷笑，三十名妖異地盤旋在水面上的禁衛軍紛紛開火，來福槍的撞針擊發出高速旋轉的子彈；歐拉與雅米茄往旁躍開，但零星子彈仍鑽進他們刺蝟般的堅硬毛甲，血花醬開。

而禁衛軍卻不再開火，只是呆呆看著不知何時出現在他們眼前的巨斧。

神經緊繃中，巨斧彷彿靜止了。

轟！

兩名禁衛軍的身體被激烈的颶風爆碎；巨斧閃電迴旋，自背將士官攔腰炸掉後，立刻砍進隧道圓壁。禁衛軍好不容易反應過來時，一隻青毛大手再度拔起巨斧，躍上空中喊道：「歐拉歐拉歐拉歐拉歐拉歐拉歐拉歐拉歐拉！」

兩支巨斧在河道上空暴走抓狂！四個禁衛軍士兵剎那間飛裂成蒼白的星火；禁衛軍丟下來福槍向四周飛散，十指隨即快速長出鋒利的綠色指甲，以極快的飛行術合圍釘在隧道頂上的歐拉。歐拉一手撐起自己，一手以凌厲的防守與飛舞的爪牙激戰。

「喂！」雅米茄的大砍刀掄起，砍向一名齜牙咧嘴的禁衛軍士兵；禁衛軍士兵飛快閃避入水，

站在圓壁上的雅米茄舉刀擋住另一名士兵凌空刺下的堅硬指甲，一手解開掛在腰帶上的手榴彈拋入水中。轟地一聲，紅色的水底噴出一顆綠色的眼珠子和幾支帶血尖牙。

正當此時，法可拿起兩顆手榴彈大叫：「逼牠出來！射死牠！」手榴彈摔進河底炸開，四艘舟板被翻滾的水潮震得東倒西歪，一張掛滿堅硬細牙的巨嘴猛然拔出水面，襲擊仍在刺殺蝙蝠的蓋雅；蓋雅飛快後翻到拉思緹的舟板上，數十發子彈轟進水蛭瞬間巨幅擴大的圓嘴裡，水蛭吃痛縮進水裡。

摩賽大叫：「蓋雅！」說完將魚網拋向正收起腕上銀刃機關的蓋雅，蓋雅接過魚網與摩賽躍入充滿危險的黑水中。拉思緹往水裡噴出藍色火焰幫助照明，法可將背包裡的手電筒打開丟進水裡，抓著機關槍緊張地看著水面。

水底下兩名勇敢的狼人，正冒著生命危險捕捉也許是世界上最兇猛的水生巨獸，久久不見浮出水面。

而戰場的另一端，隧道的極黑暗處，兩根照明棒的亮光被十幾雙綠眼包圍，雅米茄靠著圓壁穩紮穩打，大砍刀銀光一閃，破入妖怪士兵的肚子，士兵痛苦地化成飛焰散去；但雅米茄綁在手腕上的照明棒卻被割落，眼前頓時一黑，只聽見筋肉被刺穿的聲音，雅米茄在劇痛中揮出砍刀，卻漸漸感到死期不遠。

唯一支持雅米茄堅持繼續凌亂揮出砍刀的，是在那頭頂上十公尺處，在一團漆黑中從未停歇的沉悶風聲。

歐拉的身上也負傷累累，畢竟對手擁有靈活的飛行術，又是護衛帝國元首的精銳，但歐拉巨斧的威力畢竟不負它所享的盛名，帶著煙硝味的斧風令敵眾不敢過分欺近。

歐拉的瞳孔放大，紅色的仇恨在視線裡流汨；是時候了。

歐拉低吼，左手拔出釘在圓壁頂的巨斧一翻倒立，腳掌利爪抓進斧痕裡，雙手巨斧往兩旁撐開！

眾士兵一見機不可失，個個朝歐拉周身漏洞攻去！

「鏘！」歐拉兩斧交擊，火光迸現，兩斧炸出奪目火焰，眾士兵在黑暗中極佔優勢的眼睛一時無法適應劇烈的光差而閉上，然後就再也張不開了。

「歐拉歐拉歐拉歐拉歐拉歐拉歐拉歐拉！」

□

兩團火焰飛舞，黑暗的隧道星火如雨，就像煙火一樣美麗。

有些人的故事，比煙火還要燦爛。

雅米茄看著煙火微笑，砍刀墜地，身體慢慢坐下，一根鋒利的指甲就要來到他的額上之際，一團火焰卻撲滅了邪惡的綠眼，砍進雅米茄身旁的硬石。

歐拉緣壁飛快爬下，拔起燃燒的巨斧蹲在雅米茄身旁，雅米茄身上的狼毛漸漸枯萎脫落，露出沒有血色的皮膚，沉重的責任也跟著煙消雲散。

歐拉撥開雅米茄原本的褐髮，看著他身爲人類的俊俏臉龐，嘆息：「雅米茄，你擁有猶太血液中最驕傲的部分，人類的歷史將以你爲傲。」

雅米茄無法開口，只是滿足地笑著，然後慢慢垂倒。

歐拉兩手舉起燃燒著火焰的巨斧站起，迴身大吼：「希特勒！出來！難道你在害怕？身爲吸血鬼帝王居然畏懼一群野獸？」

歐拉的聲音迴盪在吞噬光明的隧道裡，也喚起了在水中奮戰的摩賽與蓋雅。

摩賽大笑浮出水面，蓋雅隨後爬上板舟，兩人舉起滿佈殘餘肉塊的魚網，噁心肥大的恐怖水蛭顯然已經喪命。

蓋雅在小舟上伸手將摩賽拉出水面，法可這才注意到摩賽的雙腳膝下已經不見了！摩賽咬著牙與法可用舟板上的粗繩綁住大腿，避免繼續失血，一邊咒罵著水蛭如何刁鑽噁心。

「不要放棄啊！摩賽大哥。」法可看著摩賽痙攣的大腿，幾乎要哭了。

「誰要放棄了？管好你自己吧！」摩賽笑道，冷汗卻浸溼他的大手。

小舟慢慢往前滑行，歐拉看了死去的雅米茄一眼，飛跳回板舟上與拉思緹共船，拉思緹憤怒大叫：「希特勒！你很好奇爲什麼大地沒有震動哭嚎吧？告訴你！核彈已經被我給拆了！帝國的末日已經來臨了！紅軍坦克就要碾平整個柏林了！」

摩賽感到有些暈眩，但豪氣不減地扣下機關槍扳機朝遠處示威，直到水面再起波瀾……水面擾動，誰都可以感覺到遠方的水底下有龐然大物逼近。

怪物隆起，水花有如瀑布。

「不妙！」蓋雅按下機關，利刃彈出。

蓋雅的聲音有些寂寥；他一向冷酷而強悍，但他知道眼前將至的魔物，不是他手中八片利刃可以對付得了的，甚至還有種深深的遺憾……

難道，自己無法親眼看見歷史的卑劣禍胎終結嗎？

蓋雅並不祈求冒險的終點照耀著勝利的榮光與熱情的歡呼，但，至少也要掛起希特勒的腦袋吧？

「唔——唔——」

腥風撲面，二、三十隻更加龐大的怪物水蛭肆無忌憚地拔出水面，遠遠呼嘯游來，聲音震動直逼古代雷龍復生，肥大的身軀幾乎塞滿了整個下水道，一隻隻利嘴開闔囂張地吞吐河水。

摩賽在手掌上吐了一口水，說：「哪來這麼多的髒東西？希特勒眞的很不愛乾淨啊！養這什麼鬼東西！」法可的雙手卻開始發顫。

歐拉微笑，雙斧的火焰將他身上的青毛烤得捲曲焦黑，大叫：「好啊！原來吸血鬼帝王的眞面目是水蛭！那也無妨！」回過頭輕聲說道：「等他們再近一點。」

拉思緹放下火焰槍，看著凱西留下來的火藥箱。裡頭可是裝滿TNT的好東西，正是餵大魚的好飼料。

臭氣沖天！黏稠的體液疙瘩了整條水道！

「唔——吼唔——」怪物水蛭的血盆大口張開，向群舟衝來！

「現在！」歐拉大叫，拉思緹舉起沉重的火藥箱就要拋出，一管巨口卻毫無預警地自拉思緹身後翻出水面，一口將雙眼冒火的拉思緹與火藥箱吞進肚裡；歐拉快速迴身砍劈，水蛭受創怪叫一聲後即逃進水裡。

「肏！」摩賽趕緊用最後僅剩的子彈轟擊逼近的怪物水蛭，水蛭蠕動怪叫著，卻不斷被從後衝出的水蛭擠上前，法可將腰上剩下的七枚手榴彈一次拉開保險，朝幾乎來到眼前的怪物水蛭群擲去！

「撐住！」歐拉大喊，全身青毛豎起縮成一團。

炸開！

□

灼熱的血塊黏在水道圓壁上，發出令人作嘔的焦爛氣味；最靠近爆炸點的蓋雅被震進水裡，歐拉的耳朵也冒出血泡。

「快滾！」摩賽的機關槍繼續掃射發出悲鳴的受傷水蛭，水蛭負傷後不再戀戰，紛紛撲入水中逃逸，但鑽入水中後卻又立刻發瘋似地朝群狼攻擊，像是被強大的精神力量控制住似地。

歐拉與蓋雅索性跳上抓狂的水蛭，在水蛭黏滑的身軀上閃避尖牙利嘴；歐拉揮擊冒著火焰的巨斧，蓋雅的利刃流星飛梭；水蛭一一倒下，聲勢卻愈見兇猛。

「王八蛋！」摩賽哀號，因爲子彈已經用罄，法可與他的舟板卻被水蛭撐了起來，眼看就要摔進水裡。

歐拉瞥見法可與摩賽陷入絕境，急得大叫：「法可！要相信自己！」

這一分神，兩頭水蛭朝歐拉的前胸後背夾擊，令歐拉重心不穩跌進水裡，巨斧的火焰被黑水澆熄，藏在水裡的水蛭見獵心喜地撲向歐拉。

蓋雅毫不猶疑躍入水中，利刃插進來襲的水蛭，與歐拉泅水並肩作戰；法可與摩賽的板舟在空中被嚼碎，兩人眼看就要落入張大嘴巴的水蛭口裡。

「法可絕不能死掉！」歐拉心想，便要揮出手中巨斧截斷張口等待法可與摩賽落下的水蛭。

就在千鈞一刻之際，抱著摩賽的法可吼聲隆隆，雪白的狼毛底下暖暖發光，瞳孔白光隱隱生輝，沒有眼睛的水蛭依舊張大嘴巴興奮地等待食物落口。

歐拉手中已砍出的巨斧硬生生地拉回，等待法可身上的奇蹟誕生。

那個奇蹟，正是法可身在危機四伏的隧道的理由！正是這場歸零歷史之旅的唯一意義！

「啊——」

法可大叫，抱著摩賽墜入水蛭的嘴中，水蛭猛力一咬，數百顆掛在圓嘴上的利齒卻咬不進柔和的光暈，法可與摩賽立刻彈出水蛭的巨嘴，摔入水中。

摩賽興奮地在水中掙扎怪叫，渾身被柔光包圍的法可泅水抱著摩賽攀上板舟，舉起雙臂，充滿自信地大吼。

歐拉與蓋雅發覺水蛭不再咄咄逼人，於是在水中靜靜觀賞一頭美麗的白狼站在小板舟上，散射出流波似的和煦白光，十幾隻水蛭像是被催眠般不住點頭，然後闔起蠻橫的巨嘴緩緩沉入河中，完全忘記這場激烈的廝殺。

「你是對的。」蓋雅看著美麗的白狼嘆道。

歐拉點點頭，看著白光奇異地慢慢遍布整條隧道，疲憊的雙手似乎得到完全的休養，這場驚險旅程的終站終於得到最大的勝利籌碼。

隧道不再黑暗，也就不再危險重重。

操弄黑暗的君王無從隱藏，四頭驍勇善戰的狼人卻獲得了強大的自信。

「臭蝙蝠！你屠殺了四百多萬猶太人，卻偏偏漏掉你最畏懼的白狼啊！這眞是太諷刺了！」摩賽振臂狂呼，整個隧道都迴盪著豪邁的狼嚎。

一聲極其尖銳的哀號伴隨一陣漩渦式的陰風自隧道遠方颳來，令身處水中的歐拉與蓋雅寒毛直豎。

歐拉與蓋雅眼中紅光乍現，一齊踏上舟板盯著遠遠逆漂過來的船，歐拉右斧直豎在前，左斧橫握在後，雙膝微蹲沉靜以待；蓋雅站得筆直、雙手垂下，水滴自腕上彈簧刀尖落下，滴滴答答。

小舟上佇立著陰風的主人，黑暗的君王。

身著軍服的希特勒站在自動滑行的小舟船頭，臉色陰沉毫無笑顏，雖不見任何氣餒意味，眼神卻被濃濃的哀傷給盤據。

小舟的末端有件焦黃的乳白洋裝，上面還殘留著點點星火，洋裝的女主人已屈服在爬滿隧道的白光下，化成痛苦的烈焰。

希特勒一雙鷹眼盯著渾身流溢出靜謐白光的法可，雙拳緊握，憤怒令四周的水面沸騰冒泡。法可毫不畏懼看著希特勒。

這是他的使命；包括全人類的命運，祖先的誓約。

法可的雙瞳亮如白晝，白毛像海草悠悠擺動，厚實的毛底下激射出令人無法睜開眼睛的光芒！

□

地球上最光亮的地方就在這條地底隧道裡；法可，太陽的使者，身上的白光純淨無瑕照耀在希特勒的臉上，將希特勒的臉頰炙出一條條焦黑的傷口，掛滿勳章的軍服開始冒著黑煙，但希特勒的眼神卻益見陰狠。

「好好享受吧。」歐拉看著希特勒微笑。

「野獸，滾回森林吧！」希特勒大叫，青筋自脖子迅速爬到臉上，揪住兩隻青綠色眼珠，眼珠暴撐幾乎要射出，腳底下的小舟頓時碎成破木，水底黑氣大盛，沸騰的水花點點噴上圓壁。

希特勒雙手揚起，臉上的焦黑傷口綠光隱現、快速痊癒；身後一陣陣狂猛的氣流鑽進水底，驟然颱起十多個黑色的龍捲風向法可襲來！

法可一聲巨吼，光芒萬丈刺入凶神惡煞似的龍捲風內，龍捲風四分五裂化作數個大水塊摔落，但希特勒背後的惡風來勢越來越急，不斷鑽入水底颱起張牙舞爪的龍捲風攻向群狼，絞碎歐拉等人腳下的板舟，歐拉與蓋雅連忙跳上隧道邊緣閃避，摩賽抓緊法可的大腿在劇烈顛頗的小舟上大吼助陣。

希特勒不愧是震慄全歐的魔星，龍捲風挾帶狂風暴雨，淹沒了法可身上宛若朝日的光芒，摩賽大叫：「法可加油啊！」

隧道像進入十級颱風裡，鬼哭神號。

法可雙掌打開，兩團雞蛋大小的極光在雙掌中竄流跳動，身上的光芒更盛，像巨蟒般的光束朝四面八方捲來的龍捲風轟去，龍捲風一一碎開，但後面的龍捲風卻前仆後繼地旋來。

希特勒全身冒起黑氣，歐拉訝異地看見希特勒的眼珠子發出他從未見過的「顏色」，那顏色世間未有，絕不是光譜中的任何存在，那顏色令歐拉極爲不安，甚至莫明奇妙產生絕望的念頭。

那是吸血鬼王最強的武器——絕望的恐懼。

希特勒眼中的奇異顏色輻射散出，穿越法可四周奪目的光氣與龍捲風，撞入群狼的身軀，一向霸氣凌人的摩賽突然放聲大哭，大叫：「大家快逃啊！法可救救我呀！」

法可身軀顫抖，震撼大地的狼嚎慢慢歇止，光芒削弱不少，更顯龍捲風妖氣逼人。

冷靜超絕的蓋雅虎目含淚，站在這關鍵的歷史切口上，蓋雅深感自己的渺小與無助。

歐拉在暴風雨中突感灰心喪志，雙臂垂軟，似乎再也舉不起沉重的巨斧。

「希特勒竟然這麼可怕，我們原來是螳臂擋車！」摩賽心裡哀號，已無一絲戰意。

原本充滿自信的法可看著被黑暗蠶食鯨吞的隧道，看著希特勒凶神惡煞的眼神，不禁打了個哆嗦，身上金光頓時黯淡不少，趁隙而入的龍捲風撕咬著法可與摩賽的皮毛，血水濺上歐拉的臉。

歐拉猛然回神，這不是他烽火萬里後所企求的結局！

「蓋雅！」歐拉兇狠大吼，站在隧道對面的蓋雅驚醒，看著歐拉手持雙斧飛身劈向包圍法可與摩賽的龍捲風，雙斧大力輪轉，激發出可怕的迴旋力道，龍捲風霎時被巨力逆轉擺平，消失得無影無蹤。

這種巨力與堅強的意志力，只有歐拉才可能辦到！

希特勒張開滿嘴尖牙，手指著歐拉，十五道龍捲風朝歐拉身上密集奔去！

蓋雅手腕彈出寒芒，銀刺飛快釘著隧道圓頂、撟捷閃過怒吼的龍捲風，眼睛冷然盯著希特勒，躍下！

希特勒輕蔑一笑，蓋雅電光石火刺下！

但希特勒竟在眼前消失不見！

「碰！」

蓋雅撞上隧道壁，石屑紛飛，胸前肋骨斷折。

「歐拉歐拉歐拉歐拉歐拉！」

龍捲風碎散！

歐拉雙臂持平衝向希特勒，巨斧翻飛，掄起斷山裂河的氣勢將十五道龍捲風斬平，踏著奄奄一息的水花躍起大吼。

雙斧朝希特勒頂門斬落！

「轟！」

黑水爆開！

像兩枚炸彈投入水中，高聳的水柱炸上圓頂！

希特勒身上自肩至腰，裂出兩條交叉的綠色血縫，希特勒的臉部扭曲、憤怒地看著歐拉，鼻子赫赫噴出黑氣。

歐拉看著希特勒，一陣寒風吹過，歐拉全身焦黑的青毛像蝗蟲羽去，露出傷痕累累的人類皮膚，胸口穿了個巨大窟窿。

歐拉感到一陣暈眩，但雙手仍竭力抓著極其沉重的斧頭，漸漸沉入深不見底的河裡。

還沒結束……

「我還沒將希特勒砍成兩半呢……」歐拉嘴裡吐著泡泡，冒著濃烈的狼血。

希特勒痛苦大叫，身上的裂縫顫抖著綠色的光芒想運用魔力復元，但傷口癒合的速度卻很緩慢，龍捲風的力量也減弱了八成，甚至消逝成漫天水滴。

「怎麼……怎麼可能？」希特勒從未感受過恐懼的滋味，他的眼中依舊是剛剛那記遠勝青天霹靂的巨斧雷擊。

法可倒在摩賽的肚子上喘息，雙掌中的激光已化爲兩團白色的光焰。

「結束吧。」法可虛弱地拋出兩團亮如白晝的火焰，光焰飛向狼狽的希特勒，希特勒咬牙嘶吼，卻無力揚起任何颶風阻止即將毀滅他的烈焰。

但，命運倒向不可一世的大魔王。

光焰在距離希特勒不到一公尺的關鍵時刻，竟軟弱無力地墜入河裡，法可不禁懊悔地閉上眼睛，希特勒在痛苦掙扎中露出勝利的微笑，歷史永遠是站在強者的肩膀上啊！

只是，有個人還沒有放棄。

光焰落入河裡，緩緩沉入黑壓壓的冰冷世界，純白的光芒照耀著一雙黑色的眼眸，帶來了悲傷的消息……法可孤注一擲的最後努力也失敗了。

失卻狼身墜入河底的歐拉，現在只是脆弱瀕死的人類之軀，已無驚人的奇力舉起堪稱史上最狂暴的武器……

即便是力大無窮的摩賽，也只能勉強舉起其中一支巨斧，根本沒有第二隻狼人有能力自由操縱這威猛的沉重凶器。

更別提，只是一個人類罷了。

狼人無法操縱。

人類無法舉起。

但！

英雄可以！

「歷史站在我這邊！」希特勒慘白笑道，巨大的傷口逐漸癒合，黑色的龍捲風慢慢成形，法可眼中白光黯然。

此時，兩團光焰衝出水面撲向希特勒的面門，希特勒大駭，兩手掌心黑氣斗盛，抓住光焰往旁邊一扔，光焰登時在隧道壁上碎裂成點點星火，但希特勒的雙手也被光焰吞噬銷熔，無法忍受痛苦的慘叫聲迴盪在隧道裡。

法可的眼淚流出，摩賽瞪大雙眼，蓋雅的利刃撐起身子。

水柱拔起，一雙強而有力的手掙脫出水面，掄起傳說中能夠斬裂一切妖物的巨斧，兩隻比火焰熱烈萬倍的眸子，目不轉睛看著正在顫抖的大魔王。

「轟！」

英雄，總是強橫與歷史背道而馳的不朽人物。

英雄擁有超越力量的力量，與勇氣。

他在最黑暗的時代燃燒自己，綻放出無與倫比的動人光芒。

雙斧沉入河底，這一次，巨斧永遠地沉睡了。

但巨斧上的雙手卻牢牢握緊，不管多麼險惡。

歐拉從不懂放棄。

英雄與魔王，雙雙殞落在歷史無法記載的一頁。

那深藏在地底三百公尺的黑暗水道——

那最震撼人心的勇氣。

埋葬吧，巨斧。

但舉世無雙的勇氣，在世界面對強暴與專橫時，它將賦予一雙善良的大手，再次舉起劈斷歷史的英雄氣魄。

02 變身

這是一個關於友情的故事。

印象中，在那神祕的森林裡，最幽靜與最熱鬧同時存在，最安全與最危險一起呼吸，所有的矛盾與和諧叮叮咚咚跳躍在同樣的五線譜上。

春天來的時候，雀鳥飛到村子教堂上的咕咕鐘發愣，我坐在「不知道通到哪裡河」的河畔洗著腳，大聲唱歌。

夏日茂密的黑森林也藏不住陽光，青蛙傻瓜似一隻隻跳到山王的掌心，然後又一隻隻跳進「不知道通到哪裡河」裡。

秋風將黑森林掃成一片鵝黃，狄米特坐在鋪滿金黃的「不知道通到哪裡河」中的大石上，吹著幽幽陶笛。

冬夜的刺骨寒風將大熊、大蟒趕到不存在的洞穴裡，卻無法阻擋海門在冰冷的「不知道通到哪裡河」中敲擊碎冰。

這是一個關於友情的故事。

自始至終，我都這麼相信。

三十年後，巨斧村

「妳覺得海門這次眞的能贏摩賽爺爺嗎？」

狄米特的草帽蓋到了鼻子，眼神專注地看著海門袖口鼓起的肌肉。

「我怎麼知道？」我說，回頭揮打山王的手。我最討厭這些男生亂抓我的馬尾，要不是我媽堅持女孩子就該有女孩子的樣，我眞想把這棕色的馬尾巴給剪掉。

山王笑嘻嘻地看著我，說：「我賭海門，因爲海門要是贏的話，我們就可以把桌上的錢全都搬走了！」

木桌上的確堆滿了硬幣跟啤酒，村子裡的大人幾乎一面倒支持摩賽爺爺，我想這些大人一定不知道海門每天晚上都會到「不知道通到哪裡河」裡搬石頭練力氣，要不然他們絕對不敢小覷海門。

但，即使今年海門已經連續撂倒了八個大人進了總決賽，摩賽爺爺還是像平常那樣咧開大嘴，將全村最粗大的臂膀橫跨在劈開的樹輪上，看著滿身大汗的海門賊兮兮地笑。

摩賽爺爺同樣撂倒了七個大人、外加一個眼睛長在頭上的山王，但滿臉通紅的摩賽爺爺可是村子裡連續二十九年的「鋼鐵腕力」冠軍，今年如果再贏，我看等一會兒全村最盛大的「巨斧節」就要變成摩賽爺爺的三十連勝狂歡紀念日了。

「海門！我賭你贏！」山王大叫，將一枚銅板重重放在橡木桌上。

「我也是！」我豪氣地將兩枚銅板……這個星期所有的零用錢，用力地砸在桌上。

被巨大草帽蓋住半張臉的狄米特，湛藍的眼睛流露出默契一笑，兩手食指輕扣拇指，將手上的四枚銅板靈巧彈到橡木桌上，銅板滴溜溜地在桌上滑行，一齊撞上鐵鍊，發出清脆的金屬聲。

那可是狄米特爲了瑪格麗特姨媽家櫥窗裡那支長笛，存了兩個月的錢啊！

「喂，狄米特小子，我可不會同情你的長笛。」摩賽爺爺咯咯發笑。

狄米特聳聳肩，慵懶地靠在神采逼人的山王身上，漫不在乎地看著海門。

海門的樣子有些窘迫，他看著鐵鍊旁的七枚銅板不說話。海門的話一向很少。

「來吧！海門小子！」摩賽爺爺大叫，全村的男人大聲鼓譟拍手，將摩賽爺爺與海門圍了起來，啤酒香與汗臭、還有濃烈的興奮之情麻醉了空氣，我的胸口也感到一股灼熱。

海門點點頭，一言不發將樹桌上的鐵鍊纏套在手臂上，最後用力扯住叮噹作響的鐵環，鐵鍊不長，另一端的鐵環被摩賽爺爺緊緊抓住，兩個人各攥鐵鍊的兩端，各自深深吸了一口氣。

這是「巨斧村」獨特的力氣大賽，不同於一般的腕力較勁，雙方的手臂並不直接碰觸，而是以一條精鐵打造的粗鏈子纏住雙方手臂，雙方在橡木桌上互相拉扯，誰的拳頭先碰到桌上就贏了，這種決勝負的方式是爲了減少雙方體型的差異，特別是手臂粗細的差異所設計的。

摩賽爺爺的手臂特粗，而海門的手臂只有他的一半大。

「開始！」村長一掌拍向桌面，氣氛鼓動到最高點。

□

鐵鍊瞬間繃緊，我隱隱約約聽見金屬疲乏的喘息聲，還有海門牙齒沉默的咆哮聲。

喝——
嗚……嗚……

加油！摩賽老頭！
海門小子！別被老傢伙給看扁了！
加油啊！海門！
上啊——

動。

「加油！摩賽老頭！」

「摩賽三十連勝！不要輸給小孩子啊！」

「摩賽一定要贏啊！等一下全村可要遊行了！」

「海門小孩！別被老傢伙給看扁了！」

「撐下去啊！摩賽老頭的力氣會用完的！」

村人吆喝著、歡呼著，他們爲老當益壯的摩賽爺爺加油，卻也不禁爲海門奮鬥不懈的表情所感動。

全身顫抖、頭髮都快豎了起來，汗珠自海門的鼻頭滑落。摩賽爺爺的眼睛死盯著海門，但海門的眼睛始終沒有離開過村子中央的巨大岩塊。

傳說中那岩塊底下埋著兩把神祕的巨大斧頭，這也是村子爲什麼叫「巨斧村」，而不叫其他名字的原因。

只有在鋼鐵腕力比賽中掄元的英雄，才有資格以一己之力推開巨岩，在這一天揮舞傳說中那兩把巨斧向村人炫耀，至於有什麼好炫耀的我並不懂，但在一天到晚都在期待慶典的小村莊裡，一有風吹草動就會熱鬧起來，要弄巨大的斧頭一定可以會成爲慶典的最高潮。

但是，不管傳說中的巨斧是不是眞的存在，贏過大賽二十九次的摩賽爺爺卻未曾推開過巨岩，因爲摩賽爺爺的兩條腿在年輕時斷了，拄著拐杖的他面對高大的巨岩只能象徵性地推幾下。我看今年不管是誰贏了比賽，村人還是一樣見不著傳說中的巨斧。

「爲什麼不用繩子將巨岩綁住，全村的人一起將它拉倒就好了？」我記得這麼問過爸爸，爸爸卻也是一臉迷惑，只是說：「大概有它的原因吧？況且大家一齊將這麼重的東西弄倒，就爲了弄清楚裡面有沒有斧頭，這不是很奇怪又很費力嗎？」

其實，比起每年辦這麼耗費汗水跟時間的比賽來決定誰可以將巨岩推倒，大家一齊將這塊超級大石頭扳倒根本一點也不費力。

但摩賽爺爺跟海門卻對這件事認眞得不得了，摩賽爺爺對勝負很執著，而海門卻一直很想推倒巨岩；這就好像童話故事中，亞瑟王拔起眾人費盡力氣都無法撼動的石中劍那樣，揮舞巨岩底下的斧頭也帶著某種迷人的嚮往吧。

「加油啊！海門！」我大叫，海門的手掌卻距離桌面越來越遠，他的臉漲紅冒汗，十四歲的力氣逐漸放盡，卻不肯屈服在摩賽爺爺青筋暴露的巨腕下。

摩賽爺爺面露微笑，似乎頗有餘力，但我看得出摩賽爺爺灰色的眉毛之間透露出對失敗的恐懼。

這股對勝利的堅持，至少要持續到三十連勝的記錄締造後吧？摩賽爺爺的拳頭突然注入新的力量，海門的鐵鍊陡然上拉了一小截，看來勝負的關鍵時刻就要到了，全場安靜了下來。

「喔喔喔，可惡的摩賽爺爺。」山王吐吐舌頭，一隻胡蜂飛過山王黑色的髮稍，停在摩賽爺爺慢慢壓向桌面的拳頭上。

在眾人屏氣凝神的時刻，這隻胡蜂慢條斯理地將尾針刺進摩賽爺爺的指縫裡，摩賽爺爺吃痛，狠狠瞪著不知好歹的胡蜂，然後將拳頭「砰」一聲壓在橡樹桌上，

胡蜂快速溜走，摩賽爺爺在眾人的歡呼聲中哈哈大笑：「海門小子！你今年的力氣又長了不少

啊！明年再來！」

海門閉上眼睛，我也閉上了眼睛，我不敢看海門難過的表情。

「又輸給你了。」海門站了起來，懊喪地抱著頭；山王氣得跳腳，狄米特刻意將帽子壓低，我彷彿聽見狄米特心中那把長笛生出翅膀飛走的聲音。

「哈哈哈哈，如果你明年力氣再長一倍，老頭子說不定眞要讓位給你！」摩賽爺爺大笑，被眾人拋到半空中。

海門傻笑，他知道自己的力氣已經比去年長了一倍，只要再嚴格鍛鍊體魄，說不定明年自己的力氣眞能再長一倍。

儘管海門將我們四個小鬼的零用錢輸得一塌糊塗，但他馬上將這件事拋到腦後，在大家將啤酒灑在他的身上歡呼時，他也一股勁地笑，爽快接受啤酒的英雄禮讚，被村人拋到半空中。

海門就是這樣的人，不開心的事絕對沒辦法在他的身上逗留太久，儘管他爲了推倒巨岩整整等了三年。

但巨岩不會長腳，而海門的手臂卻會越來越粗。

故事，就像這塊凜凜生威的巨岩一樣，長在黑森林的中心，生了根，緊緊抓住整個村子，抓住四顆永遠相連的心。

□

村子「巨斧節」的最高潮就從摩賽爺爺扳倒海門的下一刻開始。眾人簇擁著摩賽爺爺來到巨岩旁，摩賽爺爺拄著拐杖，在海門欣羨的眼神下，哈哈大笑猛力拍擊像小山一樣大的巨岩。巨岩當然沒能倒下，但眾人可是很捧場地叫囂歡呼，連摩賽爺爺養的大狗丹丹也開心地繞著巨岩狂吠。

海門忍不住在一旁大喊：「摩賽爺爺，你認眞一點！我想知道我距離推倒巨岩還要多久？」

摩賽爺爺並沒有嘲笑人小志氣高的海門，他點點頭，深深吸了一口氣，坐在高高的椅子上，雙掌使盡全力揮擊巨岩，巨岩雖然一動不動，但摩賽爺爺毆打巨岩的聲音卻十分怕人，眞不愧是巨斧村第一力士。

「海門小子，看到了吧？想要推倒巨岩，光靠力氣是不夠的。」摩賽爺爺微笑道，他的胸口劇烈起伏，顯然已經很疲倦了，摩賽奶奶趕緊攙扶著他，拿出毛巾爲他拭汗。

「那還要什麼？」海門看著摩賽爺爺腫紅的雙手，說：「還要日日夜夜、刻苦鍛鍊的決心，對不對？」

「不對。」摩賽爺爺若有所思道：「有一種東西是沒有辦法鍛鍊出來的，希望你總有一天會懂，也希望你永遠沒有推開巨岩的一天。」

海門傻氣地看著摩賽爺爺，說：「沒有辦法鍛鍊出來的話，那我根本不能做什麼啊！懂了也沒用。」

摩賽爺爺哈哈大笑，但有些村人看見認眞的海門對推倒巨岩的執著，竟有種不快的眼神；不過摩賽爺爺爽朗的笑聲很快就將大家莫名奇妙的情緒沖散，不一會兒慶典中的啤酒將大人小孩個個都灌醉，所有人踉蹌地唱著詩歌，圍在夕陽下的營火旁。

「哇，從明天開始我們身上連一毛錢也沒有了，我們應該想點辦法打零工賺錢，暑假漫長得很。」山王看著營火說，營火映在他的臉上，深刻的輪廓上泛著紅光，鬈曲的黑髮裡藏著一隻好奇的蚱蜢。

儘管二次世界大戰已經結束了三十年，在德國的黑森林裡，這個以猶太人爲主的小村落仍是不可思議的存在。村口的教堂是這個猶太村馬馬虎虎的信仰中心，每天卻有不少人看著凹凸不平的巨岩發出敬畏的感嘆。

而山王是猶太拉比（老師）的獨子，也是村子裡的孩子王，每當憨厚的海門受到欺負，他總是挺身而出。

「對喔，我輸光了大家的錢。」海門突然想起來有這麼一回事，他恍然大悟的表情眞是欠揍。

海門是個孤兒，摩賽爺爺說他的爺爺曾經跟他一起並肩跟可惡的納粹作戰，勇敢戰死，只留下一個六歲的女兒，也就是海門的媽媽。但海門的爸媽在他八歲那年就生病死掉了，從此海門就住在同村的遠房親戚家裡，雖然他的力氣很大，但不懂事的小孩子總喜歡笑他沒爹沒娘，海門總是倔強地忍住眼淚，一個人走到「不知道通到哪裡河」畔的灌木叢裡號啕大哭。

摩賽爺爺一直很照顧他，常常請他喝啤酒，雖然啤酒對一個八歲的小孩子應該不怎麼好。

「我們去抓青蛙賣給史萊姆叔叔吧。」狄米特說：「要不然就進城裡，我可以在街頭吹陶笛賺小費。」

「得了吧，進城要花的錢可多著呢！」我冷冷說道：「而且我媽絕不可能答應的，如果你們敢丟下我就給我試試看！」

「女生。」狄米特哼了一聲，將寬大的草帽抱在胸前，打了個嗝。狄米特今晚喝了太多啤酒了，他說酒是音樂家的靈感泉源，他一定要學著喝。

狄米特跟我一樣都不是猶太人，他爸爸是瑞典來的中學教師，他媽媽則是比利時來的小學教師，彈得一手漂亮的風琴，在教堂裡爲聖歌伴奏，也是我們國小的老師。幸好他的爸爸不是我們的老師，因爲他爸爸實在是個嚴肅又無趣的男人。

狄米特是村子裡面最乾淨的男孩，眉清目秀的，一頭帶點淡棕色的金髮在巨斧村中格外受矚目，我想瑪麗跟約瑟芬都愛上了他，但他卻愛上了瑪格麗特阿姨家，樂器店櫥窗裡的那支長笛。長笛要價三十五個銅板，那可是筆大數目！所以今天下午狄米特毫不猶豫將身上僅有的積蓄通通押注在海門的手臂上。

我爸爸比我媽媽整整大了十歲，是個懶散的農夫；媽媽則是個愛唱歌的美女，兩個人在美國結婚後，居然因爲繼承了老姑媽在黑森林的一塊地而跑到這個小猶太村生活，兩人的生涯規劃未免也太隨性了。

四個十四歲的孩子，說小不小，說大卻絕不夠大。儘管大家的身上再翻不到一個銅板，但找不到邊際的黑森林，已經大到可以容納沒有銅幣的漫長暑假。

黑森林有太多太多神祕的傳說，還有太多太多非探險不可的古怪境地，也有太多太多適合午後酣睡的涼沁幽地。

我們看著搖曳的營火，暑假就要開始了。

□

「咚。」

一粒小石子輕輕地飛進窗戶的縫隙，帶著天空將明的藍色微光敲上我的床緣，沒發出一點多餘的聲音就將我吵醒。這是狄米特的拿手好戲，他打水漂的技術僅次於蓋雅爺爺，狄米特能夠在湖面上讓扁平的石子蜻蜓點水、濺出八個水波。

我趕緊起床，快速地換上粗布衣裳，套上草鞋後，躡手躡腳地將窗戶打開，月亮還掛在天上，但天空已經蛻去黑蛹，套上深藍的醬色，現在大概連史萊姆叔叔都還沒起床到牧場擠牛奶吧。

我往下一看，狄米特坐在我家庭院的籬笆上笑嘻嘻地看著我，山王則跪坐在三條守護菜園的狼犬前，伸出手大膽地撫摸牠們的頸子，三隻狼犬都撒嬌似地將頭埋在山王的懷裡親熱。眞是太不可靠的衛士。

海門穿著連身工作服，捲起袖子看著我，示意要我照以前那樣跳下。我點點頭，毫不猶豫就往下跳，海門像接高飛球一樣輕輕將我接住，再慢慢把我放下。海門從三年前就開始有力氣接住從二樓跳下的我，後來我慢慢長大，海門的力氣也慢慢跟上。

公雞還沒啼叫的這時，我們四個小鬼已經迫不及待要去森林深處探險了，這幾年來我們早已把方圓五公里探索完畢，爲了將我們的版圖擴張到「不知道通到哪裡河」下游八公里處，並且在天黑前趕回家，我們必須非常早出發。當然，除了不太有人管的海門，我們都已作好被父母痛揍一頓的準備。

「湯姆跟哈克呢？」我小聲問道，四人走在蛙叫蟲鳴的田園小徑上。

「狄米特連續丟了八顆石子，湯姆睡得很死，一點反應也沒有。」山王說道：「哈克昨晚病了，不知道幾天才會好。」

「今天還是我們四個啊。」狄米特笑笑。

「那你弟跟狄米特的妹妹呢？」我問。

「我弟年紀太小了啦，狄米特的妹妹更是不堪一擊，帶他們出來太危險了。」山王鄭重地說：「今天我們要挑戰的，可是相當危險的地帶啊！我還偷了我爸的短刀出來！」

男生就是喜歡吹牛，老是把探險遊玩說得險象環生，但我倒蠻喜歡這樣的氣氛，尤其是天未破曉的小路上，就算是平常熟悉的老地盤也顯得有點恐怖陌生，這些都令我感到心情飛揚，至少在我變成眞正的女人前，我希望能夠離「淑女」兩個字越遠越好。

穿過田園小徑，我們在最熟悉村莊野外的海門帶領下，快速通過偶有毒蛇穿梭、獵人陷阱零星暗佈的灌木林，來到前年夏天我們一起搭建的樹屋下，海門說：「我去拿乾糧。」說完便身手矯健地快速攀上樹屋，隨即背著四只布袋攀下。布袋裡裝的是我們三天來從晚餐跟午餐中暗自節省下的乾果與麵包，當作是今天所有的糧食，雖然沿途可能有野菜蔬果可以採集，但這畢竟太冒險了，也會太花時間。

山王掩不住內心的興奮，匆忙與狄米特將胡亂拼湊的「巨斧一號」拖出用雜草與石塊遮掩住的「船庫」，我們各自揹著乾糧，在瑩藍天空下伸出手掌交疊在一起，大家的眼珠子喜悅地溜滴滴打

轉，手掌往天空奮力一張後，我們完成了我們自稱爲古老相傳的出航勝利儀式。

山王率先跳進由六個大木桶與許多木板拼接而成的「巨斧一號」，暑假中最驚奇的冒險就此展開！

「今天一定要知道『不知道通往哪裡河』到底通到哪裡。」山王坐在船頭大聲吼道。

□

所謂的船頭，只不過是六個大木桶中位於最前端的一個。

這艘「船」的建材一共搜刮了摩賽爺爺的浴桶（也是最大的木桶，船長山王專用）、史萊姆叔叔的浴桶（副船長狄米特專用，在我的前

面）、弗洛姆外公的浴桶（我專用的）、村長的浴桶（海門專用的，在我的後面）、瑪沙阿姨用來裝雞飼料的木桶（山王偷的，救生艇甲）、還有布勞岱伯伯丟在教堂後面的破木桶（救生艇乙）。巨斧一號便是用粗繩與釘板將這六個大木桶繫在一起，再綁上三根長竹竿，套上窗簾與被單做成的風帆，就這麼大功告成。

四個勇敢的水手，便在高聲歌唱中順著水流與風，在逐漸稀釋於淡藍天空中的月亮下，向「不知道通往哪裡河」的下游邁進。

幸運的，我們只有十四歲，卻也可惜，我們只有十四歲。

「喂喂喂，我可是無論如何都要在天黑前回家啊，就算沒辦法知道它究竟通到哪裡也一樣。」我的態度堅硬。

「附議。」狄米特也說道，但他的臉上盡是笑意。

「我無所謂，就這麼航行五天五夜也沒問題。」海門咧開大嘴笑道。

狄米特拿起陶笛，將腳跨在木桶邊緣，舒舒服服地躺在木桶裡吹起自創的小曲子；天色逐漸清朗，昨晚睡得很不安穩的我深深打了個哈欠，趴在木桶上看著不疾不徐的河面，低聲跟著狄米特的曲子亂哼。

這條「不知道通到哪裡河」是村子裡的小孩子一齊取名的，這條河靠近村子的灌木林與沼澤都是村子小孩的勢力範圍，但像我們這樣策劃三個月沿河而下探險，恐怕是前所未有的壯舉，就算回家後會被揍到鼻青臉腫，這難忘的一天我們也可以跟其他的小孩子說嘴好幾年了！

「跨過『封印之樹』，我們就正式跨進未知的領域了。」山王指著一棵怪模怪樣的河畔大樹。

封印之樹是山王自己命名的，我們以前在河上練習操控巨斧一號時，最遠只來到過這裡。

我拿出蘋果啃著，海門拿著兩柄木槳悠閒划水，雖然他根本不須要划槳。山王拿著筆直的樹枝在船頭胡亂刺水，狄米特索性脫下鞋子，將兩隻腳丫子跨在桶子上，浸在沁涼的水中。

時間過得很慢很慢，大概過了一刻鐘，河邊的景色依舊變化不大，跟我們以往看到的差不了多少，只是河面寬了不少、湍急了些，我們在燦爛陽光下開始疲倦。

「你覺得這條河會通到哪裡啊？」我又打了個哈欠。

「通到幽冥之泉？魔狼之山？鬼哭岩？還是血殺島？」狄米特停下吹笛，煞有其事地說。這些都是我們小時候坐在草地上胡亂幻想的名字。

「我看是通到另一個村子。」海門大剌剌地將冒險的氣氛揍垮。

「該不會是女巫咒村吧？聽說那個村子裡住的都是專門吃小孩老二的女巫！」狄米特嘆息：「看來只有崔絲塔能夠平安無事回家。」

我笑了出來，狄米特眞是滿嘴胡說八道。

「吃小孩老二的女巫？」山王驕傲地說：「我跟海門一分鐘就將她們全都丟進河裡餵鱷魚！」

「白癡，這河裡沒有鱷魚。」我正經八百地說：「不過身長十公尺的超級大蟒蛇倒是有很多隻，鱷魚早就被吃光了。」

「胡扯。」海門歪著頭。

「還有翅膀完全打開時足足有一哩長的超級大鳥，牠一飛，半個黑森林就會颳起狂風暴雨！」躺在木桶中的狄米特憂心忡忡地說，我見了反而好笑。

「要是有那麼大的鳥，牠飛起來的時候我們早就看見了。」海門嗤之以鼻。

「狂風暴雨的時候你會出門嗎？你會死盯著天空看嗎？」狄米特憐憫地看著海門，海門一時無法辯駁。

山王哈哈大笑：「別擔心！那隻超級大鳥已經餓死了！因爲根本沒有足夠的東西餵飽牠啊！哈！哈哈哈！」

我們都笑了起來，這時河面驟然變窄，彎彎曲曲的河道旁，樹木突然變得高大，藤蔓也多了；不僅陽光變得疏疏落落，巨斧一號也失去了寬闊的順風，坐在船尾木桶划槳的海門手中的槳木沉重起來。

我注意到河水好像變得有點混濁。

「這樣比較涼快啊。」狄米特笑笑，他的招牌寬邊草帽將臉整個蓋住。

比較涼快？

「有點陰森啊。」山王皺著眉頭，假想著前方出現可怖的女巫，手中的樹枝像寶劍般砍落。

此時我瞥見狄米特泡在水中的腳踝，竟有兩隻水蛭噁心地吸附在上面。我喊道：「山王！幫狄米特把他腳上的水蛭拍掉啦！」

狄米特一聽大驚，簡直要翻落到河裡，山王無法瞄準水蛭，只好大叫：「不要亂動！我一劍就將牠揮掉！」

但狄米特依舊將船晃得劇烈搖擺，我緊緊抓著木桶大叫：「不要那麼膽小好不好！船都快翻了！」

「我沒翻啊！」倒栽蔥的狄米特大叫，兩隻腳拚命亂動。

「吼——不要亂翻啦！」站著的山王差點摔進河裡，一隻手扶著木桶，一隻手拿著樹枝往狄米特的腳踝一刺。

此時巨斧一號猛力翻動，海門大叫：「怪物！」

□

「怪物？」我尖叫，看著海門的身形拔起，拿著兩柄木槳緊張地看著黑黝黝的河面，此時巨斧一號反而平靜下來。

但除了幾片浮木外，我根本什麼也沒有看見。

「什麼怪物?!」山王神經兮兮地大叫，狄米特趕緊將身子翻正，顧不得腳踝上的水蛭，雙眼緊張地埋在大草帽下東顧西盼。

「我也看不清楚，總之是像蛇一樣的東西，很大！」海門認眞地說，語氣中仍透露出恐懼。

海門才剛說完，一道巨力撞上船底，繫住木桶的繩子慘然斷裂，六個木桶天旋地轉翻掉，我害怕地尖叫，沉入水底前我看見一隻又粗又大的黑色水管，它「張開大嘴」一口將用來當作救生挺的空木桶「咬碎」，天啊！

我在漆黑的水裡亂抓亂動，惶恐地往岸邊亂撥水，生怕自己被黑色水管給吃了，但泳技冠於全村女孩子的我居然因爲太緊張而身體僵硬，怎麼也搆不到岸。

「抓住！」

海門大吼，木槳擊入水中用力拍在我的身上，我沒多想就死命抓住，海門用力將木槳舉起，連人帶槳用力朝岸上一揮，我輕輕落在靠近河岸的淺水裡，我趕緊站了起來，將嘴裡的髒水咳出；看見海門站在載沉載浮的木桶上，雙手拿著剩下的一柄木槳朝黑色水管砸了下去，黑色水管居然張大嘴巴，露出亂七八糟的牙齒朝天低吼，隨即又沉入水底。

海門大吼大叫的，釋放著眾人極度恐懼的情緒，狄米特冷靜地坐在木桶裡觀察暫時平靜無波的水面，雙手慢慢撥水想要靠岸，山王不知何時已經溼淋淋地站在另一端靠岸的水中，手中不停拿著石塊丟進水裡，大叫：「你們兩個快上岸！快啊！」

我尖聲大叫：「逃到這裡！山王你也想辦法逃到這裡！」

海門將木槳伸到狄米特頭上，說道：「抓住！」

狄米特正要伸出手來時，黑色水管又衝出水面，將狄米特跟他的木桶拋到天空中，張大嘴巴等待著狄米特變成牠的盤中飧。

「可惡！」海門使勁全力將木槳轟進黑色水管滑膩的身軀，黑色水管吃痛，往旁用力一撞，將海門壓入水中，狄米特哇哇大叫落入水中，我與山王分別在河的兩端丟擲石塊掩護狄米特游到我這邊。

「快救海門！」狄米特叫道，快游到岸邊，但黑色水管並沒有吃掉海門，反而朝狄米特撲來，我嚇得腦中一片空白，拿著木槳衝到狄米特將要上岸的地方，大叫：「怪物在你後面！快！」

黑色水管在狄米特身後游動，山王不顧一切躍入水面，拿出綁在腳上的短刀游向黑色水管，海門則試著抱住跟他大腿一樣粗的怪物。

「離他遠一點！」山王惡狠狠地將短刀插入黑色水管的皮裡，海門在他身旁對黑色水管又踢又咬的，兩人一齊被瘋狂顫抖的黑色水管震開，但狄米特已經跟我安全地站在岸上。

海門與山王好不容易有了喘息空間，卻不敢再有任何動作。

我似乎可以感受到黑色水管的憤怒，牠的身上發出濃烈的惡臭，不知道眼珠長在哪裡的牠，此時彷彿正陰森地瞪著不敢亂動的山王與海門。

「喂，刀呢？」海門試著將腳搆到河底。

「插在牠身上了。」山王蒼白著臉。

黑色水管醞釀著吞吃天地的情緒，一動不動地泡在水面上，橫在我們四人中間。此時我也看清楚牠的樣子，全長大約四公尺，一個手掌寬，就像一條超級大水蛭！

「真是大冒險。」狄米特將我手中的木槳拿去，眉毛滴著水，一步步慢慢靠近大水蛭。

山王的胸口喘伏，海門的眼睛瞠大，不知道怎麼回事，我覺得陽光突然尖銳地刺進藤蔓密佈的樹林裡，照耀在髒髒的河道上。

大水蛭迅速鑽進水裡，海門大叫：「快閃！」

這時不可思議的事情發生了，兩條偌大的巨大蟒蛇突然穿過山王的脅下，朝大水蛭襲去，大水蛭好像也吃了一驚，隨即與不知道從哪裡跑出來的大蟒蛇撕咬在一起，山王趕緊與海門趁機衝上岸來，我們四個人立刻拔腿就往樹林裡跑。

□

「怎麼會出現大蟒蛇？」狄米特氣喘吁吁地說。

「問反了吧！那是什麼奇怪的怪物？長得真像水蛭！」我說，跨過一顆大石頭。

「兩條大蟒蛇對上一隻大水蛭，回去有得炫耀了！」山王顯得很興奮，他的情緒回復真是驚人得莫名其妙！

「剛剛揍輸那隻怪物，真不甘願！」海門生氣道，他的情緒反應更是天外飛來一筆！

胡亂奔跑後，我回頭看看大水蛭有沒有跟上，所幸並沒有那隻大水蛭的影子。

「大水蛭沒有跟上，休息一下吧！」我說，停了下來。

山王大字形摔在地上喘息，臉上猶自帶著滿足的笑容，狄米特一屁股坐在大石頭上，但他的草帽已經跟他說掰掰，他那頂招牌草帽在「不知道通到哪裡河」中漂流、繼續我們未完的探險旅程。狄米特看起來有些沮喪。

但最沮喪的是海門，他抓著自己的頭，苦著臉說：「要不是有那兩條大蟒蛇，我們早就死在河裡了。」

我安慰道：「不管是大水蛭還是大蟒蛇，我們都是牠們的食物，我們的味道引來了牠們，所以大蟒蛇會出現也不奇怪。」

山王閉上眼睛，一派輕鬆道：「說也奇怪，那兩隻大蟒蛇穿過我的脅下時，我覺得他們是來保護我們的。」

海門點點頭，說：「眞希望大蟒蛇打贏！」說完一拳打向大樹，像是洩恨似的。

我看著氣呼呼的海門，覺得他眞是有夠白癡，幹嘛因爲打不過大怪物生氣？

狄米特突然抬起頭來說道：「完了！我們要怎麼回去？」

我的心沉了下來。船已經爛掉了。

山王神采奕奕地坐了起來，說：「沿著河岸慢慢往回走，不可能迷路的。」

狄米特疑惑地看著山王，他一定也覺得山王很白癡，這樣沿著河岸往回走不知道要走多久啊！

我懊惱說道：「這下完蛋了，我一定會被禁足整個暑假的。」

山王吐吐舌頭，說：「那我看我們乾脆躲在森林裡，暑假結束後再回家好了。」

我氣得大叫：「不要！」

狄米特像幽魂似地看著我，說：「崔絲塔，妳的背包呢？」

我更火了，大叫：「被沖走了！」

我看著大家，除了冷靜的狄米特在慌亂中仍緊抓著背包以外，大家的食物都被河水沖走了，幸好大家之前都吃了點東西，不然後果不堪設想。

「我這裡有三條吃到一半的吐司，兩顆蘋果，十四顆糖果，一條巧克力。」狄米特打開背包，但吐司已經浸溼了，巧克力也變得有點怪模怪樣。

狄米特果斷地將吐司撕成好幾片，說：「趁它還能吃的時候把它吞一吞，我們需要力氣趕路。」

沒有人有異議，大家迅速將溼軟的吐司囫圇吞下後，海門選中了三根較堅實的樹枝用力扳斷，交給我們三人防身，他自己則拿著剩下的木槳。

山王爬到樹上居高觀察，說：「這地方離河岸有點距離，我們要緊緊貼著河岸走呢？還是要保持一段距離？」

我想了想，說：「先保持一點距離吧，我不想再看到大水蛭還是大蟒蛇。」

山王點點頭，眺望著河的上游，說：「也好，先在樹林裡走兩個小時，我們再緊緊貼著河吧。」

山王確認方向後，我們便快速朝河的上游走去，海門走在前頭揮舞木槳打草驚蛇，狄米特有一搭沒一搭地跟我聊天，山王則一個人沉浸在英雄式的氣氛裡，他正研擬著一份冗長兼誇大的講稿，準備說給全村人聽。

走著走著，耀眼的太陽令大家累得很快，狄米特跟我索性閉上嘴巴不再交談，山王的講稿卻從沒中斷過，真是精力過人。

「我肚子又餓了說。」海門的肚子咕嚕嚕地叫，他的黑色鬈髮長得可以綁成一條馬尾，讓失去能量的海門看起來更加沒精神。

不只是人高馬大的海門，這種趕路的方式令我們都餓壞了，但沿途卻沒看見什麼山菇野菜可以果腹。這件慘事大家都知道，卻同時不想提，這話題只會讓大家灰心得想哭吧。

但海門再度漫不經心地提醒大家這個噩耗，神經實在太大條了！

「去獵個什麼來吃啊！剛剛那幾隻大怪物都可以獵來吃啊！」我冷冷說道。

「我又打不過牠們。」海門低下頭來傻笑，看來他開始不在意打輸大怪物的事情了。

眞羨慕他這種個性，相信這個大笨蛋很快就會忘掉肚子餓這件事。

「拿去吧。」狄米特將怪模怪樣的巧克力遞給海門，海門不好意思地扳了一小塊塞在嘴裡。

「走到河邊吧，喝點水。」山王說：「渴死了。」

「好，順便抓幾條魚吃。」海門立刻精神抖擻。

於是我們聆聽水流的聲音，小心翼翼靠近河水，儘管河面看起來很平靜，但爲了安全起見，我們還是跟「不知道通到哪裡河」保持可以隨時拔腿就跑的距離，畢竟水蛭可以在路上行走，只是動作比較緩慢罷了。

海門大著膽子，拿著木槳走到河邊觀察有沒有魚可以抓，我們三人在一旁嚴加戒備。但這裡的魚都好小，不像巨斧村的河畔都是又肥又大的鮭魚，大家都等得很煩躁，最後四人匆匆下水，抓了幾隻小魚河蝦後便趕忙衝上河岸。

「烤來吃吧。」海門搔搔頭，熟練地用乾樹枝鑽木生火，大家將小魚小蝦串起來後，胡亂烤了一會兒便吃進肚子裡。

「還蠻好吃的。」我笑道，不禁佩服海門野炊的本事。海門常常一個人睡在樹屋裡，他的遠房親戚也不怎麼管他，不用上課的時候海門便在河邊練力氣，過著野人的生活。

「要擔心的，是我們要走多久才會到村子裡。」狄米特看著天空，說：「再過兩個小時就黃昏了，我想我們必須在外面過夜了。」

「哈哈哈哈哈……」山王開心極了，他好像完全不怕他那當拉比的老爸，滿腦子只想著如何將這趟旅程搞得更離奇。

「我們要儲備糧食，至少要能撐兩頓飯。」狄米特思索道：「累了就要休息，絕對不能在晚上趕路，太危險了。但有力氣趕路時，我們要走得快一點。」

「趁天還沒黑，我們再走一陣子吧。」海門說。

「注意有沒有吃的東西啊。」我說。

四個人又開始趕路，在越來越昏黃的陽光下沿著河岸，以近乎奔跑的速度朝巨斧村前進。

□

我們的體力都不錯，加上太陽的威力已經大大減弱，在近晚的微風中我們反而越走越快，沿途中眼尖的狄米特還用小石子試圖獵取一隻躲在草叢裡的野兔，但野兔即使被石子砸到了，還是機靈地逃得無影無蹤。

「怎麼辦？天要黑了。」我說，吃著狄米特分給大家的糖果。

「兩個蘋果，一人吃半顆，然後找個地方睡覺吧。」狄米特說。

「這麼早？」海門似乎走得很有興致。

「趁天還沒全黑，找個安全的地方佈置得舒服點，明天才有力氣趕路。」狄米特說，東張西望的。

大夥找了棵順眼的矮樹，矮樹當然距離「不知道通到哪裡河」頗遠，地面雖略微潮溼，但只要鋪上乾草與枯葉，勉強渡過一個晚上應該不會有問題。

雖然冒險旅程不小心延宕了，我爸媽現在應該很擔心，但我心裡卻有一股壓抑快樂的鬱悶感，山王坐在地上，更是難掩一臉的興奮，我們都爲這一場枝節橫生的旅程感到很滿足。

「枯葉還不夠啊。」海門搔搔頭，說：「這個時候哪有什麼枯葉？」

狄米特看著逐漸籠罩黑暗的樹林，說：「我們分開來蒐集枯枝跟枯葉，半個小時候再到這裡集合。」說完，狄米特將木槳用力插進地上，當作營地的標記。

我緊張地說：「不要，我們四個人都走在一起，比較不會走散。」

狄米特笑說：「怎麼可能走散？海門跟山王的鼻子都靈光得很，妳忘了？」

是啊，海門跟山王從小的視力跟嗅覺都很棒，我媽煮了什麼好吃的東西，他們很快就會來敲我家的門。

海門拉著我，說：「跟我在一起最安全了，我跟妳一組。」

我只好跟在最強壯的海門身後，亦步亦趨地撿拾枯枝，海門低著聲音跟我說：「我看看能不能抓到什麼兔子的，小聲一點喔。」

夜晚滿天星光，帶著泥土味道的樹林非常涼爽，在千萬種蟲鳴聲的催眠下，我甚至開始想睡了，也不管海門想獵野兔，我只想抱著一堆樹枝樹葉就回去集合，然後吃完半顆蘋果後就倒下大睡。

但海門卻突然停下腳步，迷迷糊糊的我一頭撞上他的背。

我狐疑地看著海門，海門的臉色卻緊繃著，似乎有什麼事不大對勁，我不敢作聲。

「？」我戳著海門的手臂詢問。

海門示意我不要亂動，他嚴肅的表情令我感到害怕。

我小心翼翼地觀察周遭的風吹草動，但我什麼也沒見到，只有黑黝黝的一片。

難道海門看見鬼了？我的心怦怦亂跳，死命抓著海門的手臂。

海門的鼻子抽動，將頭慢慢轉向左邊，我也跟著轉向左邊。左邊的樹叢裡隱隱約約有樹葉窸窸窣窣的聲音。

我的呼吸戛然停止。樹叢後埋著一個巨大的黑影。

還有一雙狠戾的黃色眼睛。

「啊！」我大叫：「快逃！」

海門抓著我，急道：「不要亂動！」

但來不及了，我已經拋下手中的枯葉樹枝往後就跑，而那碩大的黑影低吼一聲衝了過來，是一頭大黑熊！

傳說中黑森林的大黑熊！居然是眞的！

「別回頭！」海門大叫，但我還是回頭了；因爲海門的大叫越來越高，好像飛上了天。我不僅回頭，腳也僵住了；眼前的景象令我畢生難忘。

樹葉在我眼前凌亂墜落，海門碰一聲重重掉在地上，卻不忘用一種很痛的表情看著呆掉的我大吼：「快跑！我會料理牠！」

「吼——」黑熊站了起來狂吼，樹林裡驚鳥紛飛，海門憤怒站起，胸口衣服被撕裂，淌著鮮血與紅色爪痕，居然也跟著身長兩公尺半的大熊咆哮起來。

「走！」海門發瘋了。

「快逃！」我尖叫。

大黑熊一掌揮向海門，海門低頭閃過、閃電抓狂一擊，黑熊好像根本沒有感覺，反而暴衝將海門撞倒在地，一掌隨即要踩下，海門迅速彈起，哇哇大叫，一拳揍向大黑熊的臉；大黑熊憤怒咬下，海門的手臂頓時鮮血淋漓。海門眼中益加充滿火山爆發的野性，一腳往大黑熊的肚子踹去。一人一熊就這麼揉身混戰。

這時候的我，才感受到身爲女生，不，身爲人類的渺小。站在震撼大地的異種格鬥擂台旁，除了哭喊救命外，我眞的不知道該怎麼做。

此時，大黑熊往後躲開海門的戳眼攻擊後，突然氣勢驚人地衝向前，勁力無儔、颳起草屑與泥土。

□

「啊——」海門慘叫，被大黑熊以這千軍萬馬的力道一撞後，整個人再度飛了起來撞上大樹，我拿起地上的石頭，但大黑熊歪著頭狠狠地看了我一眼，我便整個人縮在地上哭泣，一動也不敢動。

「來啊！」海門大叫，站了起來，半個身體背對著大黑熊，氣喘吁吁。

鮮血染滿海門半張臉，我感覺到海門的身上正積聚著一種非常原始的魂魄，這魂魄狂野地在海門臉上的鮮血中嘶吼著，我竟被埋在鮮血裡那雙銳利的眼睛震懾住。

大黑熊的利爪摩擦地面塵土，暴衝上前，海門像鉛球選手一般，迴身一記上鉤拳悍然往大黑熊下顎一擊，大黑熊腳步頓住、眼睛瞪大，有些迷惘的神情，海門隨即高高跳了起來，手肘往大黑熊肥厚的脖子再來上一記！大黑熊被這沉重的攻擊揍倒在地！

「快逃！別打了！」我拾起石頭丟向趴倒在地的大黑熊。

但海門根本來不及逃，大黑熊便清醒過來，更加憤怒地將海門按倒，海門倒在地上死命抓著大黑熊逼近的猙獰利嘴，但大黑熊的口水卻滴在海門的臉上，我鼓起勇氣拿起大石塊衝上前，將大石塊砸向大黑熊的頭，大黑熊吃痛放開海門，便要向我衝來！

「臭熊！」海門冷冷站起，快速架著急衝向我的大黑熊的脖子，像摔角一樣將大黑熊硬生生摺倒！

轟！

大地震動！

海門拔地躍起，膝蓋猛力撞上大黑熊，沒想到大黑熊順勢將海門拋到半空，身手矯健的海門在半空中用力往樹上一撐，穩穩落下，對準黑熊的下顎又是充滿魄力的一拳！

但這次大黑熊咬著牙挺住海門這一拳，一鼓作氣將海門撞翻、連滾兩個觔斗，最後倒在地上；大黑熊想要上前對海門致命一擊時，身體卻歪歪斜斜地往旁跪倒，看來海門的上鉤拳終究還是發揮不小的作用，在大黑熊的體內炸裂。

海門渾身是血地倚著身後的大樹調節呼吸，但他的肋骨不知道斷了幾根，好像站不起來了；大黑熊搖搖頭，甩著舌頭，慢慢爬了起來。我簡直要昏倒。

大黑熊與海門雙眼對視，相互沒有欽佩之意，反而點燃了非要幹掉對方不可的戰意，我站在大黑熊的身後，像是不存在的幽靈。

大黑熊的鼻子噴氣，海門張開雙掌，指骨格格作響，露出打算在昏倒前將大黑熊的脖子扭斷似的眼神。

此時，比起這場人獸大戰更加不可思議的事發生了。

一個瘦小的身影慢慢從海門身後的大樹走出，全身顫抖地站在大黑熊跟海門的中間；是狄米特。

狄米特什麼也沒拿，就這麼雙手握拳，擺出拳擊手的架式，站在森林猛獸面前的他，眼神怯懦卻堅定。

「狄米特……」海門笑笑，滿臉是血的海門像個大傻瓜那樣地笑，渾然不知死神已一步步逼近。

「森林之王，請饒過我們。」狄米特說，聲音軟弱無力，褲管甚至流出尿水。

大黑熊殺紅了眼，完全沒有退開的意思，反而拔起身子仰天怒吼，眼看就要將他們倆人壓扁。

「走開！」狄米特大喊，毫不畏懼的聲音掩蓋了顫抖的雙腳，大黑熊瞇起眼睛。

我拾起地上的樹枝，眼前卻變得昏昏暗暗。眞不該有這趟冒險的！

「大家快逃！」

山王的聲音！

聲音由遠而近，山王拿著營地的木槳直奔而來，用力一跳！

大黑熊看著跳躍在半空的山王，有些錯愕。

山王的木槳擊落，大黑熊輕描淡寫一揮，將木槳撥開折斷，山王摔倒的刹那，大黑熊輕鬆地將左掌壓在山王的胸口，山王難受得無法出聲。

狄米特惶恐大喊：「崔絲塔，我引開大熊，妳一定要跟山王揹著海門躲起來！」

我點點頭，憎恨自己爲何如此恐懼。

此時星光好像變得有些刺眼，不，不是星光……

大黑熊腳底下慢慢「流出」白色的光芒，大黑熊嚇得趕緊挪開腳步，緊張地觀察那一團白光；

海門瞇著眼睛一臉不可置信，大概懷疑自己到了天堂了吧。

最吃驚的人莫過於山王了，因為那白光正是從他身上不斷流出來的！

我想我的嘴巴一定張得很大吧。

山王躺在地上，看著自己指縫間慢慢生出白色的細毛、鼻子往前伸長、嘴巴漸漸變大變寬，我甚至看見山王嘴裡的牙齒突然變得尖銳細長，身體在幾秒間膨脹得好厲害，輕易將衣服撐破！我的天！山王被森林裡的魔鬼附身了！

□

我摀著臉跪在地上，狄米特則嚇得嘔吐、昏厥了過去；海門極為出神地看著正在獸化的山王，一臉的呆樣。

最驚人的是，在白光像河水一樣，流動在靜謐空氣中的樹林裡時，原本處於瘋狂的大黑熊突然安靜下來，眼中的戾氣和緩了許多，甚至低下頭來不好意思地搔著癢，然後整隻熊都趴在地上，乞憐似看著渾身發出白光、不知所措的山王，最後居然在地上打起滾來，露出最沒有防備的肚子玩耍。

「這是怎麼一回事？」山王好奇地打量著自己，恐慌的聲音中夾帶著沒來由的喜悅。

我哭道：「你變成一頭怪物了啦！」

山王看著我，此時的他已經變成了「牠」，一頭身體比例極像人類的白色野狼……這該不會是村子孩子們間流傳的、從未間斷過的、恐怖到了極點的……狼人吧?!根本就是狼人!

「怪物?」山王看著海門，似乎不大明白我話中的意思。

海門咧開嘴發呆，眼神好像沉到井底一去不返的小石子。

「好舒服。」山王，不，白色的大野狼這麼說道，慢慢地站了起來，俯視著露出肚子在地上打滾的大黑熊。此時的白色大野狼居然有兩個山王這麼高！

大黑熊閉上眼睛，溫馴地等待著什麼。

白色的大野狼就像山王平日撫慰我家的大狼狗那樣，彎下腰來，溫柔地摸摸大黑熊的肚子，揉揉牠肚子上的肥肉。大黑熊在白光的環繞下滿足地站了起來，點點頭，神情愉快地漫步離去，消失在樹林的盡頭。

我鬆了一口氣，但看見山王搖搖晃晃的白色尾巴時，心情委實糟糕透頂。

山王退化成一頭白溜溜的大野狼，甚至還是隻會發電放光的大野狼，這下子怎麼辦?「可露辛阿姨，對不起，你的兒子變成了一頭白色的大野狼，我也沒辦法，不過牠還會講話，還是讓牠自己跟妳解釋吧。」這種話我是絕對說不出口的！

正當我幾乎要放棄意識、昏死過去時，在樹林裡流竄的白色光芒迅速稀釋在空氣中，就像成群的螢火蟲突然約定好集體死去般溶解在黑暗裡；白光的主人，大野狼，也正狐疑地看著自己身上的白毛像退潮般縮回毛細孔內，尖銳的不正常的牙齒不知何時隱沒在逐漸變小的狼嘴，身高也慢慢拉回，一切都像時光倒流般，令人錯愕的大野狼就在奇異的節奏下褪去野獸的特質，以濃縮千萬年的高效率演化成人。

演化成山王。

演化成一個光不溜丟的山王。

「眞是太屌了！」山王看著自己一絲不掛的裸體，讚歎著魔鬼附體的神奇。

「哇——」我哭了。

這一切都太亂七八糟、太莫名其妙了！

「我剛剛變成了一頭狼了?是不是？」山王高興地大吼大叫。

「快把衣服穿起來！」我怒吼著，山王哈哈大笑，傷勢頗重的海門也捧腹大笑，可憐的狄米特依舊在尿水與鼻涕中作著噩夢。

這就是故事的開始。

在深邃的神祕黑森林裡，山王化身爲白狼。

在充滿危險的大樹下，狄米特緊緊握拳，既恐懼、又絕不讓步地，站在海門與黑熊中間。

多年以後的深夜裡，我常常躺在草地上，閉上眼睛，享受著。

享受著十四歲那年，那一段膽小與勇氣交互矛盾的童年故事。

03 歷劫歸來

今天，永誌難忘的一天。

先是變種大水蛭，再來是兩條粗如腰身的蟒蛇，然後大黑熊也出現了，更恐怖的莫過於我的好朋友著了魔、卻又沾沾自喜，離奇的夜晚不知道結束了沒？如果現在星空突然出現一頭噴火龍用德語大聲唸著聖經，我好像也可以習慣？

海門躺在臉色蒼白的狄米特腿上呼呼大睡，他受的傷要是移到我身上，我絕對須要躺在床上半年；就算是史萊姆叔叔家那頭大乳牛受了這樣的傷，恐怕也要呻吟大半個月，但海門只是簡單地將傷口用河水擦拭乾淨，此時鼾聲聽起來卻雄健有力。

枯樹枝堆冒著星星餘火，我抱著膝蓋坐在矮樹下，半睜著眼看著用一大堆樹葉遮蓋身體的山王。

「你可不可以停止傻笑了？」我說，聲音帶著微怒。

「哈。」山王吃吃笑著，閉上眼睛躺在地上。

狄米特擔憂地看著樹叢遠方的大黑熊，大黑熊蜷在地上，背對著我們打鼾，牠的身邊還有兩隻正在嬉鬧的小黑熊。兩隻模樣兇猛的貓頭鷹駐足在我頭頂的樹枝上，監視著藏在森林裡的一舉一動，好像是我們的專屬守衛。

「快睡覺吧，牠們不會傷害我們的。」山王翻了個身，好不容易堆起來的樹葉又散掉，渾身赤裸地縮在地上。

「你怎麼知道？」我說，看著山王紅咚咚的屁股。

「我就是知道。」山王愉快地說。

自從山王從人退化成野狼，又從野狼進化成人後的這一個多小時來，我們三人一邊處理海門亂七八糟的傷口，一邊追問山王究竟發生了什麼事；但如我所料，山王也對發生在自己身上的恐怖變化一無所知，他只說變化成狼的時候，四肢百骸都充滿了綿綿不絕的「能量」，這能量穿過他的毛細孔散發出來，不僅讓他像嗑藥般通體舒暢，還讓他產生嚴重的幻覺。

「在那個時候，我好像變成地球的中心。」山王信誓旦旦地說。

「地心？」狄米特搓揉著自己的太陽穴，神色迷惘。

「不，不是！」山王滿臉「你們絕對無法理解」的欠揍表情，說：「我彷彿能夠跟全宇宙溝通，大地萬物、山禽走獸、甚至一草一木，我好像擁有他們內心的語言，整個森林都要聽命於我似的。」

「這麼厲害？」我冷冷地說。但山王變成大野狼卻是不爭的事實。

兩隻小黑熊蹣跚地走了過來，我與狄米特手握著手，木然地看著其中一隻小黑熊溫馴地抱著赤裸的山王，舔舐著山王的背肌。

「牠們是來幫我們取暖的。」山王摸著小黑熊柔軟的棕毛，安詳地睡著。

我看著可愛的小黑熊，小黑熊撒嬌似在地上打滾，模樣真是可愛無比！我忍不住學著山王變成白色野狼後的動作，用手輕輕揉著小黑熊的大肚子，小黑熊舒服地鼻孔噴氣，四腳朝天躺在我身旁。

「眞是怪事喔？」我看著狄米特笑著，狄米特聳聳肩，似乎還在頭暈，說：「看來眞的沒有危險。」

我抱著倒地投降的小黑熊舒舒服服地睡著，夜晚的森林雖然有點溼冷，但黑熊的體溫卻溫暖著大家。直到清晨的陽光與露水將我喚醒。

「要趕路了！」山王大聲喊道。

我揉揉雙眼，其他人早醒了，而山王依舊赤著身子，難道他打算就這麼回家嗎？

我的身旁堆了十幾顆山梨，狄米特說：「這是黑熊拿來給我們吃的。」

渾身傷痕的海門認眞道：「那是我的醫藥費。」

山王朝著遠方揮揮手，肇事的大黑熊和兩隻小黑熊高興地站起身子大叫，海門振臂大吼：「下次一定打贏你！」

大黑熊斜眼看著海門，鼻孔輕蔑地噴氣，氣得海門滿臉通紅。

「別這樣，以十四歲的小孩來說，你也算是一隻怪物。」狄米特拍著海門的肩膀安慰道。

我們就這麼與森林之王告別，趁著清晨涼爽的好天氣趕路回家。

□

海門的傷勢頗重，他左邊的肋骨斷了兩根，腹部黑色的瘀青一大片，手臂暗紅色的抓痕累累，臉上右頰骨斷裂瘀血，所幸他的雙腳沒事，只是腳步較平日慢了不少，狄米特與山王輪流攙扶他趕路，我咬著鮮美的山梨，腳步輕快走在最前面。

也因爲海門覺得他的傷勢似乎沒有想像中嚴重，所以我們並沒有一味地往前邁進；上午我們順著河水、遇到美麗的幽谷時便休憩了好一會兒，大家將山梨痛快地吃了一半，而山王變成大野狼這靈異事件也在堪稱愉快的氣氛中轉了個彎。

「山王，你現在還會不會有奇怪的感覺啊？」我問，踢著小石子。

「奇怪的感覺？」山王歪著頭想了想，說：「什麼奇怪的感覺？」

「就是你的皮膚底下還會不會有……想射出光的感覺？」我笑著。不知道是不是因爲山王是我好友的關係，他即使變成一隻大野狼，我也不感到害怕；彷彿很篤定山王永遠不會傷害我似的。

「沒有啊，很正常。」山王神情愉快地說。山王將被身體撐破的破衣服胡亂捲成一條長布，綁在腰上勉強遮住那話兒，甚是滑稽。

「我覺得昨晚是山神出現，藉著你的身體保護我們。」狄米特說。

「我倒不覺得，不騙你們，我眞的感覺到自己跟以前不一樣了。」山王信誓旦旦地說：「我感覺到自己跟大自然好像合而爲一了，就好像呼風喚雨的森林之神。」

我、海門、狄米特都笑了出來。

不過山王從小就跟動物很投契，這倒是千眞萬確。山王八歲時第一次看見我家那三隻兇猛的大狼狗，就笑嘻嘻地將牠們按倒在地玩耍，而每次缺零用錢時，山王總是能不費吹灰之力就令許多田蛙自動跳進網子裡，賣給史萊姆叔叔換點銅板。印象最深的，莫過於三年前海門被村子裡的小孩子丟石頭圍攻、取笑時，山王居然生氣地捧著胡蜂巢大叫：「快去幫我的朋友！」胡蜂便衝進那群倒楣的小孩裡，將他們螫到一個個跳進池塘裡大哭；而捧著胡蜂窩的山王居然一點事也沒有。

「回到村子後，我們的冒險故事絕對會引起大轟動的。」山王振臂大叫。

「不過絕對不會有人相信你變成大野狼這件事。」我說。

「哈哈。」山王吐吐舌頭，不以爲意。

回家的路程還很遠，但沿途都很平安順利，再沒有遇到什麼怪物猛獸。直到接近中午艷陽高照的時候，我們走到一處空曠的大草原，才遠遠聽見山谷的另一頭傳來傲氣沖天的鷹鳴。

「老鷹耶！」我興奮地大叫，好幾雙劃破空谷燥風的大翅膀向我們飛來。

儘管我們都是在森林長大的孩子，但我們都只有在狄米特他家的動物百科圖鑑裡看過七種老鷹的照片，眞正的老鷹瞧都沒瞧過，尤其是越飛越近的成群大老鷹！

「小心！」狄米特警戒地說：「老鷹的爪子非常兇猛有力，甚至可以拎起一隻小羊！」

正當大家的情緒開始緊張時，那些盤據在遠處高空的老鷹居然開始對準我們俯衝，山王像是著魔似地大喊：「別怕！他們送禮物來著！」

我仔細一看，原來那些老鷹的嘴裡咬著死透的肥大田鼠，牠們飛到我快要尖叫的距離時，雙爪便放開田鼠、旋又逸上半空。山王輕輕拾住其中一隻田鼠後，老鷹高聲鳴叫、在天空中盤旋十幾圈後才離去。

「妳瞧！」山王得意洋洋地展示那隻倒楣的死田鼠，說：「連天空霸者鷹王，都必須要向我進貢啊！」

海門呆呆看著在天空慢慢遠去的鷹群，說：「天空霸者不是一隻翅膀完全伸開來，足足有十哩長的超級大鳥嗎？」

山王愣了一下，隨即笑了起來：「那隻鳥餓死了啦。」

肚子一路沒有眞正飽過的海門沒有多話，與摻扶著他的狄米特抱著一堆死田鼠，立刻找了一塊巨大的岩石坐下，鑽木取火準備大快朵頤一番。那天中午我們享用了一頓豐盛的田鼠大餐，得到飽足的力氣趕路。

到了剛剛入夜時，我們已經看到「封印之樹」，個個開心地大吼大叫，雖然我們都知道回家免不了一陣毒打，但腳步卻飛快了許多；很快地，我們穿過了灌木林，精神奕奕地回到巨斧村。

□

「爸！我回來了！」我高興地大叫。儘管爸爸臉上的表情很複雜，喜不自勝與憤怒全都擠在一塊。

「妳過來！」爸爸大吼著，身後跟著好幾個看好戲的村人；爸爸跟媽媽毫不留情地拎著我兩隻耳朵，痛得我哇哇大叫。

「伯父！你別生氣！先聽聽我們的大冒險啊！」山王拍著胸膛大叫，但他隨即被他媽媽——可露辛阿姨，手中的掃帚打屁股打得哇哇大叫，山王的弟弟則在一旁猛笑。

「小鬼！還知道回家？」可露辛阿姨怒道，臉上卻洋溢著「總算鬆了一口氣」的笑容。

「哈哈哈哈哈哈——」摩賽爺爺拄著拐杖，在村子口笑彎了腰。

「摩賽爺爺你笑屁啊！哇！」山王一邊閃躲他媽媽瘋狂的掃帚，一邊大叫。

狄米特扶著掛彩的海門，看著他那嚴肅的父親，頭低得不能再低。海門乾脆別過頭去；他的遠房親戚根本沒有出現。

「這三天大家找你們找得很辛苦，你知道嗎？」狄米特的父親板起臉孔。

「對不起。」狄米特咬著牙，等待著熱呼呼的一巴掌轟下。

狄米特的妹妹跟媽媽心疼地看著狄米特跟海門，但狄米特父親的威嚴令氣氛相當凝重。

「伯父！狄米特是個勇敢的朋友！」海門突然大叫。

狄米特父親凝視著海門，一言不發。

「我的命是狄米特救的！」海門大聲說著。

「我也有份！」山王哇哇大叫。

狄米特父親伸出手來，摸摸狄米特凌亂的金頭髮，狄米特哭了起來，海門窘迫地站在一旁。

「洗個澡吧。」狄米特父親也摸著海門髒兮兮的黑頭髮。

洗完澡，我穿上拘束的淑女服，我看著鏡子裡不像我的我，兩隻耳朵還是紅通通的。

「眞是的，妳怎麼不學學隔壁的瑪麗？人家可是乖得要命！」媽媽坐在身後，幫我打著髮辮。

「妳自己十三歲的時候，還不是一個人跑到舊金山撒野？」我嘟著嘴：「我還比妳大一歲耶！」

「呵，還敢頂嘴。」媽媽捏著我的脖子，不禁得意地笑著。

爸爸走到房門，雙手抱著胸口倚在門邊，臉上長滿鬍碴；這三天爸爸一定很焦慮。

「喂，全村人都在等你們說故事咧。」爸爸大剌剌地說，嘴角揚起。

我嘻嘻笑，歪著頭，雙腳一蹬，跳下了梳妝台，高興地跑到房門口。

「說故事前，先告訴爸爸妳喜歡那三個小鬼中的哪一個？」爸爸蠻橫地將粗大的手拄在我面前，神色怪異。

「吼——」我埋怨似怪叫，蹲下穿過爸爸的大手，跑下樓梯回頭叫喊：「爸！媽！你們也一起來聽故事吧！很精彩的！」

我踏著樓梯，心裡卻忍不住想著爸爸的問題……

「天啊，我到了該喜歡男生的年紀了嗎？」我心道：「不會吧？」

但我感到臉上一陣發熱。

我突然想到，海門為了保護我，那雙穿過滿臉鮮血的銳利眼神。

我同樣無法忘記，狄米特不顧一切橫在海門面前，拚死保護海門的樣子。

「見鬼了。」我搖搖頭，不願去想。

全村人都已經聚集在巨岩底下，圍繞著巨大的營火，等待我們四個小鬼到齊後開講的「冒險奇譚」，大人們將火把用魚線綁在廣場周圍的油桐樹上，而小孩子則將防蚊油撒在地上；巨岩廣場燈火通明，大人與小孩同樣好奇，但村裡小孩子的眼神多了欣羨與妒忌的光彩，尤其是貪睡的湯姆與生病的哈克，更是一臉的懊喪。

我是最後一個到的主角，其他三個興奮的大男生早就坐在大橡樹桌上向我招手；那橡樹桌正是海門連續三年輸給摩賽爺爺「鋼鐵腕力」的地方。

我踩著大樹根跨上桌子，坐在已經包紮好傷口的海門旁邊，全村人開始鼓譟拍手，要我們開始敘述這三天做了些什麼。

我想，他們會這麼好奇又熱烈期待，一定是受到海門身上那豪壯又不同凡響的傷口的影響，我已聽到底下有人竊竊私語：海門是不是跟小熊打架了？

「是隻大黑熊！」我暗笑，手指戳著海門胸口的繃帶。

「快說吧！別賣關子了！」史萊姆叔叔大叫，分發著啤酒。

我、狄米特、海門不約而同看著半個旅程都在演練英雄式講稿的山王，他當然是獨一無二的最佳人選。

山王假裝靦腆一笑，咳了咳。

「去你的小鬼！有屁快放！」山王的爸爸舉起啤酒大吼，大家哈哈大笑。

「好！」山王深深吸了一口氣，現場安靜了下來。

「這是場你們絕對不會相信的大冒險，這場冒險只計畫了三個月，卻改變了此行四人一生的命運，甚至巨斧村的命運將因此出軌……」山王正經八百地說。

「胡吹大氣！」摩賽爺爺大笑。

「老頭子！靜靜聽我說啦！」山王瞪著摩賽爺爺。

□

於是，山王從我們暗中計畫了三個月的行程、終於跳上現已不存在的「巨斧一號」的時刻開始說起，雖然我們其他三人早已在旅程的歸程中聽了山王的講演數十次，但面對橡木桌下一雙雙好奇的眼睛，山王的語氣中更帶有獨特的魅力，不斷添加有趣的旁枝末節時常令現場轟然大笑，也令我們三人莞爾。

說著說著，當然就到了旅程中的第一波高點。

「突然間，等我們回過神後，巨斧一號已進入窄小的河面；不知怎地，天空突然陰沉了起來，我抬起頭來，原來是錯綜糾生的藤蔓盤在河道兩旁的矮樹上，兩端在河面上纏在一塊、將陽光遮蓋住。我發現河面污污濁濁的，這可奇了，中國有句俗諺，狄米特媽媽教的，正所謂流水不腐、滾石不生苔，這『不知道通到哪裡河』卻又爲何突然漂滿腐木、甚至發出陣陣臭氣？狄米特這傢伙優哉游哉坐在桶子裡踩著水，卻不知道水底下有隻可怕的怪獸正棲息著、窺伺著。」山王表情變得很凝重，大家的嘴巴開始張大。

「這時，崔絲塔瞧見狄米特的腳上吸附著兩隻噁心的水蛭，狄米特這膽小鬼便開始尖叫起來，將船搖晃得好厲害……」山王說著，摩賽爺爺在底下大叫：「什麼膽小鬼？水蛭是世界上最噁心的爛東西！要是我，我也避之不及！」

山王不理會摩賽爺爺，繼續說道：「巨斧一號顛頗得好劇烈，居然快給狄米特晃沉了，我們於是開始制止狄米特，不料坐在巨斧一號最後面的海門突然大叫：『有怪物！』我們嚇了一大跳，但巨斧一號隨即平靜下來，水面變得很靜、靜得可怕，靜得連蛙叫都沒有，靜得連停在藤蔓上的小雀一動也不敢動。」

我注意到摩賽爺爺的表情變得有些奇怪，有點僵硬。

山王深深吸了一口氣，大叫：「正當大家不知所措時，一股不可思議的巨力撞上巨斧一號船底，繫住六個木桶的繩子在瞬間斷裂！我的天！所有的木桶都翻滾在污濁的臭河中，我的木桶則高高飛起，旋又撞上河底，我給那可怕的衝擊帶上河岸，我勉力站起、用力吐出髒水，卻看見此生最駭人的景象……一隻好大好大的超級水蛭！一隻足足有四、五公尺長的恐怖大水蛭啊！」

台下爆出一陣狂笑，啤酒撒得滿地，我爸爸坐在地上拍著大腿：「哈哈哈！混帳小子！不要胡說八道！」

原本這就是件很難相信的事，我們早有心理準備，但台下的氣氛不只是爆笑而已，還有許多大人的臉色拉下、變得滿是陰霾。這眞令我感到不快，不相信就不相信，想取笑就取笑，幹什麼板個臭臉給我們看？

「這是眞的！」山王不疾不徐地說，頗有大將之風：「那隻超級大水蛭不只醜得一塌糊塗，還凶得亂七八糟，牠大嘴一張、那掛滿尖銳暴牙的大嘴便把一個空木桶咬得稀巴爛，我的天！幸好湯姆沒跟我們去探險，要不然他可就連人帶桶被水蛭給吞了！」

我的心怦然一跳，我瞧見摩賽爺爺的眼睛突然瞇成一條細線，嚴厲地打量著我們四人。

山王不受台下兩極化反應的影響，繼續手舞足蹈地敘述著我們如何與巨大的水蛭搏鬥，直到兩隻巨大的大蟒蛇突然冒出來解救我們那段，台下早已笑成一團；史萊姆跟我爸爸笑到抱在一塊，我媽也笑得直搖頭，幾個小孩子卻聽得入神。

但山王的爸爸、海門的遠房親戚、以及村長等猶太村民漸漸挪動在廣場的位置，向摩賽爺爺身旁靠攏，神色不善地交頭接耳；留著白花花鬍子的村長在摩賽爺爺的耳邊說了好一陣子話，摩賽爺爺臉色凝然、一點反應也沒有，好像一塊生悶氣的石頭。

我有點惱了，眞想帶這些白癡大人去會會那隻大水蛭。

「那海門身上的傷勢是怪獸水蛭幹的好事嗎？」山王的弟弟問道。

「不是！更精彩的在後頭！」山王得意地說。

□

山王慢慢將旅程帶到夜晚。

拉拉雜雜形容了夜晚的妖魅後，山王看著我，說：「崔絲塔，妳說說海門跟妳一起遇到的事吧！我再做補充。」

村人們看著說話比較懇切的我，又看看海門身上絕對假不了的傷；我點點頭，開始說著山王還沒出現在大黑熊前的回憶，那一段勢均力敵的人熊大戰。

我娓娓說著，所有人都目瞪口呆地看著歐熊英雄海門，海門一反與大黑熊拳來腳往搏殺的豪氣，害羞地搔著後腦勺傻笑，待我說到海門一記石破天驚的上鉤拳將大黑熊打到恍神跪倒時，村裡曾經欺負過海門的小孩子全都發出崇拜的讚歎聲，他們真是白癡得厲害，從很久以前海門的力氣就很大，要不是海門個性溫和，他們早就被一拳一個轟到月球上去了。

「正當我不知所措、嚇傻在大黑熊身後時，狄米特出現了，面對齜牙咧嘴的大黑熊，他一點也不退讓地擋在海門面前。」我說，看著狄米特那特嚴肅的父親臉上，浮現出一種難以言喻的驕傲神色。

「哥哥好棒！」狄米特八歲的妹妹──貝娣，高興地大叫。

我微笑地看著貝娣，接下去說：「正當情勢陷入最危急的時候，狄米特大叫一聲，大黑熊有點迷惑……」

山王接著說：「然後我就拿著木槳從樹林裡衝了出來，高高跳起，木槳往大黑熊頭上一砸！可是那大黑熊一掌輕描淡寫地將我擊倒，重重將我壓在地上；我感覺到這輩子就此結束了，此時最不可思議的情形也發生了。」

到底我們是如何脫離險境的，大家一定都猜不透吧？

「我知道這很難置信，不過那奇蹟歷歷在目，我們也真的靠著那奇蹟逃出危險的森林、驚悚的夜晚。」山王故作憂鬱地說：「就在我心口就要被熊腳壓碎的瞬間，我的體內發生奇妙的變化，有個東西在我的身體裡慢慢膨脹，鑽出我的指縫、鑽出我的毛細孔……」

摩賽爺爺與身邊的猶太村人聽著山王詭異的說辭，臉上卻露出令我無法理解的表情，好像一切都在他們的預料之中。

山王繼續說道：「我看見那大黑熊將腳挪開我的胸口，才發現許多像流水一樣的白色光芒，正從我身上每一個地方流出，慢慢渲染了整個樹林……」

「怎麼可能！」

摩賽爺爺大吼，聲音充滿了將空氣震破的憤怒。

我們四人都嚇了一大跳，我們從未看過總是和藹可親的摩賽爺爺這般火爆的樣子。

「為什麼不可能！」海門突然動了氣，不服氣地說：「山王不只流出一大堆白光，還變成了一頭大野狼救了大家！」

「什麼顏色的大野狼！」摩賽爺爺憤怒地咆哮，一拳轟然打向地面。

「白色的！」海門大叫。

「脅！」摩賽爺爺不可自制地吼了起來：「派人把蓋雅找回來！快去！」

原本充滿歡樂氣氛的晚會突然被摩賽爺爺的瘋子行徑踢進冷宮，村人紛紛對摩賽爺爺投以莫名其妙的責備眼神，但摩賽爺爺身邊的猶太村人臉色都相當難看，有的甚至瞪著其他的村人。

「不說了、不說了，不相信就算了！見鬼了，真是！」山王洩氣極了，一屁股跳下桌子，我們三人相視一眼，也很沒趣地跳下橡木桌。

「喂，變成雪白大野狼的山王！」一個小孩子嘲笑道。

狄米特斜眼向那小孩比了個中指，山王則撂下狠話：「明天中午，大樹下決鬥。」

摩賽爺爺拚命抓著頭髮，身旁的村人拍拍他的肩膀，像是說點安慰的話，卻被摩賽爺爺非常無禮地罵回去，大家卻像縮頭烏龜般站在一旁苦著臉，圍繞在巨岩旁的數百村人不是索然無味地離去，就是圍著摩賽爺爺沒來由地發愁；當時的我只覺得滿腔的怒火，暗暗發誓絕不再幫摩賽爺爺按摩了。

「山王，你過來。」山王的爸爸看著沮喪的山王，揮手喚著。

「喔。」山王以為要為「說謊」討一頓打，表情極不甘願地走了過去。

「山王說的都是真的……」海門還是這麼咕噥著。

對一個酷愛各種大小節慶、甚至發明了許多亂七八糟節日的村子來說，當時的氣氛是前所未有的古怪，有的人意猶未盡，有的人神情緊繃。

有的人跟我一樣，對村子裡尷尬怪異的氣氛感到不以為然；例如我那粗魯的爸爸。

我爸爸故意拉著我大聲問道：「到底是不是真的啊？啊？山王那小子真的變成一隻白通通的大野狼？」像是要引起那些神色不善的村人的注意，那些村人也的確回報以不悅的眼神。

我爸爸人高馬大，常常自稱是村子裡最強壯的人，他露出結實的臂膀上自由女神的刺青，示意我大聲回應他。

「當然是真的啊！」我故意大聲說道，我爸爸滿意地將我抱起來，讓我騎在他的脖子上；不過我看他根本不關心、或根本也不相信山王說的是不是真的。

狄米特的嚴父知道他的兒子機靈過人，要編謊話絕不會挑這麼玄奇的題材，所以他看著狄米特，露出難得的好奇表情說：「狄米特，這件事回家後好好跟爸爸說一說，好嗎？」狄米特點點頭，看了孤伶伶的海門一眼，狄米特父親於是向海門招招手，要他一起到狄米特家過一夜。

「海門不能跟你們走。」村長走了過來，摸著海門的頸子說道。

「啊？」海門詫異道，收容他的遠房親戚一家人都站在村長旁邊。

「我們有重要的事要商議，抱歉了。」村長強笑道。

狄米特的父親點點頭，也不便多說什麼，與狄米特母親牽著貝娣與狄米特就要回家。

我坐在爸爸的脖子上，看著海門一愣一愣被推到那群怪里怪氣的村人中間，我忍不住大喊：

「你們可不要欺負海門！」

海門很高興地回過頭來，隨即與山王都被眾人簇擁到摩賽爺爺家裡。

從此以後，村子就斷成了兩塊。

一塊，是永遠都不相信這段冒險的村人。

另一塊，則是總是躲在角落聚議、鬼鬼祟祟的猶太人。

我一覺睡到隔天中午，醒來時全身眞是痠痛得不得了，下了樓，我爸爸悠哉悠哉地坐在院子裡跟三隻大狼狗一齊吃東西，我媽媽則跑去隔壁聊天了。我隨便刷牙洗臉，吃了點番茄沙拉後，順手在餐桌上帶了三顆蘋果，便跑去「不知道通到哪裡河」找狄米特他們。

狄米特跟山王躺在大石頭上曬著太陽，海門則單手撐著石塊，全身倒立做著我無法叫得出名字的運動，全世界大概也只有他辦得到。

山王的精神很差，狄米特只是慵懶地在大石頭上假寐，但山王則是眞的睡著了。我將兩顆蘋果丟向狄米特，狄米特隨手輕鬆接住。狄米特的臉上又多了頂寬帽子，那是去年山王送給他的生日禮物。

「昨天晚上是怎麼一回事啊？」我坐在單手倒立的海門旁邊，他被那些村人拖進摩賽爺爺家，不知道遭受到什麼樣的責難。

「有夠奇怪的，大家擠在摩賽爺爺家裡，圍著山王東揑揑、西瞧瞧，把山王弄傻了，我們問他們到底要跟我們說些什麼，他們卻又幹他媽的不說話，只是嘆氣。我發誓我這輩子絕對不嘆氣，那樣子倒楣透了。」海門說著，我瞧見他傷痕累累的身子，他竟已經把綳帶給拆了下來。

海門眞的很像怪物，他的傷口已經癒合泰半，結痂得很完整，連腹部那一大片紫黑色的瘀血也轉成鮮紅色的。也許那天晚上變成野狼的，應該是最接近原始生物的海門吧。

我將蘋果塞在海門的嘴裡，海門另一隻手抓著蘋果，沒幾口就吃完了。

狄米特半睜開眼睛說：「我剛剛已經問過他們一遍了，他們幾乎一整夜都沒睡，那些人除了嚷著要找蓋雅爺爺回村，其他什麼也沒做。」

「瘋了，眞是瘋了。」我用指甲輕輕刺著海門臉頰上的裂痕，然後用力一按，海門卻沒有一點痛苦的神情。

「你不痛嗎？」我瞪著海門兩隻倒立的眼眸子。

「痛啊。」海門也瞪著我。

「那幹嘛不叫？」我問。

「我是男子漢啊。」海門認眞地說。

「說得好！」

摩賽爺爺拄著拐杖，從灌木叢裡走了出來。

□

我沒好氣地看著摩賽爺爺，說：「你大頭啦！陰陽怪氣的老頭！」

摩賽爺爺就像平日一樣笑咪咪地看著我，說：「小娃兒，昨晚眞是抱歉啦！」

海門閉上眼睛，索性不看那討人厭的老頭子。

「海門小子，這麼想變成男子漢啊？」摩賽爺爺慢慢坐下，將枴杖放在一旁。

發瘋以前的摩賽爺爺有時會來這裡找我們聊天，他最喜歡說第二次世界大戰時納粹的惡行惡狀；也因爲摩賽爺爺曾經參與戰爭的關係，他說的故事比起狄米特媽媽在課堂上講的故事要生動幾千倍（當然也殘忍幾千倍）。我聽得入神時常忘了要幫他按摩，而海門三人則會跟摩賽爺爺一起喝啤酒。

「嗯。」海門打了個哈欠。

「爲什麼這麼想當男子漢？」摩賽爺爺打量著海門。

「關你什麼事？」海門無精打采地說。

「還在生氣啊？」摩賽爺爺一副事不關己的白癡模樣。

「這裡每一個人都在生你的氣。」狄米特的臉埋在大帽子裡。

「是嗎？哈哈哈。」摩賽爺爺笑笑，跟昨晚根本是兩個截然不同的老頭子。

「你來道歉的話，怎麼沒有帶啤酒？」我質問。

「啊？我忘了！」摩賽爺爺大悟。

「所以下次才能原諒你。」我說。

「我要跟外公一樣，當一個鐵錚錚的男子漢。」海門突然說道：「你剛剛問我的。」

「那可要更加努力鍛鍊才行啊。」摩賽爺爺想了想，又說：「你外公可是個了不起的人，是最值得信賴的夥伴。」

摩賽爺爺笑了笑，紅著臉說：「他還是我的偶像咧！」

「是嗎？」海門笑得很燦爛。我說過很多次了，海門眞不是一個適合煩惱與憂愁停泊的好港口。

摩賽爺爺審視著海門身上的大小傷痕，若有所思地說：「這些傷怎麼來的？」

海門一翻身，臉不紅氣不喘地坐在我身邊，說：「當然是被大黑熊扁的。」

摩賽爺爺沒有點頭、也沒有搖頭，說：「喔？那這些傷口爲什麼會被大黑熊給揍出來的？」

海門滿臉疑問，今天摩賽爺爺似乎很囉唆。

「因爲我打不過牠啊！」海門沒好氣說。

「你怎麼會打輸大黑熊呢？」摩賽爺爺發笑：「你外公在你這個年紀時，力氣只有我的一半多，根本沒有你強壯，但遇上大黑熊的話，他卻絕對不可能輸的。」

「啊？怎麼可能？」海門訝異地說，我卻聽不出他語氣中有任何氣餒，反而充滿了對他那從未見過的外公的無限崇拜。

海門的雙親故去後，除了我們這幾個好朋友外，他便依賴著摩賽爺爺口中，那神氣的外公拿著兩挺笨重的機關槍，在德軍裡來回衝殺的英勇故事生存下去。

摩賽爺爺看著海門期待的眼睛，問：「你跟大黑熊打架，那場面一定很驚險吧？」

海門點點頭，我的頭點得更快。

摩賽爺爺又問：「那你在跟大黑熊打架時，腦瓜子裡都在想些什麼啊？」

海門沒有多加思索，便說：「把牠打倒！」

摩賽爺爺的臉變了一下，看著海門說：「這也難怪你會輸給一隻笨熊。」

狄米特將蓋在臉上的帽子拿下，看著摩賽爺爺說：「老爺爺，你說話眞喜歡拐彎抹角。」

摩賽爺爺笑了，說：「只有眞正的男子漢才打得過大黑熊，光是鍛鍊身體，是鍛鍊不出男子漢這種特殊生物來的。你們是海門的好朋友，你們可要幫幫他。」

除了昏睡的山王外，我們三人都莫名其妙地看著摩賽爺爺。

摩賽爺爺看著張大嘴巴的山王，又看了看眼睛因爲睡眠不足而充滿血絲的海門，說：「至於鍛鍊身體這點小事，就交給老頭子吧，哈！」

我觀察摩賽爺爺的眼神，我想，這個頭腦不清的老頭子需要兩個男子漢吧。

□

那天下午我在河邊磨著摩賽爺爺，要他將昨晚部分村人與他自己的失態解釋清楚，但他支支吾吾了半天也沒說什麼，令我感到摩賽爺爺真的是一個很不討人喜歡的老人。

「是因爲以前村子裡曾經有人變成大野狼死掉嗎？」我看著摩賽爺爺的眼睛。

「哪有這種事……」摩賽爺爺一臉的鄙夷。

「是因爲村子以前被大野狼攻擊過嗎？」我狐疑道。

「怎麼可能……」摩賽爺爺的鼻孔噴著氣，好像我的問題很幼稚似的。

「還是有什麼森林惡魔大野狼的傳說？」我看著呼呼大睡的山王。

「森林惡魔？小女孩說話亂七八糟！」摩賽爺爺打了個哈欠。

大概就是諸如此類的對話。

海門沒有興趣聽這種無聊的對話，他的腦子沒辦法容納這些東西；他全身泡在河水中只露出兩隻眼睛，然後慢慢沒入水中一陣拳打腳踢，直到約六分鐘後才探出鼻子來，隨即又繼續潛進水裡毆打水流。

「海門，你這樣跟軟趴趴的水流打架，就算打了一千次也打不贏那隻熊的。」我精闢地說。那水流實在不像話的沒力，跟那天晚上大黑熊震撼大地的撲擊比起來，簡直不能構成像樣的對手。

「這妳就不懂了。」狄米特拿出陶笛吹著，幽幽的笛聲飄在河面上。

「有什麼不懂？」我看著狄米特那雙深埋在寬大帽子裡的眼睛。

「激烈的打鬥需要大量呼吸，但瘋狂的打鬥就不能呼吸，呼吸會錯失打敗對手的機會。閉住呼吸還能在水中這樣亂打亂踢這麼久，海門眞的是怪物。」狄米特說。

「你又不打架，怎麼懂這些？」我問，不過狄米特說得好樣頗有道理，那天晚上海門的確有幾個機會可以把大黑熊打得亂七八糟，但海門卻常在大動作揮擊的間隙被大黑熊逆轉，錯失勝利的機會。

「但我懂海門啊！」狄米特笑笑，繼續吹著笛子。

摩賽爺爺點點頭，似乎頗認同狄米特的說法。

接下來的幾個晚上，摩賽爺爺家裡總是擠滿了神色不安的村人，包括山王的爸爸媽媽，全在緊閉的大門內商議著鬼鬼祟祟的事，我們四個小鬼曾偷偷摸摸地想潛進屋子裡偷聽他們的對話，但都被機靈的村人趕了出來；但我注意到他們注視山王的眼神已經迥異於以往，山王似乎真的像我所猜的，根本就是他們對話的核心。爲此山王卻沒有一絲不安，他總是自信過了頭，根本沒反省過變成一隻野獸是多麼不正常的事。

雖然我也會替山王擔心，但又想想，變成野獸的又不是自己，於是安心多了。

直到巨斧村裡的人急速變少後，我才開始煩惱村子是不是面臨著人人平等的奇災大禍。

第五天早上，村子裡的猶太人消失了三成，第六天又不見了兩成，全村只剩下一半的猶太居民，街道上顯得冷冷清清，田園農莊裡也只剩下牛隻羊群，所幸有其他的猶太村民幫忙照料，否則沒幾天莊園便成了廢墟。

這些鬼鬼祟祟的猶太人通通跑去哪裡了？

我想，他們一定是懼怕某個摩賽爺爺不肯讓我知曉的恐怖傳說，那個傳說可能不僅僅是傳說，而根本是曾經發生過的大災難！大家全都逃難去了！

「摩賽爺爺，我警告你們不可對山王動壞腦筋，不管有什麼厄運，都不可以把山王殺掉滅口。」我認眞地看著躺在吊床上的摩賽爺爺。

「我們幹嘛宰了那小子？」摩賽爺爺怪聲怪氣說道。

「如果山王眞的會帶來什麼災難，大家通通搬光光也就是了。」我說，站在綁住吊床的兩株大松木下。

「他們不是搬走，只是暫時去旅行罷了。」摩賽爺爺閉上眼睛，似乎不太想理我。

「好巧喔。」我冷冷說道。

「是啊，無奇不有啊！」摩賽爺爺淡淡說道，繼續睡他的午覺。

眞是個討厭的人。

□

那些「集體旅行」的猶太村民看來並不打算在短期內回來。而他們究竟去了哪裡，我一直到後來才慢慢知道，但村子裡其他人對這些猶太人的行徑均感到不解、甚至惶恐，只有像我爸爸那種天不怕地不怕的大笨牛，才會對這種反常的現象一無所謂。

但，有些人走了，有些人則回來了。

「蓋雅爺爺！」坐在樹上觀察蜂窩的山王突然大叫，開心地從樹上跌了下來。

長年在全世界旅行玩耍的蓋雅爺爺，帶著幾個以前曾經居住在這個村子裡的叔叔伯伯，出現在村口。蓋雅爺爺摘下灰色兔毛長帽，向興奮的山王微微笑。

「好久不見了，山王。」蓋雅爺爺淡淡笑著，放下笨重的行李箱。

「眞是好久不見了！這次帶了什麼禮物給我們啊！」山王摸摸頭頂上的腫包，笑嘻嘻地說。

「海門！蓋雅爺爺回來了！帶了一大箱禮物回來了！」我站在大石頭上拚命叫喊，眼睛死盯著蓋雅爺爺放下的沉重木箱。蓋雅爺爺沒有說話，只是像往常一樣露出飄渺難測的笑容。

蓋雅爺爺是個跟摩賽爺爺截然不同的老人，他平常一副酷酷又優雅的樣子，我想他年輕時一定迷死了一缸小女生，而他毫不遮掩鼻子上的灰色疤痕，那股帥勁眞是摩賽爺爺難望其項背的。

從小時候有記憶起，蓋雅爺爺就是村人敬仰的長者，他不喜歡刻意親近任何一個人，也不會像連任三屆村長的摩賽爺爺那樣喜愛高談闊論、成爲村子的核心；他跟狄米特的性子相近，兩人常常不約而同出現在「不知道通到哪裡河」河畔，年幼的狄米特不是吹笛子、就是用小石子打著連環水漂，蓋雅爺爺一時興起也會跟著狄米特丟石子玩；他打的水漂眞是不可思議，小石子時常一點一點飛躍在河面上，就這麼跳到對岸去，根本沒有墜入河底。

但蓋雅爺爺非常喜歡遠遊，他提著沉重的木箱出村到世界各地遊歷，村子裡的小孩子都會擠到村口滿臉期待地向他揮別，因爲蓋雅爺爺總是不忘將木箱塞滿小禮物，等他回村時分贈給小孩子。我十分羨慕蓋雅爺爺過的生活，我立志長大也要跟蓋雅爺爺一樣，高興時就提著行李出國到處玩耍，玩夠了再回到溫暖的村子裡好好睡個幾天。

「摩賽人呢？」蓋雅爺爺張望著，身後的叔叔伯伯人人意氣風發地看著山王，他們的身上、臉上都帶著出村前未有的疤痕，但他們似乎不以爲意。

「來啦！」摩賽爺爺的人還沒出現，聲音已經從村子的另一頭遠遠傳了過來。

我看著村子裡的小孩子一窩蜂地衝向蓋雅爺爺，蓋雅爺爺索性將木箱打開，讓所有的小孩子自己挑選玩具，我跟山王早已過了搶玩具的年紀，但還是很開心地在一旁傻笑。

摩賽爺爺站在自己家門口，遠遠向蓋雅爺爺點點頭後，將房門打開，自己先進了屋子。蓋雅爺爺神情肅穆地領著那群叔叔伯伯走向摩賽爺爺家，回頭交代山王：「山王、崔絲塔，先幫我保管木箱子好嗎？」

我點點頭，說：「沒問題，晚上我們去你家聽你說這次旅行的事喔！」

山王也大叫：「我也要跟你說，我們去探險遇到的超級怪事！」

蓋雅爺爺笑笑，將兔毛帽子壓低，在眾人的跟隨下來到摩賽爺爺家門口，我注意到其他村人也放下手邊的事情，慢慢朝摩賽爺爺家走去，好像又有什麼重要的事要商議似的。

我覺得還是同一件事。

「你不覺得你應該回家打包一下嗎？你最好搭巨斧二號逃出村子，暫時躲在森林裡當你的森林之王，等到村子裡的人不想把你宰掉以後再出來。」我慢條斯理地說，看著老大不在乎的山王。

「是嗎？」山王反而有點得意洋洋，算了。

□

到了黃昏，摩賽爺爺家的門戶依然緊閉，只有他養的老狗丹丹挾著尾巴，趴在庭院籬笆前進行第四次午覺；我跟山王看著蓋雅爺爺留在村口的空木箱發呆；狄米特拿著半顆蘋果啃著，悠閒地走了過來，我聞到他身上淡淡的玫瑰花香——他剛剛才洗過澡。

「海門那傻子呢？」我問。

「在我家洗澡。」狄米特說，眼神有些疲倦：「他今天在後山扛石頭跑步，我不放心，跟在他後面一起跑，結果反而把我累慘了，他卻只是很想睡而已。」

「多大的石頭？」山王蹲在地上。

「半個你這麼大。」狄米特說。

海門比一般的小孩子高了不少，足足有一百七十四公分，他的基因裡大概有巨大玉蜀黍的突變細胞吧，力氣從小就挺嚇人，加上他自己又酷愛盲目鍛鍊身體，我想他明年鐵定贏得了只愛喝啤酒的摩賽爺爺。

「嗨！」海門遠遠看見我們，笑咪咪地打著招呼：「在等蓋雅爺爺說故事？」

「是啊。」我說，海門身上也是玫瑰花香的味道。

我們有一搭沒一搭談著學校的暑假作業：兩篇德文作文、及熟練朗誦一篇法文詩歌，大家都對學校故意找碴、打擾大家歡樂一夏的政策感到荒唐。

這時，村子口突然黑了起來，我們抬頭一看，一個非常高大的巨漢站在夕陽下，將暈黃的陽光完全擋住。海門目不轉睛地看著巨漢壯碩的身子，那巨漢看起來非常憨厚，憨厚得接近弱智；異常肥大的身子後藏著一個留著褐色長髮的男子，那男子本來也是個高大的漢子，但在那肥大的身子旁邊簡直像個營養不良的小孩。

巨漢親切地笑著，褐髮男子也是一派的和氣。

「他一定可以打敗大黑熊吧？」海門喃喃自語，看著因爲太過高大肥胖只好赤裸上身的巨漢，那巨漢至少有兩米二十，但他傻笑的模樣……依我看，智商大概八十不到。

「至少一樣大吧？」山王愣頭愣腦的。

「打敗大黑熊？太小看他了。」褐髮男子笑著說，一口濃濃的比利時口音。

「吼——」肥大的巨漢友善地吼著，卻嚇得我突然摔倒，幸虧狄米特及時扶住了我。

這時海門突然將頭轉向右方，一群野鳥驚慌地飛出樹林，一個快速移動的身影在野鳥散落的羽毛中翻滾落下，地上的樹葉被落風揚起。

是個穿著牛仔短褲、一頭短髮、擦著黑色眼影的中年女人。

「城裡的女人？」我說，這女人的眼影好濃。

那女人沒有理會我們，逕自走到巨漢跟褐髮男子的面前，歪著頭說：「你怎麼還是喜歡亂吼亂叫？」

巨漢的樣子很開心；於是又大吼了一聲，我們四人將耳朵摀了起來，卻無法阻擋那宛如鍋爐炸翻的巨大叫聲。

濃妝女人皺著眉頭，坐在地上，似乎在等著什麼。

「近來可好？」褐髮男子看著坐在地上的女人。

「殺了不少。」女人坐在地上，竟開始拿出鏡子補起妝來。

「是嗎？」褐髮男子笑笑，眼睛看著遠方，似乎還有同伴未到。

我們四人呆呆地看著說話怪怪的陌生女人。突然，海門摸著頭走向前去，傻笑說：「妳剛剛在樹上跳來跳去的樣子好厲害，好像一隻母猴子！」

女人慢慢抬起頭來，眼神不善地說：「母猴子？」

海門點點頭，讚歎說：「超厲害的。」

我看事態不對，這女人一定是誤會海門的意思了，但那不悅的女人不知什麼時候將腿甩出，閃電一拐，海門居然橫在半空中，時間好像在瞬間靜止了。

唰！

「嗯？」女人依舊坐在地上，眼睛卻流露出奇怪的味道。

海門沒有跌倒，反而用單手倒立撐在地上，就跟平常一樣。

我感到驕傲地看著那女人，卻也不禁暗暗爲海門的反應神經吃驚。

「好凶的女人，莫名其妙。」山王忿忿說道。

□

「啊？」海門自己也感到奇怪，不好意思地站了起來，好像爲打壞了女人的突擊計畫感到不自在。

「妳怎麼……摔我？」海門喃喃說著，好像還不知道女人的情緒很糟糕。

女人皺著眉頭，居然又是一腳飛快踢出，這次的動作快到我什麼都沒瞧清楚，海門就在半空中倒轉了一圈；正當海門單手再度一撐時，女人一腳看似輕輕直踢海門的臉，卻碰一聲將海門重重踢倒，沿著塵土飛揚的地面翻滾。

海門的鼻血拖在地上，拉出好長好長一條的血箭。

我們三人呆呆地看著海門被踢得血流滿面，卻一時反應不過來。

「妳做什麼？脾氣還是一樣暴躁。」褐髮男子不悅地說，走到女人的身邊。

「教訓這不知天高地厚的兔崽子。」女人冷酷地說著，只見海門氣呼呼地站了起來，捲起袖子走向前想理論一番；那女人輕蔑地看著海門，眼看又要發作，褐髮男子一把抓住女人的手腕，說：「夠了！別跟孩子計較！」

「亂打人！」海門生氣地說。

海門說著說著，竟然一拳突然往上勾出，那女人被褐髮男子抓住了手臂，也沒想到海門的動作那麼粗暴敏捷，竟眼睜睜呆看著這一拳來到自己的下顎。

我看見地上的落葉被一陣風颳起，那女人隨即掙脫褐髮男人的手，朝天空飛了出去！

褐髮男子錯愕地看著女人在天空飛著，然後重重地掉了下來。褐髮男子轉過頭看著也是血流滿面的海門，嘆道：「你還是快逃吧。」

海門有點委屈說道：「這女人先動手的！」

我還是生平第一次看見海門動手打人，他以前被村子裡的小孩用石頭K得頭破血流時都沒有動手反抗，這次卻出乎意料地打了一個女人？難道海門真的被那一腳踢得那麼痛？痛得心性大變？

「快跟人家道歉，去扶人家起來啊！」我催促著海門，此刻我是非常同情那個女人的，海門的拳頭可是枚小炸彈啊！

海門漲紅著臉點點頭，走向那倒地不起的女人。

那躺在地上的女人眼看海門走近，竟然立刻站了起來，摸摸自己的下顎，吐出幾顆帶血的牙齒，冷冷地看著三步之遙的海門。

那巨漢傻不愣登地看著海門，褐髮男子嘆口氣盤坐在地上，背對著海門與暴烈的女人，索性不理會爭鬥。

「你殺過幾個？」女人打量著海門，眼神似乎快燒了起來。

「什麼東西？對不起啦！我好像……」海門說著，突然摔倒在地上；我只依稀看見那女人好像將腳踢向海門的後腦勺？我不確定，太突然了！

那女人俯視著被偷襲的海門，說：「好好再回答一次。」

海門憤怒得不得了，山王也不快地走向前，大聲說：「你們是誰？來這裡要做什麼？幹嘛打人？」

盤坐在地上的褐髮男子托著下巴，瞧著山王說：「我們是來找摩賽跟蓋雅的，你們是本地的狼？四個小孩全都到了？」

山王聽不懂褐髮男子的問題，只知道他們都是來找摩賽爺爺跟蓋雅爺爺的；正要回話時卻見海門盛怒站起，對著女人又是一拳！

但這次海門揮了個空，動作敏捷的女人不但避開這一拳，還用腳將海門拐倒，惹得那癡呆的巨漢哈哈大笑。

「好好回答我的問題。」那女人冷酷地俯瞰著海門。

「可惡！」海門罵道，還沒爬起來時，女人的腳居然朝海門的臉上又是一踢！血花噴上天空，海門沒能避開女人快速的踢腿；但他的左手卻牢牢扣著女人的腳踝，女人不以爲意，另一隻腳騰空而起，居然朝海門的臉上又是一踢！

「碰！」

海門的臉上再度開花，鼻子跟嘴巴都是噁心的鮮紅色；但那女人整個人都摔在地上，褐髮男子忍不住轉過頭看著兩人，摸著頭說：「你朋友很厲害啊！」

原來海門忍著劇痛，右手趕緊抓住了女人另一隻腳！

「不要打了！」我罵道，指著那潑辣女人說：「不要跟這種人計較太多！」

「不要。」海門認眞地說，站了起來，雙手還是緊握女人的雙踝。那女人的手腕上突然彈出亮亮像刀片的東西；躺在地上的上半身驟然拉起，手腕上的尖刀衝向海門！

「不行！不要傷害孩子！」褐髮男子緊張地從地上彈起，卻見海門拉著女人的雙踝奮力兜著圈子，海門兜的圈子很快很快，快到地上的落葉都跟著旋了起來；那女人原本已拉起的上身不由得又垂下，然後就像一隻會飛的母猴子一樣被海門丟了出去！

□

那女人四肢張開、朝最高的那株松木撞去！

我緊張地看著那女人；要是她被摔死的話海門就慘了！

但那手腳俐落的女人不知道是打那來的怪物，只見她一手按著松木，在空中一盪一滾，在落下的時候，兩手平平攤開，雙腳踏著粗大的樹幹「疾跑」落下。

我、山王、狄米特都看傻了眼，這女人一定是馬戲團的王牌特技員，要不然怎麼可能比猴子還要靈活十倍？

但海門大步走向那女人，那女人一動也不動半彎腰站著，盯著地上的眼睛有些呆滯；看來這女人還沒從天旋地轉的衝擊中醒過來。

海門半背對著女人，雙腳微蹲，右拳慢慢拉到腰後、甚至快垂到地上了；這個姿勢我再清楚不過，那可是在黑暗森林的那一夜，海門毆擊大黑熊的「弓拳」；大黑熊曾被這種上半身飽滿拉開的拳轟得眼冒金星。

那女人顯然還要飛一次。

我竟滿心期待。

「夠了，剛剛的事很抱歉。」褐髮男子的手掌安安穩穩地放在海門即將爆炸的拳頭上，面無表情。

「她如果再打我，我就讓她飛到月亮！」海門氣呼呼道，繃緊的肌肉頓時放鬆，瞪了那恍恍惚惚的女人一眼後，便鼻青臉腫地向我們走過來。

狄米特與山王站在海門身旁，像是海門的護衛似的。我不客氣說道：「你們找摩賽爺爺跟蓋雅爺爺做什麼？」

這濃妝艷抹的女人喜歡胡亂打人，另外兩個人一定也好不到哪裡去。對濫用暴力的人根本不須要客氣。

「我們是他們兩位的朋友。」褐髮男子臉色歉然道：「我叫賽辛，她叫妮齊雅，這個大個子叫阿格，我們還在等一個朋友。」

「不懷好意。」我說，他們一定是蓋雅爺爺旅行時不小心交到的壞朋友。

「哈。」賽辛不置可否。

這時蓋雅爺爺打開門，遠遠地看著那三個陌生人，那三個陌生人神色恭謹地朝著蓋雅爺爺鞠躬。蓋雅爺爺開口：「阿飛他不會來了。」

賽辛、妮齊雅的臉色驟然沉了下來，連粗魯的阿格也低沉地吼了一聲，聲音暗露悲傷的訊息。

蓋雅爺爺看了我們四人一眼，說：「帶著木箱進來吧。」

山王高興地大叫，我也笑得闔不攏嘴，我終於可以知道村子裡最大的祕密了！

妮齊雅目光狠戾地看著海門，跟在海門的後面。海門被她瞪得渾身發毛，朝後看著那女人野獸般的眼睛說：「妳不要亂來啊！我會揍妳的！」

雖然妮齊雅一副酷愛暴力的樣子，但我實在不喜歡海門恐嚇女人；我瞪了海門一眼，海門便乖乖地走進摩賽爺爺家裡，連吭都不敢吭。

阿格擠不進門，於是泰然坐在石階上看著落日，丹丹也懶得理他。

大夥進了屋，門關上，屋子裡空空盪盪的，只有殘陽的餘暉落在那張沾滿咖啡漬與核桃渣的大地毯上。蓋雅爺爺蹲下掀起大地毯，露出藏酒窖的暗門；那暗門絲毫不稀奇，幾乎家家戶戶都有個儲藏貴重物品的暗門。我也的確看過摩賽爺爺自暗門裡拿出幾瓶老酒、沾沾自喜地聞著。

「從現在開始，你們都是大人了，知道嗎？」蓋雅爺爺說，雙手握著暗門的拉環。

「我早就是了。」山王說，我們其他三人忙點頭。

賽辛滿臉驚訝地說：「他們的時候還沒到？」

妮齊雅更是一臉的難以置信，我感覺到她全身發燙，好像被剝奪掉什麼重要的東西似的。

蓋雅爺爺沒有回話，雙手輕輕拉開暗門；我第一個探頭去瞧，裡面是幾個大酒櫃，跟我以前見到的一樣；但我明白那麼多前來聚議的村人不可能憑空消失，於是我爬下扶梯，小心翼翼地推著其中一個酒櫃。

「這女孩很聰明吧？」蓋雅爺爺語氣平緩，但我聽了卻非常高興，繼續摸索著酒櫃的機關。

「第二個酒櫃。」蓋雅爺爺提示，我摸著第二個酒櫃輕輕一推，酒櫃慢慢旋轉、旋轉，露出第二層暗門。

這個暗門佈滿了黑紅色的鐵鏽，感覺上是個相當厚實牢固的金屬門。當然，也非常地沉重。

蓋雅爺爺等人也走下扶梯，我正搜尋門上可能的機關時，海門便走上前去，奮力推著金屬暗門，但金屬門文風不動。我在一旁笑說：「還是讓我找到機關把它打開吧？」

只見海門的嘴巴裡發出牙齒磨擊的聲音，金屬厚門漸漸被海門給推開。我吃驚地說：「你這樣會把門弄壞的！」

蓋雅爺爺低沉著聲音，說：「原本就是這樣打開的。」

我狐疑地看著蓋雅爺爺，這麼重的門，就算是村子第一力士摩賽爺爺也推得很辛苦吧？果然是很安全的暗門。

「裡面是個隧道啊。」海門看著暗門後黑壓壓的暗道，暗道的遠處依稀透著微光。

「進去吧，眼睛很快就能適應的。」蓋雅爺爺走在前頭，我們緊緊跟在後面，妮奇雅與賽辛殿後，卻對這個暗道一點也不驚訝。

□

我們都知道隧道的盡頭便是村人聚議的祕密場所，於是無所畏懼地在黑暗的腔腸裡，挨在蓋雅爺爺寬厚的肩膀後慢慢走著。

「好刺激啊！」山王在我耳邊說道。

「噓。」我說。

走著走著，我的眼睛漸漸適應了黑暗，跟著便聽見吵雜的人聲；我們來到一間遠比我想像還要空曠的密室。

根本不能算是密室；這是間圓形的地下會議室。

會議室裡的人全是我們熟悉的臉孔，這原本便在我的意料之中；但會議室的擺設著實嚇了我一大跳。幾十張全世界各地的詳細地圖緊密貼在圓形的牆上，紅色的小旗子與藍色的小旗子亂七八糟插在地圖上面，幾百卷發出古老味道的卷宗一捆捆堆在木櫃裡；但最令我無法想像的是，明亮的燈光照在牆上各式各樣的武器上，令我不寒而慄。

這些武器雖然都是老舊的二次世界大戰時代的機種，但沒有一支槍結著蜘蛛網、沾上一絲灰塵，全都閃閃發亮，可見村人常常打理它們。

「手榴彈、步槍、機關砲、獵刀、火焰槍、幾十箱子彈……」狄米特唸著唸著，說：「天啊，原來巨斧村藏了個祕密游擊隊？」

摩賽爺爺有些錯愕地看了我們一眼，隨即接受了蓋雅爺爺帶給他的事實。山王的爸爸也在村人之列，用一種很複雜的眼神看著他的兒子。

賽辛與妮齊雅對其他的村人來說也是陌生人，圍坐在羊毛毯上的村人打量著他們倆；賽辛微笑道：「大家好，我是賽辛。」

一旁的妮齊雅簡要地說：「妮齊雅。」

摩賽爺爺點點頭，說：「賽辛，妮齊雅，蓋雅老傢伙的小朋友，大名如雷貫耳的新生代戰士。」

賽辛彬彬有禮道：「哪裡，現在世界的紛亂遠遠不及當年。」

戰士？我聽得一頭霧水，難道這個小村子真的在進行一場我無法理解的戰爭？

蓋雅爺爺穿過我們四個莫明其妙的小鬼與兩個新生代戰士，示意我們一齊坐在羊毛毯上。當我們一坐下，蓋雅爺爺就以沉重的口吻說：「在這趟旅程中，我在布拉格聽聞阿飛在巴黎殞命的消息，約兩個禮拜前。」

賽辛神色憂傷，但妮齊雅的眼中卻噴出熊熊怒火，問：「是誰動的手？」

蓋雅爺爺低沉地說道：「據聞是黑祭司。」

妮齊雅憤怒地說：「黑祭司人在哪裡?!」

賽辛的手搭在妮齊雅的肩膀上，淡淡說道：「妮齊雅，妳太激動了。」

我終於壓抑不住滿腹的疑團，問道：「黑祭司是誰?阿飛是誰？」

轟地一聲，我的臉上突然一陣熱辣，然後鼻尖一疼，我茫然看著一雙惡狠狠的眼睛近距離瞪著我——是妮齊雅。她手腕上的尖刀觸碰著我的鼻頭，我連害怕發抖的感覺也沒有，整個人都傻掉了。

「太過分了吧，小妞？」摩賽爺爺瞪著妮齊雅那個瘋女人，手裡不知何時拿著一把手槍對著妮齊雅。

狄米特、海門、山王三人生氣地圍住妮齊雅，妮齊雅冷冷地斜視摩賽爺爺，說：「我倒想問問，既然這些小鬼還不能變形，怎麼有資格參加這次的討論？」

海門大吼：「把刀放下！」

蓋雅爺爺一個字一個字慢慢說道：「妮齊雅，麻煩把刀放下。」

妮齊雅冷笑，我鼻頭上的尖刀「唰」一聲收回她手腕上的小機關裡；她神色漠然，在眾人的側目下反瞪著摩賽爺爺；狄米特則拿出手帕幫我擦拭痛楚的鼻子，我心中的憤怒壓倒恐懼，真希望自己有能力將妮齊雅打到月球上。

「母猴子，等一下跟我到外面去。」海門大刺刺地說。

妮齊雅沒有回話，一臉倨傲與不屑。

□

賽辛大概不能忍受這種僵固的氣氛，主動開口：「蓋雅，你將我們召集到這裡，一定有很重要的事吧？」

蓋雅爺爺點點頭，才正要解釋，摩賽爺爺便粗著嗓子說道：「白狼出現了。」

賽辛愣了一下，妮齊雅卻冷笑道：「好得很，大幹一場的時間到了。」

摩賽爺爺的臉孔變得非常嚴肅陰鬱，看著齜牙咧嘴的妮齊雅說道：「小妞，小心妳的言辭，要不就讓妳嚐嚐老人的恐怖。」

神經病附身的妮齊雅正要發作，話一向很少的蓋雅爺爺便認眞說道：「妮齊雅，請不要忘記狼族的使命。」

妮齊雅沒有回話，只是靜靜地坐在地上冷笑。眞令人不舒服。

不知怎地，賽辛的額頭上掛滿了汗珠，問道：「白狼出現在哪裡？」

在一旁盤坐的村長開口：「很幸運的，在我們村子裡。」

白狼？難道是……

「神聖之血的託付就是那孩子。凱西的孫子。」摩賽爺爺指著山王，賽辛與妮齊雅專注地打量著這個村裡的孩子王。

山王吐了吐舌頭，說：「白狼?你們最後還是相信我說的那件事囉?」

山王的爸爸斥道：「變成白狼是惡兆，那麼高興幹嘛?」

「叫他變一次給我看看。」妮齊雅淡淡說道。

「臭女人，我爲什麼要變給妳看?」山王的鼻子吹出不屑的氣。

妮齊雅冷冷地說：「只怕是你自己還無法控制神化的祕訣吧?」

山王哈哈大笑，說：「神化個什麼東西?是因爲妳太臭了，所以不想變給妳看!」

年邁的村長及時阻止這場無聊的對話演變成鬥毆，打斷他們的對話向我說道：「崔絲塔，妳描述那一天的事情給他們兩個聽聽。」

我還搞不清楚這一切究竟是怎麼一回事，但已經知道山王是所謂的「白狼」，而「白狼」果然是個不吉祥的徵兆，不吉祥到村子要組成一支祕密游擊隊的地步。

但，大家似乎沒有把矛頭指向山王，至少不打算把他燒死還是怎麼的，這不吉祥的源頭恐怕才是關鍵所在。我想，我必須搞清楚白狼到底是什麼。

於是我將那一天所遭遇到的怪事重述一遍，從大水蛭、大蟒蛇、大黑熊、白色的大野狼（白狼?）、直到鷹群等等，我用與山王迥然不同的簡要語氣迅速說完，然後多上一句：「摩賽爺爺，應該換你們解釋清楚了吧?」

妮齊雅聽了我剛剛的陳述，神色輕蔑說道：「這麼說來，你們其他三人都不是狼族?」

狄米特反問：「從剛剛到現在總共提了一萬次狼族，到底那是什麼東西?」

妮齊雅冷笑，一雙眼睛突然綻放出異常明亮的光芒，刹那間我彷彿看見一頭搗破鐵籠的猛獸向我們撲來。

但妮齊雅眼中的獸性迅速收斂，我則驚出一身汗來；連海門都機警地站了起來，弓著拳頭瞄準妮齊雅的眼睛。

「我要是發揮出狼的力量，你死一萬次都不夠。」妮齊雅看著剛剛將她牙齒打落一地的海門，語氣充滿了諷刺。

摩賽爺爺一掌用力拍著地毯，勁力穿透花崗岩地板，叫道：「他要是發揮出狼的力量，這裡所有的人用乘法乘一乘加在一塊，也不是他的對手！」

妮齊雅失笑：「他要是眞是狼族，在森林對抗那隻畜生、危及生命時就該變成狼人保護自己了！」

海門氣得滿臉通紅，雖然他一定不知道摩賽爺爺與妮齊雅在說什麼。

摩賽爺爺瞪著討厭的妮齊雅，大聲說道：「他是戰神歐拉之孫，這樣夠不夠格成爲區區一頭幹他媽的狼人？」

妮齊雅不再言語，替之以難以形容的自我壓迫感。

賽辛更是張大嘴巴，端詳著滿臉通紅的海門。

我不曉得海門的外公，那個在二次世界大戰中，經常抱著兩挺笨重無比的機關槍、殺進殺出的歐拉是勞什子戰神，但我隱隱約約感覺到湖面的微風波瀾下所隱藏的驚濤駭浪——這個村子藏著一個大祕密。

「這裡所有的人都可以變成狼人對不對？」我突然開口，連自己都很驚訝爲何會問這麼荒謬的問題。

但大家的默然不語，這令我吃驚極了。難道我真的身處一群被森林惡魔附身的怪物之中？

「海門的外公拿的不是機關槍，而是巨岩底下那兩把大斧頭，對不對？」狄米特說道，他的發言令全場聳動起來。

狄米特一向是村子裡最聰明的孩子，他不知如何將這一大堆荒謬的對話與村子巨斧的傳說中加以組織，提出這麼一個古怪問題。

「人類啊，這是一個很長很長很長的故事……」村長的臉陷入無窮無盡的皺紋裡，陷入遠古的恐怖傳說中。

04 村長的故事

如果我未曾看過山王變幻爲白色的巨獸，我絕不會相信以下的故事。

這是一個眼見爲憑的時代。

即使如此，眞實的一面還是教人難以接受。

□

村長臉上層層交疊的皺紋刻劃著歲月與戰爭的痕跡，卻遠遠不及那一個黑暗年代，一個英雄與魔鬼詩篇浴血搏鬥的年代，在村長的煙圈裊裊與平淡的敘事手法中那樣的深刻。

很久很久以前的古老時代，在一個人類還與森林和平共處的紀元裡，在聖城耶路撒冷城郊東北方的七個鄰近湖泊的小農莊，住著數百個以牧羊、手工藝品交易維生的猶太人。這些猶太人與世無爭，上一個世紀如此，下一個百年也打算這麼繼續下去；那一片土地肥沃得教人生羨，那一群世世代代聚居於此的人們也知足地在這片土地上深扎了根，而跟隨商隊絡繹不絕的旅人也爲這幾個村子帶來穩定的貿易收入與奇異的所見所聞。

在村裡小酒館，永遠可見一、兩個聲勢浮誇的旅人，高舉酒杯、大聲敘述這幾趟旅程中不可思議的聽聞，東方遼海外的獨眼巨人、南方深山的吸血精靈、極北凍原上的亡靈湖、地中海群島上的噬魂女妖精，種種千奇百怪的傳說在村莊小酒館中隨旅人停泊、卻不隨旅人的離去而逸散；這些傳說為世代長居於此的村人帶來對外面世界新鮮的遐想，成為家家戶戶酒後閒聊的話題。

直到有一夜，一個遠從一個叫作埃及的古老國家的小商隊旅行至其中一個小村子。

那是支富裕的商隊，他們不僅擁有三十隻馱著乾貨與絲品的壯碩駱駝，還帶來了許多旅行的戰利品，一群關在籠子裡、村人從未見過的怪異生物：長了兩個腦袋的紅毛猩猩、有一口老虎尖牙的長耳鬃兔、渾身雪白的豹子、一個看似豬與羊雜交後的怪物、一個擁有三隻手四隻腳卻無法言語的畸形雙胞胎……等等。

更教村人吃驚的是，那些臉色蒼白的商人的口袋裡彷彿有掏不完的金幣與小金箔，他們的腰際掛著盛滿甜美葡萄酒的羊腸袋，他們旅行的豐碩成果一定也代表著數不盡的有趣故事吧？

就在那個黑壓壓的夜裡，這些村人熱烈地歡迎他們的造訪時，那些富裕的商人也伸出友誼的雙手、掏出一串又一串的金幣，在閃爍的營火旁與全村人狂歡了大半夜。

在烤羊上的醬汁猶滴在火焰中，發出劈里啪啦的聲音時，宴會的氣氛狂亂到最高點，村人興奮的舞步踢倒了滿地的酒水、商人的笑聲更未歇止。突然間，營火驟然轟隆一聲噴上了半天，像一頭發瘋的火龍不可遏抑地往天空呼嘯，所有村人都嚇了一大跳，包括一個叫作古思特的年輕人也停下了舞步，呆呆地看著失控的營火衝上了夜空。

就這樣，宴會終止了。

或者說，另一場恐怖的宴會開始了。

那些富裕的商人在金幣的墜地聲中露出猙獰的原貌，尖叫聲、哭喊聲、訕笑聲，成了這場宴會凌亂的恐怖三重奏，商人的眼睛發出懾人心神的綠光，嘴裡的尖牙在火光中映著不斷求饒的血紅；他們甚至盤旋飛舞在夜空中，恣意玩弄、捕抓、撕裂每一個參加夜宴的村人。村人的喉嚨被扯開、肚腸被掏空、頭顱在空中飛來飛去，臉上猶掛著極度的張皇恐懼。

「天啊！這些怪物難道就是魔鬼？還是傳說中南方深山的吸血精靈？」

古思特驚駭莫名，身旁稚齡女孩的眉心間突然伸出一隻長滿堅硬指甲的手，女孩的眼睛瞠大，雙腳凌空抽搐不已；古思特害怕地抱頭蹲在地上，一個粗壯的男人碰一聲摔在他身旁，這男人臉色乾扁蒼白，兩眼無助地看著古思特。

「不！我絕不能死在這裡！」古思特看著那男人即將死絕的眼睛，突然想到還在鄰村等待他回家的妻子與剛剛出生的兒子；不管正在撕裂這片大地的東西是什麼妖魔鬼怪，他一定要盡所有的力量逃命！

古思特握緊雙拳，低著身子往林子裡的方向飛快逃去；他全神貫注，屏住呼吸，踏著染血的夜色、衝過妖異的營火！

正當冷靜又幸運的古思特衝進隱蔽的樹林，他的背後傳來急促的喘息聲，他深怕是「吸血精靈」追了上來，於是趕緊臥倒摔進荊棘叢裡；往回一看，只見酒館的老闆娘直直地站在他臥倒前的位置，眼睛睜得老大、緊抿著嘴，半顆腦袋正被一個笑咪咪的吸血精靈慢慢啃食著。那吸血精靈半張臉都是鮮血，像欣賞一件藝術品似地，看著正在逐漸僵直發紫的酒館老闆娘。

「他沒察覺我，我一定要冷靜下來，想想逃命的路線。」躲在荊棘叢裡的古思特渾身都扎滿了小血孔與刺傷，他考慮著是否應該縮起身子在隱蔽的荊棘裡一動不動，或是慢慢地匍匐在地上，逃往距離這裡僅僅五公里的家鄉。

先躲著吧！傳說中的吸血精靈精明得很。

古思特看著其他逃往樹林另一個方向的眾多村人，一個個被飛翔在夜空中的吸血精靈快速抓到天空啃食，村人的兩隻腿無助地在半空中發顫後，又一個個被扔了下來。於是古思特下定決心按兵不動，但他隨即聽見背後傳來毛骨悚然的低吟聲。

古思特慢慢回頭，全身發抖。

荊棘叢的另一端，一個乾乾瘦瘦的吸血精靈已脫掉商賈華麗的絲服，抱著一個神色空洞的七歲小女孩坐在地上，一隻髒手高高抓著小女孩的雙手，用他那邪惡的陽具刺進小女孩稚弱的身體裡，他那不停盤動在小女孩臉上的舌頭上，還捲著一只黑白分明的眼珠子。

小女孩黑色的眼窟流下紅色的眼淚，另一隻眼珠子蒼白地質疑自己乖違的命運；她殘破的身子劇烈晃動著，肚腸慢慢被吸血精靈從撕裂的肚臍裡拉了出來，一口一口吃著；但小女孩仍舊發出微弱的呻吟。

吸血精靈注視著全身冰冷的古思特，訕笑著、愚弄著。

「你也想要她嗎?想一起上嗎?」吸血精靈嘲弄著古思特。

古思特沒有憤怒，他的力量只賦予他發抖與嘔吐的本能。

吸血精靈看著古思特，眼睛閃過一絲綠光，古思特的身子隨即被一股強大的魔力捲了過去、穿

過扎人的荊棘叢。吸血精靈捧著古思特發白的臉孔，笑道：「上了她，我就放過你。」

古思特看著那妖魔的雙眼，幾乎要暈了過去。

而那妖魔張開它發臭的嘴巴，將利牙戳進古思特的喉頭，古思特感覺到整個身子摔進無窮無盡的黑洞裡。

這時，逐漸失去意識的古思特突然想起一年多以前，一個殘廢的老商人在家鄉酒館裡大醉時所說的故事。那故事的起承轉合紊亂得不可思議，他只記得那故事的結局——

那老人的同伴摔到在地上，背袋裡的銀幣撒落一地；那惡魔尖叫一聲，叼著老人左手的嘴巴一張，衝上沒有星星的夜空後消失了。

「所以啊！我的身上永遠都帶著十枚銀幣！天曉得什麼時候會再遇上這隻野獸！」醉醺醺的老人剩下的右手抓著一把銀幣在桌子上展示著，眼尖的古思特發現老人手上的銀幣只有九個，他不作聲暗暗尋找老人不知何時掉落的銀幣，發現那枚遺落的銀幣躺在桌腳旁的縫中，於是偷偷將它撿起放在懷中。

而這枚銀幣，古思特一直帶在身上。

「天父，請保佑我！」古思特大喊，伸手從懷中掏出那枚銀幣，用力按在那惡魔的額頭上，那惡魔慘叫一聲、將古思特高高摔到半空中；當古思特重重落地時，那惡魔的額頭已經被銀幣炙燒得冒出血煙痛苦大叫，而銀幣滾落得不知去向。

古思特渾然沒感覺到落地的痛楚；由於失血過多，他只覺得天旋地轉得厲害，雖然東西南北分不清了，但古思特想都沒想就往惡魔慘叫的相反方向搖搖晃晃逃跑；直到那些慘叫聲幾乎聽不見了，古思特軟弱無力的雙腿才跪倒在矮樹叢裡，昏昏沉沉地睡著。

□

古思特醒來時，天已經亮了。

古思特昏睡了多久，他完全沒有概念；但今天的陽光格外刺眼，耀眼得令他幾乎睜不開眼睛，但古思特深深感到自己的幸運，他沒有被昨晚慘絕人寰的屠戮吞噬。

現在的他居然滿腔喜悅，逃過一劫的重生感，使古思特忘卻昨夜荊棘叢外那可憐女孩悲慘的命運。他只想回家，告訴所有的村人在這裡發生的悲劇。

古思特勉強睜開眼睛，匍匐在樹蔭底下檢視喉嚨的咬痕，那咬痕發紫潰爛，古思特皺著眉頭。此時樹叢的另一端發出窸窸窣窣的聲音，一個模樣可怖的女孩呆呆地穿過矮樹叢，捧著乾乾癟癟的腸子站在古思特面前，說道：「叔叔……請問村子……村子怎麼回去？」

古思特嚇了一大跳，這肚破腸流的女孩，居然是昨晚被妖魔凌虐玩弄的小女孩啊！她怎麼可能沒死？

這女孩一隻眼睛倒吊著，另一隻眼睛早就被妖魔挖出，只剩下乾涸的眼窩，她破碎的身子在樹叢的陰影旁顫抖著；古思特瞧著瞧著，居然感到極端的害怕，他甚至無法言語、無法同情。

鼓起勇氣，古思特壓抑說道：「往後一直走就到了。」

不等那女孩開口，怯懦的古思特掙扎著爬起身子，朝著家裡的村子慢慢前進；他不敢回頭再看

那女孩脫離現實的模樣。

走著走著，古思特兩眼發黑，他好想繼續沉睡下去，這陽光強烈得幾乎將整個樹林燒成灰燼似的。但古思特知道，他一定要趕緊回到家裡，將這恐怖的事件告訴村人，使村人作好對抗惡魔的準備：「將村子裡微薄的銀幣、銀器全都集結在一塊，並哀求城裡羅馬駐軍的協助」。

昨晚受害的是隔壁村子，今晚受害的若是自己家人該怎麼辦？

古思特想到這裡，腳步便加快了不少，直到他看見村子口的葡萄樹才鬆了一口氣。

到家了。終於到家了。

但，就跟所有悲劇的開幕曲一樣；它一旦開始，就註定不會有結束的一天。

在古思特的瞳孔中，整個家園都被地獄翅膀所鼓盪的烈焰給蹂躪了。

一切，凌亂、潑滿血跡的一切，發出陣陣血腥與腐敗的氣味；古思特呆呆看著滿地被肢解的羊隻牛群，鄰家熟識的傻小孩與農婦的頭顱滾落在地上，村裡保安官傻傻地坐在大樹下發呆，他的半邊臉已經不見了、露出破碎的頰骨，而他的喉嚨也烙印著惡魔的咬痕。

「發生什麼事了？」古思特昨晚雖然經歷過同樣的慘劇，但他還是無法接受眼前殘酷的現實。

「好……好大的蝙蝠……整個晚上都在飛啊！」保安官露出空洞的笑容，臉色蒼白得可怕。他身邊的水井邊趴著古思特年邁的叔父，叔父傻乎乎地生吃著地上牛屍肚裡的肝臟，深綠色的汁液糊滿了叔父支離破碎的皺紋。

古思特大叫一聲，一邊跌倒、一邊爬起地摔往他熟悉的家門；那家門還在，只是多了血色殷紅。他的妻子安安靜靜地坐在屋子裡的小板凳上，捧著剛剛出生不久的嬰孩，嘴角張開、流著口水。

古思特跪倒，他知道這個世界已經衰頹得無法挽救。

他的世界，他的家。

「回來啦？」他的妻子笑笑，用兩個僅剩一點皮肉相連的破碎乳房就著嬰孩的小嘴，嘗試餵養他那可憐的孩子一點乳汁。

「我回來了。」古思特啜泣著，他不忍心注視他那剛出生兩個月的稚兒；孩子一塌糊塗地躺在慈母的懷裡，而慈母白皙的頸子上，那碗大的創口已發出難以想像的惡臭。

古思特擦乾眼淚。

他又突然想起那個殘廢老旅者那恐怖故事的結局。

眞正的結局。

「腦殼被啃掉一半的約翰當晚不死便已十分離奇，還苟延殘喘活了兩個禮拜！我們越瞧他的模樣就越害怕，不單單是因爲約翰腦袋的傷口根本沒有癒合，而且，失去神智的約翰開始吃食泥沙裡的蚯蚓與自己的手指頭，大白天越來越畏懼陽光，在深夜大家睡著時，卻跑到豬圈裡徒手撕開仔豬的肚子大快朵頤。」斷了一臂的老旅者傳神地描述著。

「發瘋了吧？」酒館老闆這樣說。

「腦子被吃了一半，不瘋也難啊！」古思特托著腮幫子。

「約翰絕不只是神智失常那麼簡單，他根本就成爲那妖魔的禁臠；我們爲了治好他那越來越被魔鬼吸引的疾病，於是廢了好一番工夫用鐵鍊綁住他，把他丟在乾稻草堆裡，讓他最畏懼的陽光洗滌他病痛身軀裡隱藏的惡鬼，結果初晨的曙光令他的表情扭曲、發出被凌遲的慘叫聲，我們都很替他高興，因爲那惡鬼將會因爲承受不了上帝的光芒而縮回那該死的地獄。但到了中午，我們便發現我們大錯特錯了。」老旅客笑得樂不可支，眼中卻帶著淚光。

「該不會死了吧？」一個聽眾說道。

「嘴巴裡吐出一團又一團綠色的膿稠液體，眼睛、鼻孔、耳朵冒出很臭的煙，大叫一聲後，居然就這麼躺在乾草堆裡活活被太陽給曬死！」老旅者哈哈大笑，笑出了眼淚，說道：「也好！與其放著我最好的朋友變成人不像人、鬼不像鬼的活屍，不如讓上帝早點接引他上天堂罷！」

古思特站了起來，摸著頸子上兩個發臭的血孔，再看看妻子微笑哺乳的恐怖畫面。

原來，所有人的盡頭都是一樣的，只是時間問題。

「原諒我，娜兒……」古思特站了起來，陽光從他背後的門縫中透了進來，古思特的影子長拖在地，映在妻子令人辛酸的臉孔上。

拿起屋角的柴刀，古思特的手腳不再發抖。他知道此時他新婚一年的妻子，需要他毫不留情的愛。

「娜兒，小米，請給我強大的力量，我誓言爲你們復仇！」古思特淒厲喊道。

黝黑的小血塊噴在古思特的臉上，他心愛妻子的頭顱終於好好閉上眼睛，滾落在他的腳邊。

□

拿著沾滿黏稠血塊的柴刀，古思特穿上寬大的黑色布袍，布袍遮蓋住令古思特幾乎嘔吐的陽光；此時的他，心中已無恐懼。他開始後悔沒有扭斷荊棘叢外那小女孩的頸椎。

走到井邊，古思特看著狼吞虎嚥牛屍內臟的叔父，古思特一刀砍落，叔父的頭顱安詳地躺在地上；保安官痴傻地看著這一幕，隨後自己的腦袋被削到半空中迎接陽光。

如果悲劇無法謝幕，至少讓所有的罪都加在自己身上吧。

環顧了全村，除了原本就已經人頭落地的幸運村人外，其他人都躲在陰暗的角落發痴，神智清醒的人竟然半個也沒有。

這一天上午，古思特砍到手筋發顫，柴刀也換了三把，才結束全村活屍不該繼續下去的命運；並挨家挨戶搜刮了三十一枚銀幣、幾只銀製餐器，出發到下一個村子。

但鄰近的村子，共同環繞小湖泊七個村子之一，也同樣遭到了可怖的命運，古思特遍尋不著生還者，昨晚剛剛抵達的旅團也慘遭毒手；古思特的胸口怒火中燒，一刀一刀砍落每一個即將墮落爲食屍者的腦袋。

後來古思特才知道，原來七個小村子全在同一晚被邪惡的命運咀嚼吞噬，所有村落只有兩個躲在櫥櫃裡的小孩僥倖逃過一劫。當古思特打開櫥櫃發現擁抱在一起顫抖的兩兒後，並沒有要求他們共同擔下這沉重的責任，給了他們幾串銅幣後，便要他們結伴離開這個傷心地，永遠不要再回來。

經過了三天，古思特才將所有的食屍者砍殺乾淨。第三天的食屍者已經擁有野獸的力量，與抵抗古思特手中柴刀的直覺；但相對地，亦遭到吸血精靈咬噬的古思特的身體也產生詭異的變化，他的目光漸漸失焦，對光線變化的反應越來越敏銳，但力氣卻變得很粗暴，尤其是古思特生吃食屍者不再跳動的心臟以後。

揹著厚重上百枚銀幣的古思特明白，自己墮入地獄的時間已經快到了。

「我不能倒下……現在還不能。」古思特心忖：「我一定要追上吸血精靈的旅團，與他們同歸於盡！」

此時羅馬城裡的駐軍，從驚慌失措的貿易商人口中得知城外七個村子屍橫遍野的慘狀，更獲悉有個穿著黑色寬衣袍的怪人拿著柴刀與短斧不斷割取倖存者的首級，於是出動二十名守軍沿路搜索這個變態「兇手」。

而古思特白天睡覺，晚上騎著瘦馬在森林裡搜尋吸血精靈商隊巨大輪車留下的痕跡；終於，古思特推敲出這群吸血精靈的目的地——一個位於河岸東方的大城市。而他也將銀幣熔解，厚厚塗在短斧與柴刀身上，還做了十幾枚銀釘。即使古思特自己也開始對銀過敏、產生莫名其妙的恐懼。

正當古思特趁著夜色，慢慢跟著巨大輪印的痕跡朝河岸東方前進時，一支羽箭射中了瘦馬的肚腹，瘦馬哀鳴倒下。古思特瞧見遠處有微弱的火把搖晃著，落了馬，古思特試圖躲起來，卻被身經百戰的羅馬士兵從遠處慢慢合圍；毫不留情的羽箭咻咻飛來，幸好古思特在黑暗中的反應十分靈活，躲過了大部分的羽箭，但羅馬士兵的長劍卻已來到他的身邊。古思特大吼：「兇手不是我！是惡名昭彰的吸血精靈啊！」

但羅馬士兵目睹七個村子的慘狀，手中的長劍只有更加地兇猛，從未歷經打鬥的古思特只有慌亂地逃命；直到一支羽箭射穿了他的左腿膝蓋，古思特才跪倒在地。剎那間數柄長劍刺穿了古思特的身體，古思特卻幾乎沒有痛楚，他只感覺到身體裡被許多冰冷的金屬貫穿。

然後便是對血瘋狂的渴望！

古思特漫不在乎移動自己被長劍貫穿的身體，看準一個士兵的頸子便咬了下去；其餘士兵駭然地看著這一幕，接著便是一陣血肉橫飛。

當古思特醒轉時，他痛苦地看著身旁六具士兵的死屍，卻無法控制地吸吮一名仍在掙扎的士兵的腦漿。

其餘的士兵逃散了，留下被惡魔屠戮的夥伴。

這個惡魔便是一心與惡魔同歸於盡的古思特。

「請救救我的靈魂吧！誰來救救我的靈魂啊！」古思特哭嚎著，跪在血泊裡。

森林裡悲慟莫名的哭聲，引起了大地靜謐的回應。

夜風吹來，帶走了血腥氣味。

一隻黝黑的鼻子嗅著古思特沾滿鮮血的手指。

是狼。

古思特微微睜開眼睛，看著眼前這頭比他巨大兩倍的灰狼。

灰狼也注視著古思特，悲愴地坐在地上，仰天長嚎。

樹林枝頭上的烏鴉與貓頭鷹紛紛飛上夜空，森林裡傳來百獸低沉的嘶吼共鳴。

古思特點點頭，灰狼閉上眼睛。

□

漸漸地，大地變得沉默。

在無聲的包圍中，原本古思特身上無知無覺的痛楚，慢慢滲透出不再跳動的微血管，一點一滴，痛徹心扉的撕裂感在古思特體內慢慢膨脹；這是古思特逐漸變成食屍者的過程中，頭一次感覺到身為人類的痛苦。

他的牙齒崩裂，他的眼珠脹開，他皮開肉綻，他的內臟激烈扭動，一塊塊的肌肉亟欲掙脫魔鬼的骨架。

古思特痛苦地大叫，但完全發不出一絲聲音；他的喉嚨全是髒污的淤血、不斷在齒縫間湧出。一股極為兇悍的力量不知為何出現在古思特的體內，撕咬著，膨脹著，燃燒著，廝殺著。

巨大的灰狼靜靜地看著渾身被撕裂、血肉模糊的古思特；圓潤的月亮懸在枝頭，紅得像血。

古思特終於不支昏倒，他覺得自己立刻就要死了。

此時，古思特薄弱的身體再也無法包藏這股烈焰般兇悍的力量，烈焰破殼而出、灼熱地撕開古思特身上每一寸血肉，嘩啦嘩啦，深黑色的惡臭驟然傾瀉落地。

古思特的意識豁然開朗，他的眼睛突然見到遙遠山林的深處，他的腳結實地踩在柔軟的泥土上，他深深一吸，胸口感到暢快的清新，不再是污濁的血腥。

古思特低頭看著自己的大手，毛茸茸的，就跟眼前的大灰狼……

大灰狼呢？

古思特四顧尋找大灰狼的身影，卻一無所獲；大灰狼無聲無息地消失，連腳印都沒有留下。

但古思特很清楚，大灰狼正在他的體內伏息著，在他的血液裡。他聞到灰狼的氣味。

看著滿地醬黑色的血污，古思特撫摸自己陌生卻又熟悉的身軀；這巨大壯碩的身體不再被惡魔詛咒，而是被森林之神的榮光所烙印。

也同樣烙印著責任。

古思特拾起血污裡塗滿銀漆的兵刃，劈空一揮，樹林裡發出刀勢逼人的破空聲。

刀聲中，他沒有忘記七個村子變成煉獄的慘狀。更不會忘記，他美麗的妻子茫然等待他回家的模樣。

他不知道森林之神賜予了他多少時間，於是古思特拔起身子，像一隻大猿猴飛躍在樹林的頂端，在血色月亮的看顧下夜奔三十餘哩，趕上了令人髮指的吸血精靈商隊。

那是場宿命對決的開始，揭開神與魔之間永無歇止惡鬥的首頁。

沒有多餘的自我介紹，銀刀獵獵，劃出深夜毛骨悚然的嘶鳴，吸血精靈被突如其來的凶神惡煞砍得亂了陣腳；還在狐疑眼前以雙腳跳躍的人狼是何方神聖的吸血精靈，還來不及飛上夜空，便被兇暴的銀刀砍成兩半，全身化成臭氣熏天的火焰、哀號而死。

「你是什麼怪物！」吸血精靈露出尖牙大吼，腦袋隨即斜斜摔下。

「等這一天很久了！」人狼忿忿大吼，一拳轟向吸血精靈的胸膛；吸血精靈胸口陷落，心臟隨

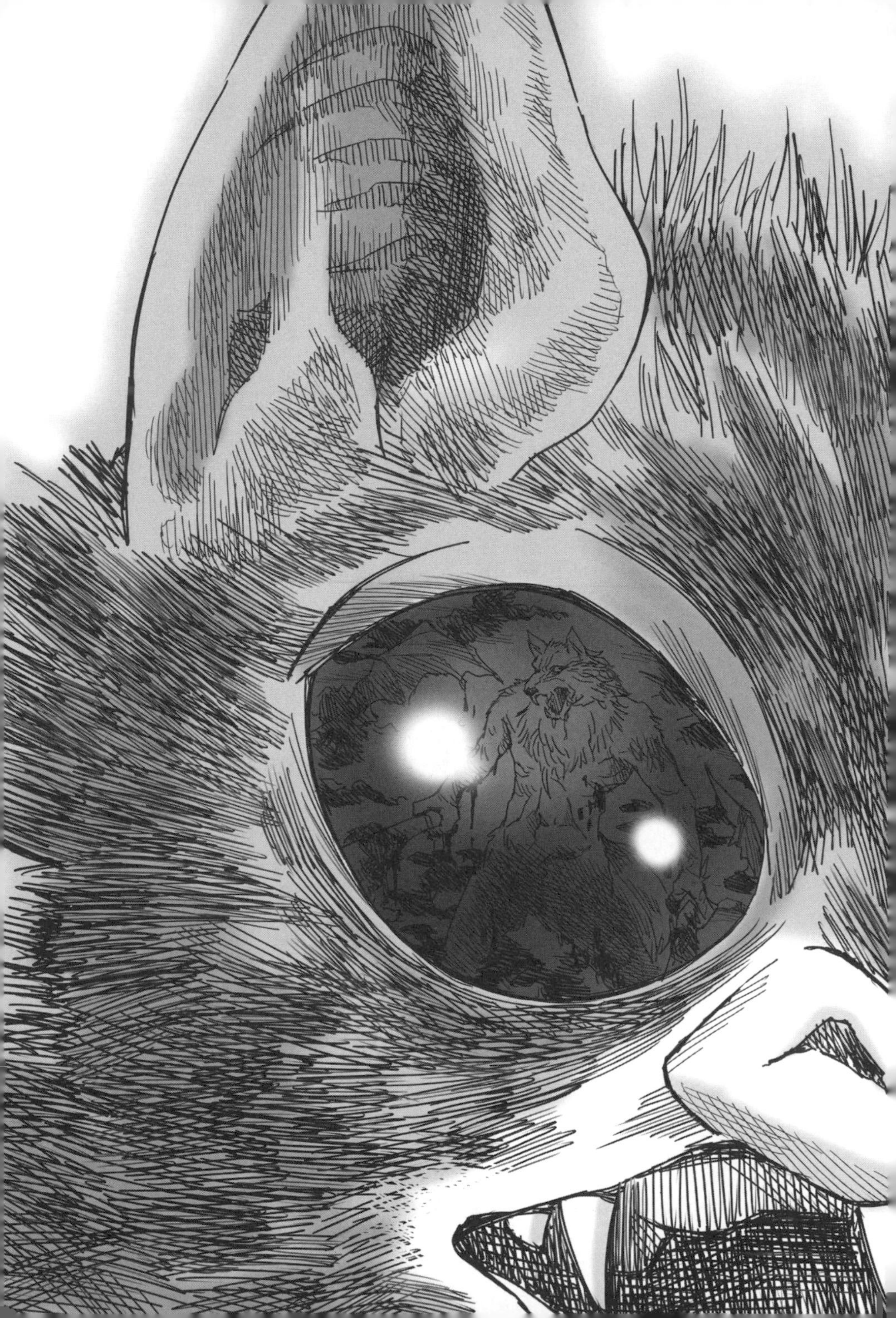

即被人狼拳縫中的銀錐攪成爛肉，化成飛焰。

人狼將滿腔的復仇意念灌注到手上的銀刀，銀刀如暴風雨般疾殺吸血精靈；一個吸血精靈伸出雙手想施展邪惡的魔法，卻眼睜睜看著雙手被人狼粗暴地砍落；慌張的吸血精靈們紛紛丟擲出懷中的彈弩，鐵丸卻深埋在人狼刺蝟般堅硬的皮毛裡，人狼絲毫未傷。

「嚐嚐這個！」人狼淒厲大吼，掏出背袋裡的數十枚銀錐猛擲，吸血精靈們的蒼白臉孔頓時陷入熊熊烈火中。

一個吸血精靈機警地飛上天空，當機立斷咬下被銀錐擊中的左臂。乘著夜風離去前，斷臂的吸血精靈注視著站在翻倒的馬車隊中的巨大人狼，而人狼也注視著他。

「儘管飛吧！逃吧！到了白天，我一定撕爛你的棺木！」古思特怒吼。

「你的名字？」吸血精靈瞇起眼睛，隨著夜風遁去。

「狼人！」古思特咬著牙，一腳踏爛倒地上掙扎的吸血精靈的頭顱。

05 被保護者

「這就是我們狼族與吸血鬼之間仇恨的開始，更是人類的浩劫。」村長的聲音低得快聽不見。

我們四個小鬼沒有人說話，一時之間根本不知道該問什麼。儘管聽完一個好大好大的大故事，但是疑團只隨著所知道的越多而暴漲，簡直快溢出我的喉嚨了。

「說說話吧，崔絲塔，妳平常不是很喜歡問問題嗎？」摩賽爺爺頗有興致地看著我，那副樣子眞討厭。

「你變給我看看。」我簡單地說，身旁三個夥伴連忙點頭。

「好啊。」摩賽爺爺哈哈一笑，我沒想到這小氣的老頭這次居然這麼爽快地答應。

就在我還沒做出任何反應之前，摩賽爺爺的大手就遞到我的面前，像快速前進的電視畫面一樣，摩賽爺爺手上鬈曲的細毛間慢慢「冒出」一叢叢粗糙的黑毛，然後靜止不動。

我看傻了。

除了右手變成黑毛大手之外，依舊人模人樣的摩賽爺爺笑道：「這裡不適合全身變形，就先露點小把戲給妳瞧瞧。」

一旁的賽辛露出敬佩的表情。後來我才知道，當狼族要化身爲狼人時，必定要吵吵鬧鬧地大叫一番，加之蹦蹦跳跳個不停，好像身不由己似地。像賽辛這種年輕一輩的好手頂多做到靜悄悄、不動聲色地變身，但像摩賽爺爺這樣局部變身的本事他卻前所未見。果然老人還是不能小覷。

「那……我也是狼族囉？」山王的表情壓抑不了他內心的興奮。

「沒錯。」山王的爸爸認眞地看著他兒子，說：「我們不但是狼族，還是有名的勇敢戰士——凱西的後代；凱西是戰神歐拉的戰友，吾氏引以爲榮。」

「還是個禍星。」妮齊雅淡淡說道，絲毫不理會眾人憤怒的眼神。

「蓋雅，這就是你在外頭認識的雜毛小鬼？」摩賽爺爺斜眼盯著蓋雅，但蓋雅顯然對妮齊雅的不禮貌沒有意見，一副置身事外的模樣。

「很抱歉。」賽辛微微彎腰，像是替妮齊雅道歉。

「既然這個村子裡泰半都是……狼族？那爲什麼山王說出自己可以變成狼人後，你們要這樣大驚小怪？」狄米特突然說道。

「因爲，山王的變形令我們大吃一驚……」村長的臉色陰鬱，欲言又止。

「快說快說！」山王的雙眼充滿期待，竟催促著村長。

「要知道，渾身浴光的白狼，祂的出現有兩種意義。」村長慢條斯理地說，他滿臉的皺紋更加深他語氣中的暮氣：「第一種意義，是救世主的降臨。第二種意義，是浩劫不斷的徵兆。」

「顯然這次的意義是第二種？」狄米特先我一步說出口，山王皺起眉頭不大高興；他總算是正常了點。

「吸血鬼是什麼來頭，從哪裡來？初始的誕生又是怎麼回事？我們都不清楚，兩千多年以來也沒有人眞正想去弄懂這些來龍去脈……」村長幾乎是一個字一個字地說著，他短話長說的拿手好戲又要使將出來，我只好幽幽地聽著。

「但他們的目的是毋庸置疑的，便是天下大亂，生靈塗炭。」村長深鎖的眉頭簡直可以夾死蒼蠅了：「羅馬帝國的崩壞，遠東中國戰國之亂、五胡亂華，兩次十字軍東征，日本南京大屠殺……無數世界歷史上的重大兵禍都是吸血鬼的傑作。他們或煽動人心，或串謀變亂，或索性稱王稱霸。」

「希特勒這混蛋也是一個！」摩賽爺爺大聲說道。

「當吸血鬼在世界某個角落興風作浪，狼族便不辭辛苦地長途跋涉與之對抗，與人類結盟共同剷除吸血鬼。雖然狼族有時近乎全軍覆沒地失敗，但人類也會團結起來將吸血鬼殲滅；反之，若是人類軍團慘敗，我們狼族總是幸不辱命。」村長緩緩說著，但還沒觸及為何山王是個掃把星的祕密。

□

村長又捲了點菸草，溫吞地塞進菸管裡點燃。

「然而，這數百場惡鬥的關鍵所在，乃是吸血鬼的首領擁有我們幾乎無法與之抗衡的力量；或者說，吸血鬼的領袖幾乎毫無弱點。他的魔法遠遠超過一般的吸血鬼，一個人便可以毀滅一個小國的軍隊，這點殊不足道，再強的力量背後總會有更強大的力量。但吸血鬼領袖不怕銀製品，也不怕陽光，他能夠在烈日下行走，甚至施展魔力呼喚陰雨，好讓他在黑暗中發揮出百分之百的力量。」

村長瞇起眼睛，吐了個要死不活的煙圈，說：「幸好這種幾乎無敵的可怕大魔頭非常罕見，西元後的歷史上僅出現八位。」

「也幸好這種突變的吸血大魔王的出現，必會爲我們帶來足夠與之匹敵的英雄。這可說是命運使然，世界上的光明面與黑暗面，總是以相互角力的方式平衡著，只要大魔王以橫掃千軍的姿態襲捲世界戰場，便表示狼族隱藏著一個掌握陽光祕密的王者——白狼。」村長繼續說道。

「我。」山王點點頭。

「掌握陽光的祕密？是指那天晚上山王身上所發出的白光嗎？」我問道。

「沒錯，那不單純是陽光，而是世上最純淨的陽光。它能像流水一樣汨汨流動，無窮無盡地自白狼身上不斷流出，白光足以消滅世上一切邪惡，包括吸血大魔王。」村長說。

「我懂了。」狄米特晃著他聰明的小腦袋。

「喔？」摩賽爺爺應道。

「白狼出現的第一層意義，指的是敉平亂世的希望，所以是救世主。」狄米特自信說道：「但如果在和平的時光知道白狼的存在，我想多半代表吸血大魔王也躲在世界某個不起眼的角落，所以是……」

狄米特看見山王愁苦的大便臉，於是畏畏縮縮地把話呑進肚子裡。

摩賽爺爺漫不在乎地接著說道：「所以是災禍降臨的先兆，這就是第二層意義。但這可不是我自己的意思。」

蓋雅爺爺將他堅定的右手放在愁眉苦臉的山王肩上，說：「沒錯，這麼說是不公平的。能在災禍降臨前提早發現白狼的存在，是千幸萬幸。」

「猶太人，唉，他們在和平盛世時總是視我們狼族爲瘟神，避之唯恐不及；白狼的出現必定令他們感到不安與憤怒；但戰亂時又殷殷盼望我們出手拯救，恨不得白狼挺身而出。每一次都是如此……」村長閉上眼睛。

「上一代的白狼——法可，這小子被我們無意間發現時，希特勒那隻蝙蝠已經幾乎統治了整個地球，食屍部隊在半個月內同時癱瘓了東線與西線，核子彈的蕈狀雲接連在德國柏林、美國紐約、法國巴黎、中國重慶、俄國莫斯科、英國倫敦的上空飄浮著；美國與英國僅剩單薄的兵力，屢戰屢敗、節節後退，眼看地球就要變成一座超級豪華的人血牧場……」摩賽爺爺滔滔不絕地抱怨著，眼中卻洋溢著當年豪邁一戰的光芒。

但，這簡直是亂七八糟的歷史嘛！希特勒何時統治過全世界？核子彈眞正用於戰場，也僅僅在日本廣島與長崎啊！哪來這麼多重要的地方好炸？

「總之，上一代的白狼所受的訓練太少，幾乎是趕鴨子上架上戰場的，所以在關鍵時刻發揮的力量有限；加上希特勒的魔力之高的確超乎我們想像，所以累得歐拉——也就是海門的爺爺，最後以自己的生命相搏，與希特勒同歸於盡。」蓋雅爺爺打斷摩賽爺爺的瘋言瘋語，他們一定有更大的祕密不肯說出口〔註〕。

一直插不上嘴的海門，臉上卻沒有一絲憂傷的神色。我知道，我太了解了。他那顆連除法都處理不好的腦袋裡，一定覺得他那親手幹掉希特勒的爺爺眞是屌到不行，根本無暇作無謂的感傷。

註：這個看似未明懸案的過往，請見故事《歷史的逆襲》。

海門一直以他的爺爺爲傲，不管他爺爺拿的是兩挺機關槍也好，兩把大斧頭也罷，英雄便是英雄，從小失去親人的海門總是將他心靈的根，深紮在摩賽爺爺口中神勇無比的外公的回憶裡。

□

「上一代的白狼最後死了嗎？」狄米特舉手。

摩賽爺爺嘿嘿說道：「法可沒有戰死在希特勒手上，他跟蓋雅和我都活了下來，嘿嘿，我失去雙腿後便在巨斧村過著無趣的鄉村生活，閒得發慌時就教教村子裡新一輩的狼族一點武藝；當然啦！你們這群晚上睡死的小鬼頭是不會知道的，其他的村人也不知道。至於蓋雅跟法可，他們倆在村子裡可待不住，便經常出村遊歷世界各地，尋找吸血鬼的蹤跡，偶爾也帶著幾個新人出村見見世面，獵獵不知所謂的傻瓜吸血鬼。」

蓋雅爺爺接著道：「法可老弟後來變得很勇敢、獨立，不負當年歐拉的期待。可惜在二十二年前，在莫斯科的大風雪中，在旅館裡於睡夢中安然死去。」

摩賽爺爺忍不住發牢騷：「當年所有人都不看好乳臭未乾的法可，只有他媽的歐拉一心一意、婆婆媽媽地灌輸法可信心；唉，沒想到最後，還是要靠歐拉拿雙斧把希特勒劈得亂七八糟的，還送了命……」

我瞥見摩賽爺爺的雙眼噙著淚光，他一定與海門的爺爺擁有極深的交情。

「老人家要堅強一點。」我拿出手帕遞給摩賽爺爺。摩賽爺爺故意拿著我的手帕用力地擤著鼻涕，然後自得其樂地哈哈大笑，將沾滿鼻涕的手帕交還給我。我的天，眞是太不成熟了。

山王的爸爸臉上的表情摻雜著驕傲與不捨，說：「所以我說，山王啊，如果不想成爲禍星，就要咬緊牙關，接受摩賽與蓋雅艱苦的訓練，在邪惡的勢力尚未復甦前就作好應戰的準備，當個眞正的英雄。」

我看著山王的臉上堆滿自信。我想，山王面對的問題，顯然跟那個叫法可的白狼面對的問題截然不同；山王全身上下都充滿了自信，連放個屁都自信滿滿地跟臭屁王湯姆比賽誰的屁最臭，無聊時還會跟打著哈欠的海門比賽腕力，跟全村跑得最快的哈克比一百公尺短跑，跟全村最聰明的狄米特比賽算術。在以上幾乎一面倒的競賽中，山王都堅信自己會贏得勝利。

「這種小事就交給我了。」山王點點頭，眼睛閃耀著勝利的光輝，彷佛新一代的大魔王已被他踩在腳下。

「眞令人安心啊。」妮齊雅冷笑。

村長沒有理會妮齊雅，顧自沉吟道：「除了訓練山王外，現在最重要的事就是早一步找到吸血鬼新一代的首領。但奇怪的是，以往吸血鬼的魔王相隔百年以上、甚至數百年以上才會出世一個，但這次距離希特勒出世只有幾十年的時間，未免令大家錯愕不已。我們原以爲直到踏進棺材時都可以享享清福……」

摩賽爺爺看著我們四人，粗聲說：「前幾個禮拜，我便派遣能力在水準之上的狼族出村到世界各城市，打探吸血鬼魔王轉世的蛛絲馬跡，也將白狼出現的訊息帶給蓋雅跟蓋雅推薦的新人，要他們到這裡一起參詳參詳，嘿，不知道眼前的兩人有什麼好本事啊？」

賽辛謙虛低頭：「不敢。」

妮齊雅嘴角上揚，說：「要掛了你這瘸老頭，再容易不過。」

摩賽爺爺這次沒有生氣，反而有趣地打量火爆的妮齊雅，看得妮齊雅很不自在。最後，摩賽爺爺說：「妳要是眞有這種本事啊，就幫我調教調教海門，希望你們在三年後可以組成一支比我們當年還要強悍的隊伍。」

「我現在就不會輸給這隻母猴子了。」海門大聲說道，「啪」的一聲巨響，海門的臉上多了一道紅紅的手印。不用說，正是妮齊雅。

妮齊雅手腕裡的短刀頂著海門的鼻子，眞是千篇一律的招式。

海門的鼻頭滲血、不敢亂動；妮齊雅冷笑三聲後，收回手腕裡的短刀時，卻突然「咚」一聲彎腰倒地，額上冒出冷汗與青筋。她的雙眼充滿恨意地看著洋洋得意的海門。

原來是海門冷不妨給了妮齊雅的腹部一拳。

賽辛搖頭苦笑，他不敢想像這兩個已經結下樑子的人，居然要一起組成勞什子強悍的隊伍。

□

「等等，既然我們不是狼族，爲什麼要告訴我跟崔絲塔呢？」狄米特囁嚅地說。

「如果你要殺我跟狄米特滅口，我可不會原諒你。」我認眞地看著摩賽爺爺，說著顚三倒四的話。

「即使我們不告訴你們，海門跟山王也會偷偷跟你們說，不是嗎？」蓋雅爺爺開口。把我們帶到這裡來可是他的主意，蓋雅爺爺做事絕不拐彎抹角，能夠一槍斃命的事他絕對不拿斧頭砍。所以我猜測，在三十年前的二次世界大戰裡，他一定比老愛大吼大叫的摩賽爺爺要可信賴得多。

狄米特點點頭，笑說：「我們之間的祕密的期限太短，海門不會說謊，山王則根本不是守密的好料。」

我聽完這一堆以前難以想像的故事後，再看看牆上垂掛的軍事地圖與老舊的砲彈槍械，胸口一直隱隱發熱，一場原本我只能從歷史課本中想像的血戰，居然就快要發生在我的朋友身上！幾年後吸血鬼血染歐陸、殺遍亞洲時，海門、山王、狄米特在沙場擊掌吶喊、奮勇殺敵的時候，我一個女生……或者，一個人類？能夠做些什麼？

我好想做些什麼。

「妳幹嘛哭啊？」海門吃了一驚。

「我好像永遠都只能坐在這裡，聽故事……」我流著鼻涕，甚至連眼淚都懶得擦。

「因爲妳是女生嘛！」山王安慰我，但這種話只會讓我怒火中燒。

山王的臉上轟然一響，熱辣辣的一掌將山王打得眼冒金星，我簡直快要鼓掌叫好。

「女人又怎樣？」妮齊雅瞪著幾乎呆住的山王，而山王一動也不敢動，也不敢回嘴，深怕接著又是防不勝防的一掌。

這次海門沒有替山王出頭，反而驚慌失措地看著我。在我的印象裡，我幾乎不曾在這些男孩子面前流眼淚，海門一定嚇壞了。

但我還是想哭，而且這次的眼淚已經積壓甚久。在三年前，我甚至還能在短跑中跑贏狄米特，在跳高比賽中勝出山王，但女孩子的身體限制讓我在體能的項目中漸漸被狄米特與山王趕過；這不得不讓我時常看著房間衣櫥裡吊著的洋裝發愣，茫然地在一連串的挫折中摸索「女生」這個性別角色。有時我接受了，撫摸洋裝的蕾絲邊沉思，但更多時候我努力想要拋棄弱者的名稱，離米白色洋裝遠遠的，越遠越好。因爲我害怕被遺棄。

當我跳得不夠高，跑得不夠快，甚至叫得不夠大聲時，這三個原本比我矮小的男生就會舉起他們粗壯的手臂，攜手揚起風帆；不管他們航向哪裡，再也不會帶著礙手礙腳的我。我的記憶中最好的時光永遠都停留在童年的港口，然後穿上洋裝皮鞋，甚至跟隔壁的瑪麗一起撐起該死的洋傘。

所以，趁他們還沒發現我是女生時，我跳上了巨斧一號。以後，我還要跳上巨斧二號、三號、四號，直到他們發現我其實不夠強壯、不夠勇敢；發現我是女生。

沒想到，那個時候這麼快就來臨。

我哭得不能自抑，連摩賽爺爺都不知道該怎麼安慰我，而蓋雅爺爺一向沉默寡言，此刻更是一語不發；不只他倆，在場的所有人……那些狼族，我想他們打心裡都覺得「不過是將祕密告訴妳罷了，反正妳遲早都會知道」如此而已。

「別這樣，我也不能幫什麼忙啊？」狄米特看穿了我的心思，但他自己倒是不在乎自己不是狼族的一員。

「對不起啦，我說錯話了。」山王歉然看著我，但他根本不須要道歉。因爲這是鐵一般的事實，我就要被拋棄了。

海門窘迫地坐在我身邊，鼓起勇氣似的，他的胸膛深深吸了一口氣。

「我的力氣夠兩個人用，分……分一半給妳好不好？」海門漲紅著臉，我的眼淚簌簌落下，心頭大是激盪。

妮齊雅哼哼兩聲，看著我：「眞想幫忙，就練槍吧。」

剎那間，我的腦中出現一絲曙光。

□

後來，在接下來的一個多小時內，我完全聽不進去其他人的談話，腦中只是不斷想著：「用槍、用槍、用槍、用槍，跟用槍。」

但我的爸爸媽媽根本不會讓我碰槍這麼危險的東西；更何況，我自己也挺害怕整支槍突然「轟」一聲炸裂開來這種事。

過了許久，在應允摩賽爺爺不能將今天所談的事情告訴家人後，我跟狄米特就回家吃晚飯了。身爲狼族的海門與山王，則繼續留在地下室裡聽他們聊個沒完，討論著他們兩人的訓練計畫，臨走前，我看見海門一直不安地偷看著我，而山王則愁容滿面地發問：「爲何連我這種超級一流的主角都要做這麼艱苦的體能訓練？我不是天才嗎？」

草草吃過晚飯後，我待在房間裡發呆。

站在床上，我幻想手裡有一把槍、百發百中的英姿。毫不意外地，我想起了妮齊雅。儘管妮齊雅百分之百是個火爆又野蠻的女人，如果在她的身上插根管子連到柏林的電廠，她無窮無盡的怒氣大概可以供應整著德國一整年的用電；但我開始羨慕起能夠與海門鬥毆、毫不遜色的她。

妮齊雅眞是女中豪傑，說不定她跟海門一樣也有胸毛。就算她還沒變身成更加強壯數倍的狼人，她的身手依舊矯健得異於常人；她的眼神裡的自信更足以與她踢翻海門的力量匹配，我相信她動不動就隨便掏出來的腕刀，一定可以毫不猶豫地往吸血鬼的喉嚨裡用力插下去。雖然我還沒見識過吸血鬼。

我摸摸自己平坦的喉嚨，除了高突的喉結、爬滿胸膛的雜毛、可以兩腳站立便溺的小鳥外，我還缺乏很多東西；妮齊雅眼中的烈火這樣告訴我。

「咚！」

一粒小石子輕輕巧巧地穿過兩片窗簾、擊中窗邊的花瓶。

狄米特儘管是個不折不扣的死人類，但他至少可以幫忙丟手榴彈；他可是這方面的天生好手，我敢打賭他一定可以把炸彈扔進吸血鬼的嘴巴裡。

「喂？」我拉開窗簾，看著站在窗前三尺外大樹中的狄米特，狄米特穩穩坐在緊緊盤繞的樹枝上，兩腳懸空，一手拿著他那頂招牌寬草帽，一手拿著一粒大紅蘋果，那是他自家後院種的。而狄米特年幼又可愛的妹妹則坐在狄米特的旁邊，笑嘻嘻地看著我。

「嗨！貝娣！」我打招呼，晚風輕柔吹來，我精神一振。

「她吵著要跟。」狄米特笑著摸摸貝娣的頭，貝娣也是個爬樹的好手；可惜她並不知道，過幾年她穿上皮鞋跟裙子後，爬樹就會變得困難得多。

狄米特將蘋果丟給我，我坐在窗子上啃了起來。

「妳看起很不快樂。」狄米特說，他的草帽給貝娣抓在手裡亂扯。

「現在好多了。」我說謊，看著狄米特身後蒼白的大月亮。

接下來的五分鐘裡，我們就這樣各自低著頭不說話，我啃著蘋果，狄米特跟貝娣搶著大帽子。

「海門是戰神的子嗣，山王更是我們親眼所見的白狼，他們即將要踏上的路，是我們難以想像的艱苦。」狄米特的口氣像個大人，害我手中的蘋果變得好難吃。

狄米特一臉輕鬆，繼續說：「何況，其實妳不必難過，無論如何他們都是我們的朋友，自始自終都是，不是嗎？」

我有點生氣，說：「難道你……你這個臭人類，難道你不怕海門跟山王會離我們越來越遠？」

一隻毛毛蟲落在狄米特的肩上，慢慢爬著爬著。

「沒關係啊，妳都說了。」狄米特的笑容始終開朗，說：「反正他們走遠了，還有妳陪著啊！」

「好噁心！」我生氣地將啃到一半的蘋果丟向狄米特，狄米特靈敏地接住，隨即輕輕丟下，樓下的三隻大狼狗興奮地圍著蘋果亂咬。

突然間，我發現我不能說話。

我知道，只要我一開口，我的眼淚就會亂七八糟地淌滿整張臉。

我抬起頭來，發現狄米特將頭別了過去，專心地幫貝娣盤起褐色的頭髮。狄米特一向是個很細心與體貼的人。

於是我大大方方擦掉眼睛裡的淚水，清清喉嚨：「狄米特，你跟我一起學開槍好不好？」

狄米特笑了出來，說：「好啊，但我可不敢用那一堆掛在牆上、放在箱子裡的老舊東西，總覺得會把手炸掉。」

我開心地點點頭。

貝娣瞪大眼睛，看著狄米特說：「妹妹也要學開槍。」

狄米特用手指輕彈了貝娣的額頭，說：「哥先教妳打水漂再說。」

我感激地看著蒼白的月亮。能夠再跟多久，就讓我再跟多久吧。

□

眞是個令人不愉快的下午，地下密室裡的空氣煩躁不安，充滿了歧視的味道。

「想學槍？那可不行。」摩賽爺爺說，蓋雅爺爺在一旁不置可否。

我看了看妮奇雅，提出這個點子的她居然一副置身事外的樣子，只顧著用桐油擦拭腕刀，專注的表情好像什麼事都沒發生。

「我跟狄米特也想幫大家的忙啊！」我大聲說道。

「小鬼，人類的身體是禁不起吸血鬼一撕一抓的，妳如果看過那些被撕成碎片的屍體，妳現在可不會一直嚷著要學槍，而是開始挖地洞躲起來了！」摩賽爺爺的表情很認眞，卻令人討厭。

更令人生氣的是，狄米特不發一言站在我身邊，昨天他答應我一起學槍時的溫柔全都蒸發掉了。

「一直人類人類的，人類又怎樣？槍還不是人類發明的！你自己還不是一副人類的樣子，這麼討厭人類的話，爲什麼不整天扮成狼！」我生氣了。

「要是人類夠強壯，就不須要發明槍了！人類就應該被保護！」摩賽爺爺沒好氣地說。

地下室裡的村人們有的面面相覷，有的低頭暗笑，有的面無表情，沒有一個人把我的話當一回事。

趴在地上的山王托著腮幫子看著我跟狄米特，海門則打直了腰，深鎖著眉頭。眞難得，海門居然會一臉憂鬱，但這個大笨蛋絕對不會明白我的心情的。

坐在村長旁邊的蓋雅爺爺向一個村人點頭示意，那村人站了起來，從牆上的地圖後拉出一疊舊照片放在我面前。

我瞥眼看了那疊照片一眼，胃裡的午餐立刻翻騰到喉嚨裡。

那些是吸血鬼尖牙底下的無辜犧牲者嗎？還是命喪吸血鬼之手的狼人勇士？我不知道，也不願多看一眼。我不想多描述那些照片裡的慘狀，但我可以肯定我絕對無法習慣這種事。

奇怪的是，爲什麼我感覺到的不是血腥的殘酷與恐懼，而是深沉的失望呢？

「怎麼樣？妳有自信能夠面對這種事經常發生在妳身邊嗎？」摩賽爺爺粗聲說。

如果有一天我居然可以習慣這種事，我一定不會是現在的我。那會是怎麼樣的我？我會喜歡那樣子的我嗎？

「其實，被保護是種幸福。」蓋雅爺爺低沉的聲音：「戰場從來就不是一種選擇，而是一種命運。」

戰場從來就不是一種選擇，而是一種命運……

我的視線避開那些慘不忍睹的照片，至剛剛為止，我還以「並肩作戰」的同儕熱情來想像這場即將發生的血戰，而蓋雅爺爺隨即以最有效率的方式將我推向殘酷的現實。

山王跟海門也看著桌上那疊照片；山王的嘴巴張得跟他的眼睛一樣大，而海門則氣呼呼地說：「可惡！怎麼可以把人殺成這個樣子！」

蓋雅爺爺說：「必要的時候，妳也必須將吸血鬼殺成這個樣子。」

我的心發冷，我覺得剛剛冒起的夢想一下子又被無情地澆滅了。更寒冷的是，我的腳步已經抬不起來，堅持踏向維護世界和平的友情夢。

肩膀一陣溫暖，狄米特的手放在我的肩上。他什麼也沒說，只是靜靜地看著桌上的黑白照片。那個時刻我已經知道我跟狄米特未來應該身處的位置。

「對不起。」蓋雅爺爺說。

但他根本不須要道歉的。

□

「不知道通到哪裡河」上，一艘不知道要航向哪裡的小舟。

河面上映著點點星光，夜風流波，小舟宛如航在一條寧靜歌唱的銀河上。

「我知道自己將來一定是個了不起的人，但怎麼樣也沒想到，我居然要維護世界和平。」山王說，四腳朝天坐在木桶裡。

「眞好。」我說，如今我也只能這麼簡短地回應。

「我的心情好亂。」海門說，負責任的他坐在木桶的邊緣上，打量著四周的水面與風向。

「爲什麼亂？」狄米特摘下大草帽，在夜空下他的藍色眼睛顯得格外清澈。

「我覺得怪怪的。」海門看著河面上的星星，說：「一開始我也覺得那些吸血鬼很可惡，爲什麼要這樣殺人，但想了想昨天晚上蓋雅爺爺說的東西，我就覺得兩邊能不打架就不打架得好。」

「他昨天晚上說了什麼啊？」狄米特問。

「我問蓋雅爺爺這個世界上怎麼會有這麼多吸血鬼，他說只有非常少的吸血鬼是天生的，也就是懷孕的女人被吸血鬼吸扁以後，才可能生下天生的吸血鬼。所以大部分的吸血鬼都是被上一批吸血鬼吸乾後才會慢慢變成的。」海門說。

「你同情他們吧？」狄米特說，我也這麼認爲。海門是個心腸跟漿糊一樣軟的人。

「對啊，村長講的故事其實一點也不恐怖，可憐才是眞的。」海門歪著頭：「那個叫作古思特的人，還有那些被襲擊的村人一點也不想變成吸血鬼，可是偏偏教他們碰上這麼倒楣的事，他們變成吸血鬼以後，就跟蚊子一樣非吸血不可，這也沒法子啊。」

「可是長痛不如短痛，如果一次清光光所有的吸血鬼，那以後就不會有吸血鬼了吧？」我說，那些照片帶給我的印象很簡單，就是做出這些事的人必須受罰。

「清不完的，想也知道他們會躲得好好的。」狄米特睿智地說：「要是我，就會躲到誰也找不到的地方。」

「蓋雅爺爺也是這麼說。」海門說。

「總之，全世界的安危，看來是要由我跟海門一肩扛起來了。」山王說。他做結論的時間永遠都很突兀。

說起來好笑，其實我們四個小鬼頭到目前爲止都沒有眞正踏出黑森林一步，只有兩年前校外旅行時曾經到過鄰近的法蘭克福城裡。我們對世界的想像，不過從電視跟課本上知道，但大多的世界觀卻是在一堆奇怪的民俗傳說中堆砌出來的。比如說，中國什麼都少，就是人很多，全部一起跳起來的話就會引發大地震，他們的政府還計畫在蒙古沙漠上用幾億人排幾個字，讓人造衛星從太空中拍下來。美國人最有錢，他們不管做什麼都用最新的機器，有些有錢人還會買機器人煮飯。日本最可憐，他們被美國丟了兩粒原子彈後，生出來的小孩子都是大頭小身體綠皮膚的怪嬰。諸如此類，當時我們對世界的認識都是童言童語，而山王卻一口咬定世界和平跟他息息相關。

風緩了，水慢了，小舟好像靜止在星河上。

我閉上眼睛，泡在靜謐的星光裡。就在我快要進入夢鄉之際，山王的打呼聲將我喚醒，我看見海門一隻腳站在木桶邊緣上金雞獨立，正練習著平衡感，而狄米特嘴角流著口水，早睡翻了。

「海門，你是不是很想像你外公一樣？」我問。

「嗯。我想像他一樣勇敢。」海門說，換了一隻腳。

「那你怎麼會討厭跟你外公做一樣的事？」我問。

「我不討厭，只是不能理解。大概是我比較笨吧，可是我又覺得我外公做的事是對的。」海門說，身體傾斜了四十五度依舊單腳保持平衡，笑說：「厲害吧！」

我點點頭。

「我外公阻止了那麼恐怖的世界誕生，眞的很了不起，我比不上他。有時候看到摩賽爺爺把我外公當偶像，我的心快樂得就快炸掉。」海門說：「可是我不想要拯救世界，我只想跟他一樣勇敢，至少希望你們都能夠覺得我很勇敢吧。」

「所以你很喜歡練身體喔？」我說。

「對啊，我想勇敢一定要強壯一點才行。」海門說：「如果我外公沒有很厲害的話，他大概也不會被說成勇敢吧。」

「喔。」我說，眞想睡了。

巨斧二號有海門一個人醒著就夠了。

「崔絲塔，那天我們遇到大黑熊，妳覺不覺得我很勇敢啊？」海門突然問。

「嗯。」我應道。

「可是我覺得狄米特才了不起說，他明明打不過大黑熊，還敢擋在我面前。」海門有感而發：「那時候我覺得他眞的非常勇敢、也很感動，所以後來我有點錯亂了。」

「錯亂什麼？」我問，難得海門會動腦筋。

「勇氣跟力量好像不一定要搭在一起喔？」海門說。

「本來就是。」我說。

「那時候我有種感覺，說不定越沒有力量的人，去做越需要勇氣的事，就越勇敢的樣子。」海門看著熟睡的狄米特跟山王，說：「他們都比我了不起，都是我的偶像。」

「你想太多了，這樣不適合你啦。」我笑著，說：「你也是我的偶像啊！」

海門傻笑著，擺出拳擊手姿勢開心地說：「妳相不相信，現在的我已經可以打敗那隻熊了？」

我點點頭，然後毫不客氣地睡著了。

他們都比我了不起，都是我的偶像。
你想太多了，
這樣不適合你啦。
你也是我的偶像啊！
妳相不相信，
現在的我已經可以打敗那隻熊了？
嗯。

06 巨斧

「今年看來非押海門不可了，他的身子看上去挺壯啊！」史萊姆叔叔說。

「我還是要押摩賽！他這傢伙前天還用手指扳開酒瓶咧！」我爸大聲說。

「海門這一年來可不是蓋的，我看他每天都在河邊搬石頭，我的媽啊！越搬越大塊咧！」大叔說。

「我偏想不透，他爲什麼老盼著要推開那塊大石頭啊？」瑪麗的媽媽這樣說。

「我瞧摩賽那老頭還可以撐一年。」隔壁養牛的大嬸說。

「是嗎？妳一定沒看過海門在樹上跳來跳去的樣子，比猴子還像猴子。」我媽說，她今年也改押海門贏。

村子最熱鬧的巨斧節又來了，今年的精彩好戲還是壓在後頭，也同樣是不變的老劇本。海門與摩賽爺爺各自扳倒了十個壯漢後，又在橡木桌上相逢。

今年的對決戲碼特別精彩，因爲籌碼首次較爲平均地押在兩人身上；海門佔了四成籌碼，摩賽爺爺佔了六成。我注意到有些猶太村民也將銅板押在海門的拳頭旁，他們眞是識貨。因爲許多具有狼族血統的猶太村人一直在世界各地搜尋吸血鬼魔王的消息，原本在一個星期前村子裡還是冷冷清清的，但他們爲了一睹海門跟摩賽爺爺歷史性的對決，或者說，戰神歐拉的孫子跟戰神崇拜者的對決，而一窩蜂地趕在這三天內回到村子。

「今年狄米特有沒有那把笛子，全看你了。」山王將四十個銅板，我們辛苦的積蓄，咚咚咚放在海門面前，對著海門的拳頭說悄悄話。

狄米特笑笑，他可是一點也不擔心。

海門向拳頭吹了一口氣，自信滿滿地將鎖鏈扣在拳頭上；摩賽爺爺瞪大眼睛，顯然對海門堅定的眼神頗爲不滿。

「你以爲我不能再風光十年嗎？」摩賽爺爺大喝一聲，右手肘奔雷般撞在橡木桌上，身後的村人紛紛興奮叫好。

「不能。」海門咧開嘴笑。

村長看了看兩人，所有圍觀的人全都靜了下來，但氣氛卻在壓抑的靜止空氣裡迅速悶燒著。

「開始！」村長一掌拍向桌子。

鎖鏈交擊，我的耳膜快被瞬間膨脹的吶喊聲給撕裂。

我看著幾乎被扯斷的鋼鐵鎖鏈，一年來的回憶也隨著金屬疲勞的撕裂聲慢慢釋放出來。

□

一年來，海門這大傢伙居然長了半個頭，現在足足有一百八十四公分了；而山王也在艱苦的訓練中變得比以前壯得多，只矮了海門五公分。按照他們現在的年齡來計算的話，他們到了三十歲都會變成三公尺高的猩猩。

山王在眾人的矚目與期待下，被摩賽爺爺藏在深山裡猛操，然後在課堂上卯起來睡覺，他的數學習作都是狄米特幫他寫的。爲了保密等無關痛癢的安全性理由，我跟狄米特都被禁止觀看山王的訓練過程；但從山王筋疲力竭的陳述中，我知道他已經可以完全掌握變化成狼人的過程，雖然他還不能隨心所欲射發出體內積蓄的白光，但他總是擁有超越實力甚多的自信。

「大概再一、兩個月吧，我一定能夠製造出光球來！」山王渾身大汗得意地說。上一代的白狼法可，據說花了好幾年的時間才能勉強釋放出純潔的白光。

而海門在蓋雅爺爺的磨練下不只提升了自己的力氣，還學會一身在樹木間跳躍奔馳的好本事，比起妮齊雅一點也不遜色。唯獨令眾人不解的是，爲什麼堂堂戰神歐拉的孫子，竟然沒有辦法變身成勇敢善戰的狼人。一次也沒有。

□

那些猶太村人試了很多種辦法，就是沒法子教海門突破人類軀殼的障礙。

蓋雅爺爺不知打哪弄來一隻大老虎，把海門跟牠一起關在鐵籠子裡，想要讓那隻餓了七天的大老虎將海門逼上絕路，然後來個潛能大激發、變成壯到不行的狼人把大老虎解決掉保命。蓋雅爺爺殘忍地將鐵籠的鑰匙掛在脖子上回家睡午覺，然後放我跟狄米特焦急地在鐵籠外面敲敲打打；我哭了出來，還惹得跟老虎一起關在籠子裡的海門連忙安慰我，然後花了一番工夫將那隻兇猛的大老虎緊緊抱住，就像抱著一個憤怒的大抱枕似的。

「牠很可憐的，你們快去找東西給牠吃，牠的肚子咕嚕嚕一直在叫。」海門看著大老虎驚慌失措的大眼睛心疼地說。那老虎大概沒有想到自己會被自己的食物用十字固定法鎖住吧。於是我留下不停嘗試打開鐵鎖的狄米特，跑到家裡抱來一桶鹹燉肉拯救那隻餓慌的老虎。

後來聽說那隻老虎被送到匈牙利的動物園。而蓋雅爺爺只好弄來兩頭發情的公獅子，這次逼得海門揮了幾拳，讓兩隻獅子睡了一下午。

也許是危機不夠大吧，海門根本沒有變成狼人，所以有個令人討厭、又沒有耐心的老婦人居然趁海門在睡午覺的時候，在海門的衣服上偷偷點火，害海門痛得在地上打滾，最後跳進水井裡。這件事讓海門很不滿，從此睡覺都睡在樹上以免被偷襲；因爲據說那個老婦人趁準備海門熟睡時，拿菜刀把海門的潛能剁出來。

不過海門是逆來順受的高手，他知道大家所做的一切都是爲了他好，所以他都咬緊牙關忍了下來。最可惡的是那個白癡村長，他嘗試花了三個晚上的時間柔性開導海門，勸他不要保留實力，靜下心來想想變成狼人的種種好處、與世界和平的可貴等等，讓海門差點哭了出來。

「不要灰心，你身上畢竟流著歐拉的血。」所有人都這麼安慰他，這比責備更令海門不安。

海門越是不安，就越是在體能上追求不可思議的突破，去年冬天「不知道通到哪裡河」上結了一層厚厚的冰時，他能夠在冰冷的溪水中閉氣揮拳十幾分鐘，在一旁觀看計時的山王看得都起雞皮疙瘩了。

欣慰的是，這一年多來，我跟狄米特並沒有像我當初幻想的那樣，跟山王與海門越離越遠；只是我還是很清楚，將來我跟狄米特都是這場戰爭的局外人，而我衷心盼望這場我無法想像的戰爭結束的時候，我們四個人還是能像以前一樣坐在巨斧三號裡，一同在星河上呼呼大睡（巨斧二號因爲過度膨脹的海門，而不得不擴大改建爲巨斧三號）。

海門的表情看起來並不吃力，相反地，他好像頗爲吃驚摩賽爺爺跟他之間的差距。青春期眞的是很神奇的人生階段。

摩賽爺爺是個輸不起的老頭子，他怒氣勃發地看著海門漸漸將鐵鍊扯向他那邊；他心裡明白，只要海門願意，他可以用極快的速度將他擊敗。海門只是留給他老人家一點薄面。但這可是犯了摩賽爺爺的大忌。

「摩賽加油啊！不要輸給毛都還沒長齊的年輕小夥子！」我爸爸譏笑似地說。

摩賽爺爺手上的青筋顫抖著，他低著聲音說道：「小子，有種使出你全部的力量啊！」

海門不好意思地看著幾乎要抓狂的摩賽爺爺，決定一鼓作氣結束這場在暗地裡已經決定結果的比賽；海門低喝了一聲，用力將鐵鍊一扯。

但鐵鍊卻慢慢地拉向摩賽爺爺那端，我看見摩賽爺爺手臂上的毛好像變濃了一點，臉上的鬢角的顏色也變深了，原來這個沒品的老頭子正偷偷使用狼族的力量！

「小子，明年再來吧！」摩賽爺爺咧著嘴笑，眞是卑鄙到了極點！

正當我想大吼作弊的同時，海門大喝一聲，摩賽爺爺的手臂登時攤平在桌上，而鐵鍊已經被拉到海門的面前，巨大的撞擊力使橡木桌上凹陷了一塊。

「終於輪到我了。」海門高興得大吼大叫，村人的讚頌聲震撼整個會場，祝賀的啤酒像瀑布一樣倒在海門的身上；山王興奮地拿著袋子收起我們贏得的大把銅板，狄米特也跟著海門跳上橡木桌上狂吼。我看著摩賽爺爺驚訝的表情發笑，他一定無法置信一個人類的力量居然可以擊敗他。

「眞不愧是歐拉的孫子，是嗎？」我做著鬼臉，摩賽爺爺只好苦笑、不發一語。

□

海門終於站在巨大的怪岩前，而不是站在摩賽爺爺的背後。

村子裡的人，不管是像我一樣的人類，或是流著古老狼族血液的半人類，都屏息等待海門跟巨岩搏鬥的一刻。

前幾天我在地下密室吃點心時聽村長說，假若海門眞的擊敗摩賽爺爺，他一樣沒辦法推開那塊比他還高出三個頭的巨岩。因爲那巨岩不僅又肥又重，更重要的是，它與底下的土壤緊緊抓在一塊了，比摩賽爺爺的腦袋還要頑固地黏在地上。

除非海門變身成狼。

跟傳說不同的是，狼人可以在大白天自由變身，而不限於什麼月圓之夜，蓋雅爺爺自己就好幾次示範變身給海門看過，我跟狄米特在一旁觀看，都已經從嚇得半死到見怪不怪了，但資質魯鈍的海門卻始終抓不到竅門。

說偏了。總之那些急切想見識歐拉後裔變身的猶太村人們，已經不介意其他依舊蒙在鼓底的人類村民可能產生的驚懼反應，就算海門在大白天、大庭廣眾下變身成狼，他們滿足的心情絕對會壓過處理善後的麻煩勁。

有次村長一邊翻著集中營的黑白照片，一邊語重心長說：「雖然白狼一向是狼族血統最珍貴的武器，但是上次一路斬殺吸血鬼、領導眾人擊敗希特勒的，卻是再平凡不過的狼族英雄歐拉。唉，白狼又如何呢？從一開始大家對歐拉的信任就遠遠超過法可，而現在，大家對歐拉後裔的寄望自然也高得多……海門那孩子為什麼還不想變身呢？真是……青春期的孩子真是令人擔憂啊……」

最近村長的孫子麥克、大嘴叔叔的兒子盧曼，小學時常坐我隔壁的哈柏瑪斯……等十一個年輕人，都已經學會變身成狼了；身為眾人目光焦點的海門，他的壓力可想而知。雖然海門的腦袋一向無法讓煩惱駐足太久，但整個村子裡的人還是不斷鬼鬼祟祟地騷擾海門，害得他也開始自責起來。

其實連我都偷偷在想，其他人變身成狼人後，力量是人類形態的五倍、速度是三倍、爆發力是十倍，更不用說那堅硬似鐵的皮毛……如果海門變身成狼，不知道會有多厲害啊！

「呼，你真的好大啊！」海門摸著巨岩壁上深褐色的青苔說道。

巨岩底下藏著傳說中所向無敵的兵器——兩把巨斧，海門外公最信賴的夥伴。那才是海門一直在追求的。即使從前海門根本不知道那兩把巨斧跟他外公的關係，他就已經莫名其妙地在夢想擁有那兩把巨斧的快感了。

海門跟那兩把巨斧一定有某種命定的關係，就跟亞瑟王與石中劍的關係一樣。

「上吧！」狄米特笑笑，村長點點頭，示意海門可以動手了。

海門的雙手青筋暴起，我想所有人都聽到海門雙腳陷入泥土裡的聲音。

摩賽爺爺似笑非笑地看著海門，他的心裡一定正在說：「快點激發出你的潛力吧！否則你推一百年也不可能把這見鬼似的大石頭推倒的！」

海門可不這麼想，他根本無暇思考應不應該變成狼人的問題，只是一股腦地施展全身上下每一吋肌肉裡，可能藏著的每一吋力量。

巨岩文風不動，冷然看著海門。

對海門來說，這可是最安靜的激烈搏殺！他的眼神射出狂暴的氣燄，他顯然對巨岩的藐視感到很不滿、很不滿！

原本就已經鴉雀無聲的現場，在海門的雙腳再度重重陷入土地的瞬間，所有的聲音都跟著陷入綿密的泥土裡。

啪！海門額上的汗水沿著鼻梁滴落。

「幹倒它！」山王突然大叫。

此時不知道我的耳朵怎麼了，我彷彿聽見那巨岩發出微弱的哀號。

那巨岩底部的土壤似乎鬆動了！

「這小子眞有一套。」我爸瞪大眼睛說。

摩賽爺爺張開嘴巴，站在一旁的蓋雅爺爺一臉的沉鬱，其他的村人開始鼓譟起來，瘋狂地爲海門加油，氣氛遠比「鋼鐵力量」比賽要熱烈千倍！

就在海門背上的肌肉響應大家的吼叫，啪一聲撐破了汗衫時，巨岩呑呑吐吐、往後斜斜移動，拖出深深的紅色痕跡，我驚喜地大叫：「差一點點！差一點點！」

巨石沒有倒下，它被海門的怪力結結實實地往後推了五大步的距離。摩賽爺爺在歡騰聲中獨自喃喃自語：「怎麼可能？怎麼可能？」

當時我無暇回應摩賽爺爺迷惘的情緒，只是衝上去擁抱渾身是汗的海門。後來我才知道，海門眞的厲害得很不正常，因爲摩賽爺爺就算變身成狼人，在他年輕時也無法推開這塊巨石。當初這塊巨石可是四個狼人合力「插」在這裡的！

巨石底下是厚厚的黑色土塊，海門大字形躺在巨岩旁邊喘氣，他的笑容浸在晶瑩剔透的汗水裡；眾人在吆喝聲中扒開黑土，不久後便將深埋在黑土底下的傳說兵器掘出，大家爭先恐後地擠在巨斧旁東摸摸、西瞧瞧，議論不止。

該怎麼形容這兩把傳說中的巨斧呢？黑黝黝的、髒兮兮的，前刃開闊堅厚，後刃飽滿，但外型設計殊無特異之處，除了大！

毫無疑問的，這是眞是兩把好大的斧頭！果然不是劈柴砍木的小角色，而是砍殺吸血鬼的將才！它的斧柄足足跟我一般高矮，它的斧面有一張半課桌這麼大！

「除了大，沒什麼啊？」我爸托著腮幫子說：「爲什麼我們村子要跟它同名咧？」昨晚我爸還跟我說，他認爲這兩把巨斧肯定是黃金做的，是這群猶太人把金子煉成斧頭後藏了起來，以備不時之需。

但我問他：「什麼是不時之需？又爲什麼要煉成斧頭而不是其他東西？」我爸則一臉高深莫測的怪笑：「天知道這群猶太人腦子在轉些什麼！」

史萊姆叔叔一邊摸著巨大的斧頭，發表出驚人的意見：「我還以爲這是童話故事裡那兩把金斧頭、銀斧頭咧！沒想到只是大！」

我跟狄米特好奇地摸著斧柄，斧柄也是冷冷的金屬質感，上面紋著粗糙的幾何圖形，而斧面沿著刃口旁刻上「Owla Owla Owla Owla Owla……」的字樣，狄米特說：「海門的外公一定很喜歡自己的名字啃噬吸血鬼的樣子。」

山王拉起累得跟軟糞一樣的海門蹲在一旁；海門張開手掌，撫摸著他的新朋友。

這一年多來，我們四個小鬼在地下密室裡，聽了太多關於這兩把斧頭的故事，而現在它就赤裸裸地躺在我們面前。

吸血鬼懼怕銀。但這兩把斧頭卻不加理會、蠻橫地用精鋼所鑄，沒有一絲銀摻雜在裡頭，歐拉只是在斧面偶爾塗上一層銀漆，順便澆上幾層煤油。

這兩把巨斧純粹以無堅不摧的巨力，橫掃吸血鬼千軍萬馬！

吸血鬼被歐拉碰上了，攔腰就是一記，幸運的吸血鬼馬上魂飛魄散；但遇到巨斧銀漆掉落的倒楣鬼，就得哀號打滾幾分鐘後才死。而雙斧交擊的瞬間迸發出的火光會令斧面煤油燃燒，兩把斧頭就像兩頭張牙舞爪的噴火龍在歐拉的掌底翻飛！

斧刃有些捲曲、磨痕、凹陷——那是它曾經砍斷一切的證明。

「了不起的傢伙。」山王很替海門高興。

海門點點頭，絲毫不見疲倦的神態，喜道：「好大啊！超威風的！」

蓋雅爺爺淡淡說道：「看看你能不能把它們舉起來。舉起來，就是你的。」

摩賽爺爺等人開始驅開眾人，大家圍著海門與巨斧一大圈，等著看海門表演。

村長的兒子麥克嫉妒地看著海門腳下的斧頭，而哈柏瑪斯更是一臉毫不掩飾的妒恨，他們從「白狼出現的警兆」後就被訓練成狼人，也鍛鍊出了一身武技，卻與狼人最強的武器無緣。

他們在鋼鐵力量比賽中全輸給了海門，在不到一秒的時間裡；連作弊的機會都沒有就被扳倒了。所以他們現在只能眼睜睜地看海門摩拳擦掌。海門從小就因爲是孤兒，而被他們整天欺負，而猶太大人們也下意識地將海門與「代表戰爭的歐拉」聯想在一塊；所以連收容海門的遠房親戚都待以冷眼，只有曾經與歐拉並肩作戰的摩賽爺爺與蓋雅爺爺對海門青眼有加。

而這個傻小子因爲「白狼出現的警兆」逆轉了大家對他的看法，即將繼承對抗邪魔的勇氣。

「加油！你可以的！」我大喊，對角的麥克白了我一眼。

我知道舉起巨斧絕不容易。

摩賽爺爺說過，連狼人自己要舉起巨斧都是很困難的事，巨斧之重之沉，令綁住歐拉與巨斧之間的鐵鍊不知道斷過幾次；後來找來粗肥的坦克履帶改造後，才湊出合用的揹帶。

海門也知道這一點，他吐了吐口水在掌心，十指虛抓，調節呼吸。

□

巨斧光是柄的部分就很沉，海門只得半蹲著，先將柄上的污泥擦落，再慢慢拉起。海門興奮的表情中摻雜無法相信的錯愕，他一定親手感覺到那股無法抗衡的沉重。

就算海門舉起了跟我一樣高的巨斧，也很難想像它被自由揮動的樣子；那一定非常壯觀啊！

海門吃力地晃動著；比起推開巨石時，海門的表情複雜許多。

巨斧慢慢離開地面幾吋，然後很快又回到地上。海門重重喘了一口氣。

「歐拉有多高啊？」山王問。

「高海門一個拳頭吧。」摩賽爺爺說。

海門深深吸了口氣，兩掌繃緊，身子微微向後一仰，身體好像發出肌束劇烈拉扯的聲響。海門不是個光擁有大塊肌肉、沒有美感的壯男；他身上的肌肉全都非常有彈性、緊緊地包覆在身上，力氣遽增時肌肉會略微膨脹、微微扭曲。此時他的肌肉似乎已經到了極限，我知道。

但海門仰起了身子時，巨斧也再度離開地面，半舉在空，全村人發出「歐——」的聲音回應著。

海門面無表情地看著被自己舉起的巨斧，一動也不動，呆滯得很可疑。

「他還有呼吸吧？」我爸哈哈大笑，扠著腰說。

麥克、盧曼、哈柏瑪斯冷冷地相識一眼，大概很不服氣。狄米特瞪了他們一眼，說：「你們以爲力氣增加五倍，爆發力增加十倍，就能夠舉起這兩把大傢伙嗎？」可惜他們距離我們太遠，根本沒有聽到。

蓋雅爺爺示意眾人噤聲，說：「玩看看，揮看看。」他一定很希望現在海門能夠變成狼人，好好地耍弄這兩把巨斧，不要再以人類的姿態突破所有不可能的限制。

海門沒有點頭，沒有搖頭，只是呆呆地將巨斧往上舉高了兩吋。

此時三輛吉普車駛進了村口，我認出開車的其中一人是一年不見的賽辛，但更顯眼的是擠在後座的大肥肉阿格，他打呼的聲音我遠遠就聽得見；妮齊雅坐在另一台吉普車上，旁邊坐了一個年老的長者，後座是一箱箱的鐵箱，可以想見是新火藥與新武器；另一台吉普上則坐了兩男兩女，都是我沒看過的，大概也是新一代的吸血鬼獵人吧。他們顯然是來觀看巨斧節的大高潮的，但慢了好幾步。

海門當然對這些外來者的到訪沒有反應，但他的眼神也不再專注於兩把斧頭上，而是根本渙散了。

「他的腦血管該不會是爆了吧？」哈柏瑪斯訕笑。山王瞪了他一眼，哈柏瑪斯的頭隨即低了下來。山王本來是保護海門的孩子王，現在更是誰都不敢惹的白狼。

那幾個人下了車，跟蓋雅爺爺點頭示意，而站在妮齊雅旁邊的不知名老者則一臉驚詫地看著海門。

蓋雅爺爺瞇著眼睛，好像正在回憶裡搜尋該名老者的資料。

但眾人的焦點並沒有被分散，還是聚集在僵硬的海門身上。

巨斧微微晃動，海門的身子像酒醉般斜斜晃動，看來巨斧就要開始在海門手上翻騰了！

「了不起！」山王吆喝、帶頭鼓掌，大家就像瘋子般用力叫囂鼓掌；而海門蒼白的臉上一滴汗也沒有，依舊以怪異、遲緩的動作慢慢跟巨斧一起晃動。

遠遠地，一隻沒來頭的黑鳥從天空飛落，莫名其妙地停在晃動中巨斧上，雙爪抓著斧頂啞啞怪叫，我的媽呀！是隻烏鴉！

「走開。」身爲森林之神代表，山王怒氣沖沖地瞪著不識時務的烏鴉，那烏鴉驚懼地振翅飛走，留下漫天黑羽毛。

那不知名老人已經跟妮齊雅等人走到蓋雅爺爺的身旁，蓋雅爺爺恍然大悟說道：「你是賓奇！」

那老人不斷點頭，卻說出最令人無法接受的話。

「蓋雅啊！那孩子不是歐拉的孫子啊！」

我的眼前發黑，轟地一聲，海門手上的巨斧摔落。

□

海門呆呆地看著天空，過了幾秒，又看了看鼠蹊部。

「疝氣！是疝氣！」史萊姆叔叔大叫，懷特醫生像被冷水潑醒，也大叫：「就是疝氣！沒錯！」幾個大人慌忙衝上前去扶住慢慢軟倒的海門。

我急切地問狄米特：「什麼是疝氣？」

狄米特搔著大草帽裡頭的腦袋，說：「就是脫腸，海門用力過度了。」

我簡直要哭了：「會死嗎？」

狄米特搖搖頭，說：「放心，只要開刀，然後躺幾天就行了。」

我們沒有衝上前去，那只會阻礙大人們急救海門。海門被抬到懷特醫生家裡，不曉得是不是要立刻開刀。

另一個我們沒有跟上去的理由，就是那個叫作賓奇的老人所說的話。

黃昏的紅光映在賓奇老人的臉上，他的眼睛從蓋雅爺爺的臉上移到躺在地上的巨斧，嘆道：

「幾年沒見面了，現在居然要告訴你這樣的消息。」

蓋雅爺爺顫抖著，那是我第一次看見蓋雅爺爺脆弱的模樣。蓋雅爺爺應該是沒有什麼妖魔鬼怪可以嚇倒的強者，就算全世界幾百幾千個吸血鬼站在他的面前，手無寸鐵的他一定也是漠然以對。

但現在他動搖了。

蓋雅爺爺的身旁被猶太村人合攏包圍，賓奇老人幾欲開口，卻被村長伸手阻止，說：「我們去林子裡談。」說完，大家便拋下兩把巨斧（反正也沒人偷得走），在凝重的氣氛中走進林子裡。

「回家吃晚飯嗎？」我爸粗聲說道。他從不過問我爲何跟這群猶太人過從甚密，他是個懶得種族歧視的粗人。

「管我！」我的不安無從宣洩，跟著大家走進林子。

狄米特侷促的腳步告訴我他心中的不安，但麥克與盧曼大聲的講話聲卻讓我感到憤怒。

大家走到林子的深處，村長看著賽辛說：「這位朋友是？」

賽辛介紹：「賓奇是歐拉巨斧的製造者之一，蓋雅跟摩賽應該見過的。」

妮齊雅淡淡說道：「七天前我們在布拉格無意間碰到他的，聊起了海門，所以就把他帶來了。」

賓奇老人看著自己手上厚厚的乾繭，說：「三十七年了，我還記得跟師匠一起在新起的爐旁打那兩把巨斧時的樣子，那時候我還很狐疑地問：是什麼人要打這麼大的斧頭？舉得動嗎？要砍大白鯊嗎？現在想起來還眞是不可思議……」

蓋雅爺爺明顯失去耐性，問：「賓奇，爲什麼說海門不是歐拉的孫子？瑪莎在生海門的時候，我在巨斧村，不會錯的。」

賓奇老人說：「海門或許眞是瑪莎的親生兒子，但瑪莎卻不是歐拉的親生女兒啊！」

摩賽爺爺用力拍著腦袋，大叫：「怎麼可能！」

賓奇老人難過地說：「我聽說白狼出現了，但瑪莎的的確確不是歐拉親生啊！你們一味把希望寄託在那孩子身上，眞是太殘忍了！」

蓋雅爺爺宛若五雷轟頂，呆問：「我從未聽歐拉提過這件事……」

賓奇老人不忍注視蓋雅爺爺失望的表情，看著雙手的厚繭說：「瑪莎是師匠臨死前託付給歐拉的，她是師匠的小孫女，那時瑪莎只是個嬰孩，師匠家裡又遭逢巨變……歐拉他一口就答應下來，也眞的將瑪莎視爲己出。」

蓋雅爺爺閉上眼睛，嘗試消化這殘酷的事實。

我開始哭，狄米特也哭了。

海門也遲早會哭的。

海門身上毫無狼族的血統，他的母親原是個在鑄爐旁啼哭的可憐嬰孩。

我的心好疼、好酸。海門失去了一切。

溝。

□

海門在懷特醫生家裡床上躺了三天，就嚷著要下床。

「別急著下床嘛，多休息一下囉。」我說，好奇地掀開海門身上的被子，假裝要偷看他的腹股溝。

「喂！」海門紅著臉把被子壓下。

「那麼急著下床做什麼？」山王坐在屋樑上吃香蕉，俯瞰著海門。

「我要再玩玩那兩把巨斧，那天是因爲我推大石頭用了太多力氣，所以才會……那個那個……」海門越說越無奈。

「脫腸嗎？」狄米特笑出來了。

其實海門早就醒來了，卻沒有人敢告訴他他眞正的身世；更沒有人忍心告訴他，那兩把巨斧已經不再屬於他了。

那兩把巨斧一把給了村長的兒子麥克，一把給了哈柏瑪斯，這全都是村子大家商議的結果。海門一個人類血肉之軀，絕不可能將歐拉傳下來的巨大斧頭使得出神入化；與其如此，不如將雙斧分執，讓新一代的狼人戰士擁有這兩把暴力武器。

「其實那兩把斧頭醜死了，我看也沒什麼了不起。」我說。

「沒錯，又笨又重的，不如我們重新打兩把輕一點的斧頭如何？」山王將香蕉皮丟下。

「啊？」海門錯愕的表情。

「好好休息吧。」狄米特笑著，將他的草帽蓋在海門的臉上。

□

又過了兩天，在一個天氣晴朗的午後，海門看著窗外小雀不斷嬉弄樹梢上的陽光連續三個小時，終於不顧所有人的反對跳下了床，走到村子的巨石廣場。但廣場上除了那一塊被怪力推開的大石頭外，什麼也沒有。

「斧頭被摩賽爺爺暫時收走了嗎？真麻煩。」海門搔搔頭。

「我……我去找摩賽爺爺跟你說吧。」山王不知道怎麼開口，於是漫步走去摩賽爺爺家裡求救，希望由那堆無情無義的老人開口跟海門說明白。

狄米特跟我拉著海門走到樹林裡亂晃，但海門顯然心不在焉，嘴裡一直掛念著他那兩把大斧頭。

「真搞不懂那兩把大斧頭有什麼好的。」我說。這其實是真話，現在是個子彈飛來飛去的年代；兩把大斧頭就像可笑的玩具，我是說，如果扣除它那輝煌的歷史戰績的話。

「有什麼好的？我總覺得那兩把斧頭輕輕一揮，就可以颳出一陣狂風似的！」海門裝模作樣、空揮著不存在的巨斧，他那稚氣的樣子跟他壯健的身子居然毫不矛盾地搭配在一塊。這教我更加難過。

「你乾脆拿兩把大電風扇不更涼快。」我沒好氣說道。

「哈！」狄米特只會乾笑；這個沒用的笨蛋。

突然間，我們的頭頂越過幾道黑影，帶過一陣風。

我們不約而同抬起頭來，四個狼人站在樹梢上扠腰擺頭。儘管狼人的模樣乍看下極為神似，但從毛色與體態來看，我很快就認出他們四個是麥克、哈柏瑪斯、盧曼、拉崗，他們四個人從小就喜歡欺負海門，在他們是人類時是討厭鬼，變成狼人後還是一樣不成熟。

「喂！雜種！跳上來啊！」麥克譏笑道。

海門冷冷地看了他們一眼，並不作聲，反而是我生氣地對著那四個不懂事的小壞蛋喊叫：「嘴巴乾淨點！」

「哈！你們一定不敢告訴這個雜種，他爺爺只是個打鐵匠的兒子吧！」盧曼的肩膀抖弄著。

「你們敢亂講話，我就告訴摩賽爺爺去！」我怒道，但我不敢看身旁的海門。

「啊？」海門不明究裡，只是疑惑。

「雜種！感謝你曾祖父打了兩把這麼棒的大斧頭給我們！這樣才有道理嘛！」麥克得意地看著海門，他毛茸茸的身體裡藏著邪惡的企圖。

「斧頭是我的！」海門大吼，他什麼都還沒搞懂，但這件事他可是十分清楚的。

「摩賽跟蓋雅，還有麥克他爺爺，已經決定把斧頭給我們了！」哈柏瑪斯大笑，他一向是麥克的好走狗。

「放屁！」海門震怒。

麥克聳聳肩，嘲諷似地瞧著他身邊的三個跟班，三個跟班一齊哈哈大笑。

「雜種！你根本不是狼族！你能像我們這樣嗎？」拉崗鼓起毛茸茸的胸膛大笑，兩手揮拳，拳拳不懷好意地瞄準海門。

我氣得發抖，麥克看了他身邊的拉崗一眼，露出尖銳的牙齒笑笑，隨後四人一躍而下，轟然站在我們面前。

「我們忍耐你很久了，你是什麼東西？」麥克睥睨著海門，他原本矮海門一個頭的，但變身成狼人後反而比海門高了兩個頭。

這些可惡的混蛋，居然趁著山王不在的時候欺負個性溫和的海門。

「我不想打架。」海門努力壓抑脾氣。我緊緊拉著海門，雖然我的忍耐也到了極限。要是我可以變成狼人，我一定要揍扁他們。

「不想打架？哈！你在說什麼啊？」麥克的巨掌捏著海門的臉頰，說：「憑你打得過我嗎？撐得了我一拳嗎？」

他們四個巨大的狼人將我們圍了起來，惡狠狠的氣燄令我感到不安。

「奇怪，我怎麼記得白狼是我們這邊的？你們想挨揍嗎？」狄米特銳利的眼睛看著麥克，不閃不避。

「等等，我想想唷……白狼好像是個會發光的狼人，而你……」麥克用手抓著額頭上的褐毛假裝陷入沉思，然後迅雷不及掩耳地將狄米特高高舉起，往樹上一丟。狄米特撞上大樹，吃痛得爬不起來。

麥克大笑：「我想起來了，你也是個人類嘛！」

話才剛說完，麥克的雙腳離地，五官震動。

「不要欺負狄米特！」海門怒道，他的拳頭鑽進麥克喉部的茸毛裡。

麥克的大手將海門的拳頭拿開，狠狠說道：「這就是人類的力量嗎？也不過如此。」

海門跟我想繞過麥克他們扶起狄米特，但我卻被拉崗抬起雙腳，倒抓起來。

「幹什麼！」我既驚慌又憤怒。

海門又想要動手，但他的脖子立刻被哈柏瑪斯勒住，動彈不得。我見過蓋雅爺爺訓練哈柏瑪斯勒技的樣子，哈柏瑪斯變成狼人後可以將鐵條夾在手臂中彎成「V」字形。現在海門的脖子就像被一頭巨蟒一樣纏住，別說逃開，連被折斷頸椎都很有可能。

「雜種，讓你掛著歐拉的名號太久了，想到就噁心。」哈柏瑪斯在海門的耳邊說道，將手臂勒得更緊了。海門臉漲得飛紅，但一雙眼睛狠狠地盯著麥克。

「你的人類朋友有沒有告訴你，你其實不是歐拉的孫子吧？」麥克一拳痛擊海門的肚子，大叫：「你那早死的媽是歐拉可憐收養的！你根本跟歐拉沒有一點關係！」

麥克繼續大叫著我不願意聽到的刻薄言辭，他的拳頭繼續招呼在海門的身上，像是要把海門全身筋骨都拆了。

「你眞該看看蓋雅跟摩賽那兩張臉！他們會把希望砸在你身上，眞是個笑話！」麥克的拳頭將海門打彎了腰，海門的手緊緊抓著哈柏瑪斯的手臂。

海門流下眼淚，我知道那並不是身體的痛苦。

我聽見一顆最誠摯、最純淨的心破碎了。

「夠了吧！」狄米特怒吼，衝過來一腳踢向麥克的下陰；麥克吃痛，一拳轟向狄米特，狄米特機靈地閃開，卻仍被拳風掃在地上。愛佔便宜的盧曼一腳踩在狄米特的身上，狄米特瞪大眼睛無法發出聲音。

「他會死的！」我尖叫，狄米特可沒有海門那樣銅筋鐵骨。

「尿一下不會死的。」盧曼發笑，並沒有繼續踩狄米特的意思，卻直接在狄米特的臉上拉尿。

當黃色的尿水淋在狄米特的臉上時，哈柏瑪斯飛了起來。

□

原本正欣賞狄米特受辱的麥克感到頭上一黑，忙回過頭來，卻被從天而降的哈柏瑪斯壓倒；海門一腳踩著還不知道爲何會被摔出去的哈柏瑪斯，像一枚砲彈似衝向張大嘴巴的盧曼。

海門的拳頭從背上弓出的時間，聽說只要０．０１５秒。

不管是什麼東西，只要是站著呼吸的，都禁不住這樣的暴力加速度。

「嗚！」盧曼往後飛倒，尖牙在嘴裡亂七八糟地攪開。

但從未反擊過的海門，拳頭裡積壓的不只是憤怒，還有千斤萬擔的委屈。他怒吼著：「別太侮辱人！」海門的上鉤拳像鐘擺似轟在盧曼的胸口，盧曼在眨眼間就退化成人形，飛了出去。

「見鬼了！」拉崗放下我的雙腳，怒氣騰騰地躍向身旁的樹幹，藉強大的反作用力彈向海門；

海門大吼，沒有任何準備動作就朝飛快衝來的拉崗揮出一拳，一人一狼就這麼硬生生對轟！

我坐在地上，看著拉崗的身形在半空中一挫，就像高速噴射的飛機撞山般愣然落下。而海門根本沒有挨上拉崗那一拳，就已經用快得不可思議的拳頭將一頭狼人轟昏，提早０．０１５秒結束對決。

「你眞以爲你是最強戰士的孫子？」

麥克的聲音從樹林頂端傳來；他不知道何時已經竄到樹幹上，一手抓著樹枝晃動身子，眼睛瞄準海門，打算等一下一鼓作氣用重力加速度朝海門頭頂轟下。

「應該教教你狼族跟人類之間的分別了，你誤會自己太久了。」哈柏瑪斯揉揉痠痛的手臂，站了起來，他的拳頭可以將鐵籠打歪。

兩個狼人的傾力一擊，已經不是惡作劇的層次；而是謀殺。

海門很笨，打架也很笨。他只懂得揮拳。他一定會完蛋的！

「快逃！」我大叫。

一個狼人自樹梢怒吼，一個狼人站在海門五步前弓起身子，他們比野獸兇猛得多。

「我很笨，但打架的事只是加法。」海門被撕開的衣服裡露出鮮紅的爪痕，眼神裡充滿憤怒的火焰：「但就算你們變身成狼、力量變成五倍，我也從不認爲我會打輸五個麥克加五個哈柏瑪斯。」

我呆住了。那一剎那我覺得海門的身影變得很巨大、很巨大。

麥克舉起雙臂，雙掌緊握成球轟下，海門卻不加理會這雷霆萬鈞的氣勢，衝上前一記左鉤拳朝哈柏瑪斯的下顎揮去，哈柏瑪斯往後急縮躲開了這一拳，卻沒有躲開海門接踵而來的抱擊。

海門與哈柏瑪斯滾在地上，從天而降的麥克不知道該怎麼辦；他看著哈柏瑪斯的嘴裡吐出午餐中的馬鈴薯碎泥，兩雙眼睛翻白後，鼻孔又灌出鮮血。

「我的外公是歐拉！這樣夠清楚了嗎？」海門大吼大叫，他的聲音夾雜著哭泣的鼻音。哈柏瑪斯被海門從背後奮力抱住肚子，然後他得嚐嚐全村最恐怖的腕力。

「放開他！」麥克大叫，哈柏瑪斯再吐的話，恐怕要吐出肝臟了。

「好啊！」海門眞的丟開奄奄一息的哈柏瑪斯，掄著拳頭箭步向前大叫：「是該輪到你了！」

麥克不由自主後退了一步，眼中的氣燄全消。

「小心！」我尖叫。

拉崗滿臉是血、突然拔身自海門背後一踢，海門被踢翻在地前，麥克隨即一腳踢向海門的臉。海門三百六十度在空中轉了一圈後倒地，隨即被麥克與盧曼壓在地上拳打腳踢。

兩隻巨大的野獸瘋狂毆擊著海門，被壓倒在地上的海門居然不閃不擋，兩隻拳頭毫無章法地朝麥克與拉崗的身上亂打，海門的臉上濺滿鮮血，身上的抓傷怵目驚心。

突然，麥克一拳命中海門的胸膛，那巨大的聲響令我驚慌莫名。

我連忙抄起地上的尖石用力往麥克後腦重重一砸，麥克怒目回頭，我手裡又是一塊尖石飛去。海門趁勢爬起，抓住拉崗的左手一折，拉崗哇哇大叫，看著像軟水管一樣的手臂呆住。

「可惡！」麥克罵道，額上流出鮮血，轉身隨手用力一揮，我昏了過去。

□

當我有點知覺時，額頭上冰冰涼涼的。

我睜開眼睛，媽媽憂心忡忡地看著我，說：「醒了？山王揹妳回來的。一個女孩子家跟人家打什麼架？」

我虛弱地回嘴：「妳還不是在酒吧裡跟兩個男人打過架？還救了老爸？」

如果是山王揹我回來的，那海門一定沒有大礙。

媽媽皺著眉頭，說：「不要什麼都拿媽的事回嘴。妳還不知道事情的嚴重性，海門闖出大禍了。」

我搖搖頭：「是他們先欺負海門跟狄米特的。」

媽媽的眼睛溼溼紅紅的，說：「欺負海門？海門把哈柏瑪斯的肋骨折斷了三根，把盧曼打到送到城裡的醫院觀察腦震盪，把拉崗的手折斷，還差一點殺了麥克！」

我驚叫：「差一點殺了麥克？」

媽媽點點頭，難過地說：「聽說麥克把妳打昏後，海門一拳就把他的下巴打歪，還把麥克的左眼打瞎了！現在麥克在懷特醫生家緊急救治。」

我哭了出來，這個笨蛋現在不知道怎麼了。

「都是麥克的錯！他不應該譏笑海門的！」我抱頭痛哭，額頭上滾燙著。

「海門這麼強壯，根本不應該這麼衝動，說誰欺負誰都太早。現在又不知道跑到哪裡去。」媽媽將我壓在床上，重新將冰毛巾放在我的額頭上。

「妳不懂啦！海門是什麼樣的人妳又不是不知道！」我哭，胸口悶得厲害。

媽媽根本不知道，如果海門不動手，被送進醫院的絕不是麥克他們。

我只是痛哭，媽媽拍著我的背，說：「狄米特也是這麼說。沒事的，海門受點教訓也是應該的。但妳爸擔心村子已經容不下他。妳乖乖睡，晚點我跟爸去找狄米特的爸媽商量該怎麼幫海門，好不好？」

我點點頭，我的頭好痛。

我閉上眼睛再度沉睡。

在夢裡，我看見海門的拳頭，直直地、直直地、直直地將麥克的眼珠子打碎的樣子。

□

「快醒來！快醒來！」我爸爸大叫著，將我用力搖醒。

我緩緩睜開眼睛，卻見房間的擺設快速地移動，原來是爸爸正抱著我衝下樓梯，我看著爸爸焦急的眼神，忍不住好笑：「爸，我沒事啦，我好像已經退燒了。」

爸爸一腳踢開大門，抱著我往懷特醫生家裡衝去，說：「海門快死了！妳得去見見他！」

我嚇得說不出話，連怎麼開口發問都不曉得。

「海門到懷特醫生家跟受傷的麥克道歉，沒想到麥克他爸卻氣沖沖地回家拿獵槍，朝海門開了一槍！」爸爸焦急地說：「看樣子是活不成了。」

什麼？怎麼會這樣？

我號啕大哭，亂踢亂叫，爸將我放了下來，我大哭衝到懷特醫生家；懷特醫生家門口早就擠滿了人。麥克的爺爺，也就是村長，深鎖眉頭坐在一堆猶太人中間；麥克的爸爸不知所措地站在蓋雅爺爺面前，蓋雅爺爺嚴峻地瞪著他。

「海門呢？」我大叫，衝進人群，看見狄米特跟山王蹲在懷特醫生家門口的擔架上，一人一手抓住海門的雙手。

擔架上都是血。

海門胸口透著褐色的血漬，他的臉色蒼白如紙，我瞧著他，腦子陷入一面空白。

怎麼可能？我一定要用這樣的方式失去海門嗎？

「海門！」我跪在擔架旁，狄米特與山王的眼睛片刻不離海門，他們非常清楚這樣傷勢的後果。子彈差點穿透了胸膛，致命地留在肺葉裡。

海門沒有說話，他的眼睛裡充滿了淚水，他堅實的胸膛虛弱地微微震動。

我看著海門，他憨厚的臉上試圖擠出一個笑臉，但悔恨與傷心卻滲透了他的臉孔。我知道，海門是帶著深沉的迷惘與失落，慢慢走進另一個世界的。

「海門……你很強的！你很強的！你快點好起來……我們去求蓋雅爺爺把那兩支斧頭給你好不好！」我哭著，我一直都知道我是多麼需要海門。

海門的嘴唇慢慢蠕動，我將耳朵靠在他的嘴邊，聽見他氣若遊絲的聲音說道：「那種東西，我不要了……」

我哭得好傷心。整個世界莫名其妙地扭曲、崩壞。

這個世界對海門好不公平、好不公平！

「蓋雅，把所有人帶開。」山王慢慢站了起來，他不再流淚。

我看著蓋雅爺爺，蓋雅爺爺凝視著山王。

「把所有人帶開。」山王嚴厲地看著蓋雅爺爺，那是我第一次看見有人敢這麼對待蓋雅爺爺。

蓋雅爺爺緩緩點頭，村長趕緊吆喝所有人離開，但好奇觀望的村民卻越來越多；摩賽爺爺與其他的猶太人憤怒地驅趕其他的村人，但人群卻始終無法散開。

「不要在這裡！大家快把海門抬到林子裡去！」村長急切地說，蓋雅爺爺陷入兩難的掙扎裡；但幾個猶太村人已經站上前，想將擔架抬到林子裡。

「我是白狼，在這裡，我最大。」山王斜眼看著那些上前的村人，說：「誰敢搬擔架，誰就給我滾出這個村子。」

山王毫不理會人群裡的怒罵，他只是看著奄奄一息的摯友說：「海門，我要救你，你也要幫你自己，絕不要放棄。」

海門茫然地看著星空，他似乎已聽不見山王的話語。

山王看著星空，接著冷眼環視了周遭吵雜的人群。慢慢地，他的眼睛裡透出純白的光芒，我登時明白接下來將要發生的事。

「你這孩子怎麼……」村長搖搖頭，看著山王仰天長嘯，所謂的人類村民驚駭地看著山王幻化為傳說中的惡魔。

包圍在層層樹林中的巨斧村颳起了一陣陣溫暖的晚風，草地軟綿綿地隨風搖擺，我聞到泥土裡最原始清新的味道，聽見星光墜落的銀鈴聲。

山王的吼聲巨大卻和緩，煦煦白光團團包住山王，細細白白的狼毛迅速在山王隆起的骨架上鑽出破碎的衣裳，他的牙齒拔尖，人類的面孔魔術般隱藏在野獸的毛髮下。

白狼，百年難得一見的狼族領袖。此時的山王有如森林的巨靈神，皎潔的白光飛盈在眾人的眼前，像流水、像木棉花、像光霧，美麗的姿態讓眾人類忘卻害怕，替之以不可思議的驚呼；蓋雅爺爺沉默地祝福山王的決心，但多數猶太村人卻不安地觀察人類村民的反應。

海門迷離地看著飄浮在他眼前的白光，以為來到了天堂。

「森林之神！我要召喚你所有的力量！」山王大吼，一陣陣風從樹林四面八方颳進村內，在每個人的面頰上呼嘯而過；原本在山王身上源源不絕流竄出的白光突然衝上天際，在星空中胡亂飛竄，山王的臉上露出痛苦的表情。

蓋雅爺爺大叫：「跟大地一起呼吸！不要在意痛苦！」

山王咬著牙，巨大的胸膛鼓盪，伸出雙掌成爪；我感覺到山王的身體變成山林的孔竅，任由天地間的精氣穿梭在他的身體間。

慢慢地，那些在星空中竄得厲害的白光紛紛墜落，回到山王純白的身體裡。此時山王閉上眼睛，將最後一絲白光鎖進自己的體內，所有奇妙的白光都消逝了。

山王這個舉動我曾經聽他提過，但他最多只練到這個階段，從未達到「聚光」的境界；但我知道他一定會克服最後一關。

我瞧見山王的指尖滲出螢火蟲般的點點光輝，掌心間冒出一個小光球，兩團小光球隨著山王渾厚的呼吸聲越來越大、越來越亮；我也注意到山王的白毛逐漸在晚風中被吹落，化成焦黑色的焰火。

山王睜開眼睛，光球像砲彈射進海門的身體內；光球一個接一個、連綿不絕鑽進海門重傷的身軀，我彷彿聽見海門的呼吸聲漸漸粗重起來。

山王笑了，但他的身體越來越矮，骨架越來越窄，白色的狼毛隨著光球一顆顆離開掌心而掉落，我明顯感覺到白狼的神聖力量正在消散，而海門的胸口卻綿密著溫柔的能量。

「海門！」我看著海門驚喜喊道，因爲他開始在擔架上發出我們熟悉的鼾聲。

山王疲倦坐倒，以人類的姿態困頓地看著他豁盡一切搶救回來的同伴，滿意地閉上眼睛。我想他一定很想好好睡上一覺。

「太好了。」我高興地在山王的臉頰上親了一下，然後又緊緊抱住酣睡的海門，在周遭陷入高聲議論與驚叫聲的同時，我發覺狄米特竟然也睡著了，像是作噩夢般皺著眉頭。

看著這三個貪睡的大男孩，我笑得好開心，那些笨蛋村人陷入什麼樣的集體情緒，我根本毫不在意，最多最多，只是花一個晚上告訴我爸我媽一個很長很長的故事罷了。

□

那白光不僅治癒了海門致命的槍傷，也一併將海門身上的大小創口完美地修補。麥克的父親也因為那後悔莫及的一槍，不得不原宥失手的海門。

至於幻化成白狼的山王，則帶給村人連續好幾天的飯後話題，每天夜裡都聚在橡木樹下聆聽村長一遍又一遍將狼族的故事娓娓道來。本來嘛，巨斧村裡的村人就應該有權利知道巨斧村的來由，而那些大人目瞪口呆的表情我永遠都無法忘記。

「乾脆將消息放出去，也許吸血鬼那邊的動靜比較好掌握。」摩賽爺爺說。

「引他們來襲擊山王，將他們一網打盡。」蓋雅爺爺的想法。

「也許黑祭司還沒有發覺吸血帝王的存在，我們可以根據他們的反應追查到吸血帝王的可疑線索。」趕來參加祕密會議的賽辛說。

而事件的主角之一，山王，大概有幾個月都無法幻化成白狼了；因為他已經耗竭了所有力量。

就像大病初癒吧，山王著實萎靡了好一陣子，但他因為救了海門一命，得意洋洋的本性完全寫在臉上。事實上，他也證明了他能夠完全控制神聖力量的運用。也許他真的會是有史以來最強悍的白狼。所以，山王並沒有因為那晚的傲慢態度受到狼族的冷眼以待，反而有種未來領袖的架式跑出來。

「我很厲害吧！」這是山王這兩個禮拜整天掛在嘴巴的一句話。

但闖出大禍的受害者——海門——卻陷入難以平復的愁緒裡。

「這兩把斧頭是屬於你的。」蓋雅爺爺指著躺在廣場上的兩把巨斧，他一句話就將巨斧從麥克與哈柏瑪斯的手中要了回來。

不知道蓋雅爺爺是怎麼想的，也許他覺得應該補償海門，也許他覺得海門才具有揮舞巨斧的潛質，也許他覺得巨斧根本是過時的武器，不如送給一心追求巨斧的海門。

「我不要。」海門冷漠地說，他再沒有正眼看過任何狼族的成員一眼。

我聽見海門烈火般的心跳停了。他的心被看不清楚的黑色物質給埋住了。

以前任何煩憂都無法在海門的心靈港口停泊超過半天，但現在海門連港口都消失了。

□

離開的那一天竟提早來臨。

「崔絲塔，我要走了。」

那天晚上，海門坐在我家窗緣上，看著我的手。

「爲什麼？這些不愉快一定會過去的！」我說，但海門沒有回答，我看見海門低著頭一直在哭。

這個強壯的男孩子，沒有我想像中那樣堅強；這也讓我認識到海門緊握的拳頭裡面，藏著一顆多麼脆弱的心。

「如果我說我不想你走呢？」我說，難過地陪著海門一起掉眼淚。

海門跳下了窗，我接著聽見沉悶的一聲爆擊，窗前的樹影晃動；我趴在窗戶上，看著海門擦著眼淚離去。第二天早上，我在屋子前看見粗大的樹幹上，留下海門最後烙印在巨斧村的一擊。

那一天在離村三哩的巴士站前，我捧著小撲滿，還有一袋紅蘋果，站在山王與狄米特的中間。

「給你。」我將撲滿遞給揹著簡單行囊的海門。海門遲疑了一下，便將撲滿抓進包包裡，再將那袋紅蘋果拎了起來。

「寫信啊！蠢蛋！」山王笑笑，說：「眞該把地址刺在你的屁股上，免得你忘記了。」

「不要忘記回村子的路。」狄米特拿了一串銅幣，塞在海門的手心裡，說：「買笛子的錢，先拿去用，回村子時記得還我兩倍。」

海門感激地傻笑，他知道他不能拒絕旅費；跟友情。

村子依舊容得下海門，但海門卻不想再被村子包容了。

「巨斧三號有你的位子，大號的。」狄米特說，草帽壓得很低。

「謝謝。」海門又哭了。

海門的夾克裡躺著一張賽辛留給他賓奇的住址，那是他尋找自我的第一站，關於他身世的故鄉。也因爲他的確有個目標，所以我們不願阻止他。

遠遠看見，通往城裡的巴士。

「海門，跟我並肩作戰！」山王突然豪氣風發地說。在他的眼中，沒有人比海門更勇悍，即使是那些身披狼毛的混蛋。

「那一天，我會回來。」海門走進巴士打開的門，沒有回頭。

巴士的門關上，我忍不住大喊：「如果你不回來！就換我流浪去找你了！」

我看著巴士遠去，突然間，我發現我自己眞的是個女孩子。

「如果你回來，我一定嫁給你。」我心裡不斷重複這句話。

海門走後，我每天晚上都摸著院子裡那棵樹上的拳印，回憶能夠回憶的一切。

07 海門走了

海門走了。十五歲的他，留下十五歲的我們，還有莫名其妙空空盪盪的高二暑假。

少了整天在林子裡胡亂鍛鍊身體的海門，我們突然不曉得該做些什麼。不用陪海門搬石頭，不用陪海門跟空氣打架，不用陪海門在樹跟樹之間追逐跳躍。

狄米特的陶笛聲，整個夏天都在「不知道通到哪裡河」畔孤伶伶地飄著，尋找著那個曾經在河床上倒立走路的大男孩。巨斧二號停泊在河畔，少了最盡忠職守的舵手，也許它一整個夏天都不會航向任何一個地方。

「海門他才十五歲，腦子又不好，不知道他倒底會不會搭火車？」我說，坐在樹屋的屋頂上。

這樹屋是我們四個人小時候搭的，後來大家都長高了，裡面擠四個人會顯得很拘束；所以我們都改在樹屋上或坐或躺。只有海門常常在裡面過夜，反正收留他的親戚根本不在乎。

山王打趣地看著我，說：「妳眞的認爲壯得跟頭牛……喔，不，壯得跟狼人似的海門，出了黑森林後會活不下去嗎？」

我點點頭，連我自己都沒搭過火車。海門離開這裡前一天晚上，還是狄米特從繁複的火車時刻表中幫海門規劃到布拉格旅程的路線，甚至還安排了幾個旅遊景點供海門參考。但海門孤身一人離鄉，我眞怕他憨直的個性會遭人欺負。

「如果有人欺負你，你就打他。」我是這麼跟海門說的，我已經厭倦、也不能忍受海門受到一絲一毫的欺侮；要是真的受了委屈，用拳頭溝通的話，海門絕對辯才無礙。

當然，我也提醒海門：打完了，記得回到這裡來。

「妳給的建議很奇怪。」狄米特的大草帽蓋在臉上，躺在我身邊。我只要輕輕一推，他就會從樹屋上滾了下去。

「是嗎？」我說。

海門走了一個月，我們連一張明信片都沒收到，不知道海門是不是連郵票的錢都湊不出來，還是笨到住址都忘光光了。

此時遠處傳來巨大的叫囂聲與斥責聲，山王連眼皮都沒睜開，說：「他們又在練習了。」

我對狼族的事早已失去興趣。一方面，我連半個吸血鬼影子都沒見過，對狼族存在的必要性感到懷疑；另一方面，除了山王以外，我對任何一個狼族的成員都失去談話的耐性與意願。

「喔？」我應道。還不就是村子裡那群新白癡狼人在集訓。

這些日子以來，村子裡所謂的人類村民搬走了七戶，畢竟他們對無法理解的事物感到恐懼與不安，但剩下來的村民則充滿了強烈的好奇心；他們時常放下手邊的工作跑到狼人集訓的地方，觀看狼人變身的過程。我爸便是這樣，他放下葡萄園施肥的工作不幹，整天纏著摩賽老頭要他變身給他看，還百看不厭。

這些平凡人發現平日與他們交往甚深的鄰居好友居然可以幻化成狼，他們的心中頓時充滿無可抑制的、全新的認知動力；另一個血腥殘酷的世界，對他們來說不過是靈異現象的真實再現，他們恰巧站在一個可以捕捉這再現過程的位置，他們當然希望這過程越鮮明越好。

人們總是對科學沒法子解釋的事物感到興趣，卻對科學本身興致缺缺。如果你對他說：「天！這東西科學無法解釋！」，他才會將臉湊得老近。

□

你問我警察在做什麼？據山王說，其實世界各地的政府多多少少都知道狼族的存在，更遑論近年才變成「狼族/吸血鬼/人類」戰場的德國，而狼族與人類政府在二戰後，更在全世界各國建立起若有似無的聯盟脈絡，這是以往的歷史環境所無法辦到的。

山王還說，賽辛早在一年前就已經跟德國政府聯繫，討論白狼出現後的種種因應措施。最主要的，是要求世界各地的政府協助，並觀察任何關於吸血鬼活動的特殊之處，試圖推敲出吸血鬼魔王的可能消息。而在以色列、美國、英國、法國等地的重要狼族聚落，個個出動新一代的戰士，在世界各地積極展開獵殺吸血鬼的行動。

也因此，在這樣的默契下，爲了不移動瀕死的海門，山王大膽在眾人面前展露出不可思議的變身時，蓋雅老頭並未強烈阻止。即使有村人洩漏出消息，德國政府也會下令媒體封鎖消息；至少在檯面上。

「聽說鄧肯上個月也會變身了，麥克的弟弟亞當在前天也可以變了。」狄米特說。

「沒錯，現在村子裡已經有三十一個新狼人了。」山王說，還是閉著眼睛快要睡著的樣子。

「你今天不用練習嗎？」我問，山王已經三天沒練習了，整天無精打采的。

「練個屁。」山王睜開眼睛，手指遮著刺眼的陽光說：「獨眼麥克跟哈柏瑪斯練得再久，我瞧也是舉不起那兩支破斧頭。」

「爲什麼不改練槍就好了？練斧頭多可笑。」我說。

「如果斧頭是由海門來拿的，妳還會覺得可笑嗎？」狄米特笑笑，我怒得搥了他一下。

「蓋雅爺爺說，二次世界大戰時狼族組了個遠征隊，他們每個人都會使槍，卻依舊練了一身的刀劍與蠻力功夫。因爲吸血鬼的動作很詭異，又快得像一陣風，拿在手上的槍大多只能瞎打濫射，飛刀功夫也不太管用。」山王說：「除非那些吸血鬼進入差不多可以肉搏的距離內，否則論勝負都還太早。」

「要是吸血鬼拿槍怎麼辦？」我問：「那你們不就被他們從遠距離打成蜂窩？」

「我們的狼毛很堅硬，皮膚也很厚實，一般的子彈鮮少能對我們造成重大傷害，不過我自己一點也不想挨子彈就是了。」山王打了個哈欠，說：「而且，天知道以前那種鳥子彈鑽不進去我們的肉裡，現在的子彈鑽不鑽得進去？我看還是不要開戰得好，尤其是跟一群歹種合作……」

「你可是他們的領袖啊，你以前不是很熱中解救全世界？」狄米特發笑。

「那是海門在的時候！」山王認眞說道：「眞的，我老覺得有他在的話，什麼怪物站在我面前我都不怕。爲什麼我會有這種感覺我也說不上來，大概是他練習的時候總是比我認眞百倍吧。」

「嗯。」我同意。

「我想要的是那種……那種……該怎麼說咧？那種拯救世界的願望成眞。而海門……」山王思索著。

「你想要的是抽象性的願望達成，而海門卻一直被大家拿來跟具象的怪物聯想在一起。」狄米特說得很哲學。

「沒錯，海門是眞的有那種魄力跟怪物一較高下。我自己就很懷疑我自己，是不是會在那些我根本見都沒見過的怪物面前腿軟。」山王說，伸出手來，一隻雲雀停在他的手指上好奇地看著這森林之王。

「你們都誤會海門了，海門他根本沒有什麼魄力跟怪物打架。」我若有所思，有件事我從老虎事件後就知道海門的心思了。

「女孩子。」山王假裝皺著眉頭，立刻被我搥了一拳。

我幽幽說道：「海門他自己一直以爲，他想跟怪物打架，是因爲他想打贏怪物而已，所以他覺得你們遠遠比他勇敢。其實他根本沒注意到，在他用力捏緊的拳頭裡面，追求的是勇氣，而不是倒在他腳下的怪物。」

狄米特跟山王靜靜聽著。

□

「你們還記得鐵籠裡那隻餓得發狂的老虎吧？」我說：「當時的海門說不定在半分鐘內就可以把那隻老虎打暈，但是他卻沒有這麼做。他只是用力地抱住牠，然後摸著牠咕嚕咕嚕叫的肚皮，叫我們快去拿東西餵牠。」

我發覺自己的嘴角洋溢著笑意，說：「那天晚上在樹林裡，海門以爲他只是想打贏那頭熊而已，所以摩賽爺爺才會說海門當然打不過那隻熊。但是海門會平白無故去跟熊打架嗎？後來他變得更強壯了，他有去找什麼怪東西打上一架嗎？他跟你們一樣，他拳頭裡面握緊的勇氣，是溫暖的，是值得信賴的。」

山王忍不住點點頭，說：「所以海門眞的很強。」

狄米特沒有說話，只是看著我。

「幹嘛？」我問，我被狄米特瞧得不太自在。

「妳喜歡海門嗎？」狄米特的眼睛在草帽下注視著我。

「喜歡啊。」我紅著臉。

「像妳媽媽喜歡妳爸爸那樣的喜歡？」狄米特的眼睛瞇成一條線。

「沒有啊。」我眞想立刻就跳下樹。

「是嗎？」狄米特笑笑，但我看不清楚他的笑是哪一種笑。

尷尬的氣氛只持續了三秒鐘。

「狄米特，你喜歡崔絲塔嗎？」山王的聲音一直在肚皮裡顫抖，我猜他快要笑出來了。

「喜歡。」狄米特回答得很乾脆，所以這個喜歡是朋友的喜歡。我鬆了一口氣，卻也有些失望；我對狄米特的感覺也是很複雜的。

「是像你爸爸喜歡你媽媽那樣嗎？哈哈哈哈哈！」山王終究還是笑了出來，而且笑得一發不可收拾，眞是白癡死了。

「是。」狄米特將臉徹底埋進大草帽裡。我則傻了眼。

山王的笑聲戛然而止，驚奇地坐了起來。

「瑪麗可愛多了耶！」山王大聲說道。瑪麗喜歡狄米特全村皆知。

「不覺得。」狄米特這死小子竟然將臉藏在大草帽裡，留下我窘迫地不知如何是好。

「眞的嗎？」山王大叫，我搞不懂他爲什麼老是喜歡叫啊叫的，尤其是現在。

「眞的。」狄米特說，我眞想把那頂草帽踢下樹屋。

「那你發誓你不會跟瑪麗在一起！」山王大吼。

「我發誓我不跟瑪麗在一起。」狄米特的聲音平靜得很隨便。

「吼——」山王高興地大吼，縱身跳下大樹，在半空中翻了觔斗後，竟迅速地變成白狼著地，興奮地鬼吼鬼叫地跑走了。

我看著遠處的樹叢擺動，吼聲漸遠，只得清清喉嚨說：「原來山王喜歡瑪麗啊，我以前都不知道。」

「我也是。」狄米特回答後，竟不再作聲。

我怨恨地看著狄米特，這傢伙難道打算開始睡午覺？在對我說了那些話之後？

過了許久，狄米特還是不說話，我開始盤算是否要跳下樹去不理他；畢竟這樣對待一個女生實在是罪該萬死。

但我無法離開，因爲另一個我想繼續聽下去；那一個矛盾的我。

「妳喜歡海門，我知道啦。」狄米特突然開口：「但是我也不錯，有機會嗎？」

我記得這個故事是一個關於友情的故事，突然間有個角色竟開口要求加入情愛的成分，令我一時之間手足無措。

這個角色既體貼又細心，尤其會在我眼淚快掉下來的時候，突然別過臉去做其它的事。但這個角色總是將他的臉藏在大草帽裡，好讓別人看不清楚他到底是不是在做鬼臉。

「夠了！」我假裝生氣地將狄米特臉上的大草帽摘掉，他瞇著眼睛，臉紅得發燙！

「有機會嗎？」狄米特眨眨眼。

「你……」我說不出話來。

「等海門回來再告訴我吧。」狄米特笑著，將草帽搶了回去。

狄米特並沒有跳下大樹，然後讓我們之間過了好幾天都存在著莫名其妙的尷尬。他依舊躺在我身旁，開始說東說西，我也胡亂回了幾句，就這樣一搭一唱到了傍晚。狄米特告訴我，明年高中畢業後，他爸爸打算將他送到海德堡大學，至於主修什麼則看狄米特自己的意思。

狄米特說他最想主修音樂，但他明白自己其實只是喜歡吹吹笛子，其他可說是一竅不通。也許他會唸經濟，也許他會唸社會學、數學也不一定。狄米特跟村子裡的小孩比起來簡直是個天才兒童，我替他感到驕傲。

「妳想去海德堡嗎？還是科隆？」狄米特隨口問問。

「不知道耶，我的成績不知道能不能申請得到。」我隨口說說。

就這樣，傍晚也過了，狄米特跟我之間越聊越扯，卻也越聊越不尷尬，直到我媽雙手扠著腰站

在樹屋下恭請我回家吃飯，我才高高興興地爬下樹屋回家。

□

今天妮齊雅跟阿格來了。

「在以後無數的戰鬥中，你們將會非常明白，狼族最兇猛的武器就長在你們的身上，而不是槍械彈砲。大家都知道妮齊雅來的目的，誰要先上？」蓋雅老頭說完，便坐在老樹下的大石頭上，把三十多個新銳狼族交給妮齊雅上肉搏課。

想當然爾，狼人間的肉搏戰一定會是全村人無論如何都想看的好戲；但是脾氣壞透了的妮齊雅只瞪了村長一眼，村長便把大家給趕開了，只留下狼族相關的成員。意外的，還有狄米特和我。

「我可以留下？」我喜出望外，雖然我對於狼人之間的打架沒有興趣，但我對妮齊雅對我的態度感到驚喜。

「走也可以。」妮齊雅很酷地走開。

於是，我跟狄米特就坐在遠遠的角落觀戰，打算就這麼渡過一下午。

山王那小子神氣活現地站在群狼的中心，遠遠跟我們揮手打招呼。這也是群狼第一次要抛開個人的體能鍛鍊，眞正來到戰技課程的一天。我們感到好奇的是，山王這傢伙時常陪海門訓練，不知道長進了多少。

「以前的白狼幾乎沒受過訓練便上了戰場，哎，成效有限嘿！」村長一屁股坐在我們旁邊，老態龍鍾地說：「今個兒的白狼，說不定是歷史上最精悍的一隻，嘿！」

我沒有回話，狄米特也沒有。他知道我不想跟村長說任何一個字。

「還是要一起上？」妮齊雅斜眼瞥著狼群，根本不把這些小鬼看在眼裡。

「我來！」拉崗大剌剌地走上前，妮齊雅根本沒正眼看著他，說：「變身。」

「是！」拉崗剛剛說完，鼻子立刻歪七扭八地變成紫色，然後昏死在地上。

妮齊雅閃電一踢腿，拉崗便著了道。我立刻在一旁用力拍手叫好。

「下次記得變身後再出列，不知死活。」妮齊雅冷笑，一腳將昏死的拉崗踢飛。

村長莞爾說道：「妮齊雅脾氣是不好，但她可是中生代的戰士中數一數二的厲害，有的狼族就算變身了也打不過她，請她來教大家，再好不過。」

那有什麼稀奇的，海門呼拉呼拉的，四個狼人也躺下了。

「看我的！」彼得這兩個月前才學會變身的傢伙突然大叫，快速膨脹的肌肉撕裂了衣服，正要仰天長嘯之際，妮齊雅突然跳上半空，來到群狼的頭頂上。

彼得愕然倒下並昏了過去，妮齊雅站在驚詫不已的年輕狼群間，用她的金屬靴子踩著彼得的胸口。

「蓋雅，全權交給我是吧？」妮齊雅淡淡說道。

蓋雅老頭不置可否：「吸血鬼下手更不留情。」

妮齊雅點點頭，腳下使勁，原本昏死過去的彼得突然像遭到雷擊般哀叫。

「把這蠢豬抬下去。」妮齊雅冷笑，看著幾個藉故開溜的小子將彼得抬走。後來我聽山王說，妮齊雅將彼得的兩根肋骨踩斷了，眞是好個潑辣的女人。

妮齊雅慢條斯理走出狼群，說：「戰鬥不要婆婆媽媽的，幼稚只會召來死亡。」

獨眼的麥克瞪著妮齊雅，說：「妳是說怎麼戰鬥都可以嗎？只要讓妳躺下？」

妮齊雅突然大笑：「獨眼的，你在說什麼大話！」

村長不悅道：「太過分了。」

麥克怒極，突然群狼間低吼不斷，共有七人變成狼人一齊朝妮齊雅撲來。

妮齊雅像是突然消失般，隱沒在狼人壯碩的交雜身影中。

「好快！」狄米特讚道。

的確很驚人，妮齊雅不是消失了，而是飛快地變成狼人，破碎的衣屑在空中飛舞，空氣中充滿拳風交錯的悶響。

高大的道格拉斯像滑壘般倒下；哈柏瑪斯像屁股著火般奮力逃出妮齊雅的腳風，但後腦還是中了一腿，兩眼翻白跪倒；麥克像酒醉般往後走路停不下來，然後抱著肚子在一旁猛吐。十秒內，七隻狼全都被痛宰，在地上滾得像陀螺似的，還發出怨恨的悲鳴。

「你們連骨氣都沒學好。」妮齊雅得意地用她的狼腳將盧曼的臉踩進土裡，不讓他繼續哀哀叫……或打算悶死他？

剩下的狼群面面相覷，他們大概發現這堂課實在是太超前進度了。

「我不打。」山王看著妮齊雅，充滿自信地說：「高手的另一個境界，就是知道自己跟對手間的實力差距。」

妮齊雅點點頭，然後飛腿將山王踢了個狗吃屎。

「你不能選擇戰鬥或是不戰鬥。」妮齊雅朝山王的肚子又是一腳，說：「要不然你也不會站在這裡。」

狄米特跟我都看著出糗的山王哈哈大笑，而他倒也硬氣，連滾帶摔地爬了起來，一聲都不吭，臉上甚至還掛著微笑，在轉眼間變成白狼備戰。

「你倒蠻有點這裡缺少的骨氣啊。」妮齊雅隨口說說，其實我看她根本不將什麼傳說中的白狼放在心上。

「妳的踢腿跟海門的拳頭比起來，恐怕還差了那麼一點點。」山王捏緊拳頭衝了上去。白光對人類或狼族都沒傷害性的效用，所以山王只能掄起拳頭。

妮齊雅一愣，然後把山王踢到樹上，山王撞上大樹，葉子紛紛落下之際，山王忍痛藉反作用力朝妮齊雅劈空落下。

砰！

山王趴在地上，昏了過去。

妮齊雅以匪夷所思的速度站在樹梢上，在飛躍的過程中給了山王下巴一拳。

我看著妮齊雅，她像是在沉思。

「也許……只有在樹梢上，我才可以打敗那小子。」妮齊雅自言自語，卻又突然發笑：「怎麼可能？」

蓋雅老頭嘆了一口氣。

□

妮齊雅在村子裡訓練，不，折磨了這群小鬼一個月，除了送進醫院持續裝病的以外，大家都變強了不少；而體型壯碩、臉部表情極爲癡呆的阿格老是一動也不動地在一旁盯著妮齊雅看，並沒有參與恐怖的教學。

據山王說，要是阿格也下場教學，新一代的狼族通通要躺在棺材裡。阿格小時候發燒把腦袋給燒壞了，雖然笨，但身體卻壯健得很驚人，在團團肥肉底下藏著滾滾不絕的力氣，他變成狼人時比一隊坦克車還要恐怖，拿的兵器是吸血鬼。

「拿吸血鬼當兵器？」我感到好笑。

「損壞了還可以隨手換新的。」山王也覺得好笑。

他們一天一天操練，我也一天一天等待海門的信。我很想告訴海門那天下午妮齊雅在樹梢上所講的話，我想海門一定會很不服氣地跑回來，然後在樹梢上跟妮齊雅跳來跳去、轟轟烈烈打上一架。

傍晚，狄米特笑得岔氣地跑來樹屋上找我。

「海門這個笨蛋！他把地址寫錯了！結果寄到瑪格麗特阿姨家去！瑪格麗特阿姨昨天才從柏林回家，這才發現海門的信！」狄米特笑倒在樹屋上，把信丟了給我。

海門這蠢蛋、大頭蛋、豬蛋、烏龜蛋！原來他早就在兩個禮拜前就寫信給我們了！

我急忙拆開信，跟狄米特一齊看。扣掉錯字連篇的部分，海門的信如下：

山王、狄米特、崔絲塔、海門（喂！你幹嘛寫自己啊！）：

我在布拉格了，這裡的天氣挺好，房子蓋得很漂亮，不過空氣比黑森林糟多了。我找到我爺爺以前住的地方了，是個大鐵舖！賓奇看到我也很高興，我自己是還好啦。賓奇是個好人，我可以住在他這裡問東問西的，不過他身體不太好，我想我應該幫他做點什麼，順便存點錢。

海門

我跟狄米特很快就把信讀完了，因爲這實在是封非常簡要的信，還附帶非常醜陋的字體。

「我們今晚就寫信給海門吧，幸好他沒笨到忘記把布拉格的住址附上。」狄米特說，我高興地點點頭，忍不住把信再多看幾眼。眞希望海門寫多一點，雖然這應該會要了他的命。

狄米特把信收了回去，說：「山王還沒看信，等他練習完了，我再把信拿還給妳。」說著說著，狄米特瞇著眼睛看著我的脖子後。

此時我感覺到脖子上冰冰涼涼的，狄米特用眼神示意我不要動，然後猛力用手指朝我的脖子上一彈。

一隻水蛭掉在地上，慢慢地蠕爬著，令我想起一年多前暑假那場驚奇之旅。

「好像是要下雨了。」狄米特說，空氣中的確充滿了泥土與青草的味道，水蛭、蚯蚓、蝸蝓或什麼的黏黏滑滑的東西經常趁機到處亂逛。幸好我沒有被那隻噁心的水蛭咬下去。

「那我回家寫信了，晚飯後拿給你喔！我們三個一起寄！」我說。

「妳有存點錢嗎？我當家教賺了幾個銅板，想寄給海門。」狄米特說，我點點頭。不過那是我爸跟我媽拿給我的，他們也想資助海門，尤其是我爸，他覺得海門很有男子氣概，很像年輕時候的他。

「根本不像。」我當時疑惑道。

「像透了！」我爸哈哈大笑。

我爬下樹屋時，在爬梯背後看見溼潤的樹幹上還有零星幾隻小水蛭在爬著，牠們真是夠勤勞的，這裡離河邊可還有一小段距離啊。

「狄米特，回家了啦！我看到幾隻水蛭還在爬耶！」我在樹下說。

「好！」狄米特也爬下樹，兩人高高興興地回家，一路上思考著該寫些什麼給海門。

「不要寫得太難，他會看不懂！」我提醒狄米特。

「知道啦！我去找山王嚕！」狄米特笑著。

□

好久不見的海門：

快開學了，不必上學的你想必很開心吧，我們從百科全書中看到布拉格的照片，那裡眞是個漂亮的地方，你應該多寄點明信片回來。

你說你要存點錢，是想幫賓奇老人打鐵嗎？那或許是最適合你的工作吧。我們三個人已經開始幻想存錢去布拉格找你，不過眞的要等我們存好旅費恐怕要花上好幾個月、甚至一年，不如還是你回來吧，因爲我想我媽媽是不會讓我跟山王他們走的。

昨天下午我跟狄米特去看妮齊雅修理山王那群不成氣候的小鬼，妮齊雅把他們打得鼻青臉腫後，說了有趣的話：「也許只有在樹梢上，我才可以打敗那小子。」妮齊雅應該是在說你吧。怎麼樣？聽了有沒有想跟妮齊雅打上一架的衝動呢？

其實大家都很肯定你的，海門。

希望早點再看見你。

崔絲塔

我滿意地將信反覆讀了幾次，雖然我很想再多寫一點，不過我認爲密密麻麻的字會傷害海門的腦神經，所以我決定將想要說的話分成好幾次寄給海門。

我打開窗戶，看著海門那晚曾經毆擊的大樹，等待媽媽叫我下去吃晚飯。細雨飄飄，就像濃霧一樣溼潤我的臉頰，我正想閉上眼睛享受這感覺時，窗緣木上緩緩爬行的黑色水蛭吸引我的目光。總共有三隻，眞夠囂張的。

我拿起鉛筆刺了其中一隻，水蛭頓時縮起身子不動，我笑罵：「知道怕了吧。」拿起鉛筆將三

隻水蛭都撥下窗戶，讓牠們摔進院子裡。

「崔絲塔！」媽媽的聲音。

「下去了！」我大叫。

□

水蛭最後變成一場小災難。

一連五天的小雨在黑森林裡並不罕見，但最近幾天橫行在家家戶戶的水蛭就是令人煩噁的畫面了；院子裡、樹幹上、玄關裡、甚至是擺在地上的鞋子裡，都可能是水蛭暫時的棲身之地。大人們都忙著將牛羊身上的水蛭用鹽巴除掉，期盼好天氣的到來。我則每次穿鞋的時候都要小心翼翼地將鞋子抖一抖，看看是不是會掉出水蛭。

這麼多的水蛭像是集體遷徙般地在村子中出現，我在河邊也看見地上有幾隻水蛭慢慢朝村子裡爬著，一不小心就會踩死幾隻；鞋子底下那種黏答答的感覺讓我不敢再到河邊閒晃。

「莫名其妙這麼多的水蛭，你瞧會不會是吸血鬼派來的偵查部隊？」摩賽老頭抓起其中一隻水蛭，狠狠地捏死在掌心。

「或許。加強警戒就是了。」蓋雅老頭並不以為意。

「我叫那些孩子們開始巡邏村外吧。」村長說：「也許是村子裡的牛隻吸引牠們的關係。」

我跟狄米特看了看山王，山王一向跟任何動物相處愉快，他具有白狼與生俱來的領袖天賦，特別是幻化爲白狼釋放白光的時候。

「沒事就回去吧。」山王看著樹葉上的水蛭，指尖流洩出一滴白光，水蛭沾滿了白光後便慢慢轉身爬走；爬到樹幹上時水蛭身上的白光又沾到另一隻水蛭，於是兩隻水蛭就這麼樣慢慢朝河邊爬去。這爬行的旅程中白光將會傳遞給更多的水蛭。

「要我趕走他們全部嗎？」山王說，他要是完全釋放白光，水蛭在幾個小時內就會退到河裡。

「不必。」蓋雅老頭說，他似乎不認爲有這個必要，或許他覺得兩者之間沒有關聯，或許他不怕吸血鬼，或許他認爲終將一戰。

後來第八天，天氣終於放晴，水蛭漫行的情況也逐漸減少了；但我的心裡還是頗有疙瘩，不過這跟未曾謀面的吸血鬼沒有關係，只是我始終無法習慣那小小的黑色管狀東西躲藏在角落的生活，更無法忍受村子裡此起彼落的尖叫聲，這讓我神經緊張。

你該聽聽瑪麗前天在課堂上突然鬼哭神號似地尖叫，只因爲有隻水蛭出現在她的頭髮裡。不過這怪不了水蛭本身，因爲那是山王偷偷命令水蛭爬進去的，好讓他有英雄救美的機會；不過我想瑪麗並不會因爲山王幫她把水蛭抓開而喜歡上他，她只會因爲山王敢赤手抓開水蛭而覺得山王是個不愛乾淨的髒小鬼。

所幸那些小東西隨著太陽高懸，退潮似地回到河裡，而我們也接到海門的第二封信。

親愛的大家：

我必須謝謝你們的好意，讓我跟賓奇師匠吃了頓豐盛的大餐。我的確開始跟賓奇師匠學打鐵，畢竟那是我家族世世代代賴以維生的技術，雖然我現在的技巧很差勁，連柴刀都打得亂七八糟，好險賓奇師匠很有耐心，我一直怕他生氣。

有件事值得一提，很恐怖喔。前幾天有個奇怪的客人上我們鐵舖，訂了兩把很大的斧頭，我算了算尺寸，還比歐拉那兩把斧頭還要大些，我好奇地問那個人訂這兩把斧頭做什麼？砍樹嗎？他卻光沉著臉說要見師匠，我瞧他瘦瘦小小、也不是挺強壯的，眞是怪了；後來賓奇師匠回到店裡，便忙著推說這樣的斧頭我們打不起，因爲風爐太小了。那客人臉色不悅地丟下一袋金幣後說：「這樣的錢夠你們起一座新爐了吧？記住，這兩把斧頭不只要做到最好，還要有特殊的功能，你懂我的意思嗎？」賓奇師匠的臉色蒼白，只好不斷點頭收下，約定三個月後交件。

那眞是好大的一筆錢啊！但賓奇師匠等到那個客人走後，就急急忙忙整理行李要開溜，我問說爲什麼，賓奇師匠害怕地說，以他痛苦的經驗來看，那客人準是吸血鬼沒錯，而他所謂的特殊功能一定是指誅殺吸血鬼的效用。師匠說，我們還是逃命要緊。

我聽了哈哈大笑，說怎麼可能會有吸血鬼要師匠打兩把專門殺吸血鬼的斧頭，這根本沒道理。但我看見師匠嚴肅、扭曲的表情時也挺害怕的，畢竟不管是吸血鬼殺了我們，還是我掛了吸血鬼，兩種畫面都讓我不安。

所以暫時不要寫信給我吧，等我跟賓奇師匠找到新的地方落腳，我再寫信給大家吧。

海門

讀完了海門這封信，我嚇呆了。雖然我根本不想再跟摩賽老頭或蓋雅老頭說話，但我還是拿著信匆匆忙忙跑到摩賽老頭的房子前用力敲門。

「什麼事啊？好久不見的小鬼頭，妳不是不理我了嗎？」摩賽爺爺瞇著眼睛看著我，一副還沒睡醒的樣子。

「快看這封信！海門說他遇見吸血鬼了！」我大叫，要是海門再遇到不測該怎麼辦？

摩賽老頭接過信，慢條斯理地把信看完，說：「賓奇應該不會看錯。這件事我會吩咐洛克跟巴絲坦去調查，妳放心好了。」

我怒道：「叫賽辛去調查！」

摩賽老頭無辜地說：「賽辛有別的事要做，他正忙著追蹤黑祭司呢。而且妳也不要太擔心，海門既然可以打敗五個糊塗不長進的狼人小鬼，區區一個吸血鬼對他來說根本不是問題。」

我哭喪著臉：「你怎麼知道對方只有一個人？」

摩賽老頭笑笑：「所以我多派了洛克跟巴絲坦去調查啊，他們都在匈牙利，很快就會到了。」

這件事就這麼打住了，儘管我再怎麼催促、怎麼煩摩賽老頭，他只是向我朗讀他從村長家接到關於洛克與巴絲坦傳來的電報。有時候我眞懷疑他從前對海門青眼有加的理由，僅僅是因爲當時海門仍是歐拉的孫子，而不是海門本身討他歡喜。

直到洛克與巴絲坦再沒有傳來電報的時候，摩賽老頭才開始緊張。

「洛克與巴絲坦陳屍在布拉格城郊，屍體已經處理。」這是賽辛三天前傳來的電報，這電報讓村子裡的狼族開了場緊急會議，也讓那群狼人戰士加緊了訓練的腳步。

「黑祭司可能到了布拉格？」村長發愁。

「能夠殺死洛克與巴絲坦的吸血鬼很多，不要妄自臆測。」蓋雅老頭說。

但村子裡的氣氛已經被戰爭將至的氣氛給籠罩住，許多關於前些日子水蛭橫行的傳聞，也穿鑿附會在血戰即將引發的氛圍裡。

有人說水蛭會爬入村莊裡，根本是因爲水蛭是吸血鬼的前鋒探查部隊，他們來搜尋白狼的情報。

但也有人說，在以色列的狼族軍事據點裡，也湧進大量的水蛭，可以顯見水蛭並非尋找白狼的蹤跡，作爲吸血鬼眼線的牠們只是蒐集狼族的軍事情報。

當然也有人說，水蛭根本只是水蛭而已，吸血鬼根本無膽進攻狼族重鎮。

而我只是急切地等待海門的信，尤其是黃昏時節樹林裡，倒吊在枝頭上的蝙蝠越來越多以後。

今天晚上狄米特帶來了海門最新的信件，這次的信件很厚，海門一共寫了四張明信片，如果把信件內容按照時間順序組合一下，就變成了以下的內容。

好久不見的大家：

賓奇師匠跟我來到土耳其的小鎮，這個小鎮很貧窮，人們大多散漫地在街上亂晃，而且我發現只要一入夜，沿途都會有人跟蹤著我跟師匠，今天躲開了一雙眼睛，明天又會聽見不同的腳步聲，好像背上永遠有甩不掉的眼珠子似的。坦白說我心底眞是害怕。

師匠跟我就靠著吸血鬼給的那袋金幣旅行，至於終點站是哪裡我們也不知道，師匠說或許到巨斧村避難吧，但我實在不想回去。

昨天晚上我聽見旅社的屋頂有輕微的腳步聲，但我實在不敢告訴熟睡的師匠，哎，他這幾天老是疑神疑鬼的，好不容易睡到打鼾，我當然不想叫他起床聽聽屋頂上的聲音像不像人在走動。沒法子，我只好一邊倒立一邊觀察屋頂上的聲響，就這麼撐到天快亮，好累。

今天師匠帶著我拜訪他在土耳其的好朋友繆地，繆地是個獨眼的老人，讓我想到我所虧欠的麥克。繆地也是個打鐵匠，但現在已經不做了，據說也是我爺爺當年所收的學徒之一，他看到我很高興，還讓我在他那邊睡了場好覺，還請我跟師匠吃了頓飯。

晚飯的時候師匠告訴繆地來找他的目的，當繆地聽見可能有吸血鬼跟蹤我們的時候，卻大發雷霆把我們趕了出去，還罵我們是掃把星、將災禍帶進他的家門，這令師匠非常傷心，我則尷尬地不知道該怎麼安慰師匠，但我還是照師匠的吩咐送了五個金幣給可憐的繆地。

不安的夜晚又到了，今天屋頂上的腳步聲變得輕多了，希望一切都不會有事才好。

海門

明信片上並沒有寫明發信地爲何，海門在信裡所描述的一切都令我感到害怕，尤其是那什麼鬼似的屋頂腳步聲，海門他非常需要幫助！

「還以爲他離開村子後，會舒舒服服過一陣好日子的。」山王皺著眉頭看著信。

「不過吸血鬼沒道理跟蹤海門啊？海門明明就沒有被跟蹤的理由啊。」狄米特摸著下巴思索。

「怎麼辦？山王你一定要命令摩賽他們派出最強的賽辛去接海門回來！」我堅持。

「不可能的，賽辛跟十幾個狼人組成一個團隊，已經追蹤黑祭司好幾個禮拜了，現在他們應該過了英吉利海峽，在利物浦了！」山王說，面有難色。其實我也知道山王現階段根本做不了主。

「黑祭司、黑祭司！黑祭司到底是什麼東西，要賽辛一天到晚追他！」我哭喪著臉。

「黑祭司是這幾十年來吸血鬼的四個領袖人物之一，紅祭司在十八年前在西伯利亞被法可前輩和蓋雅爺爺給殺了；白祭司則在五年前被妮齊雅、賽辛、阿飛、阿格他們在北京掛了，藍祭司則下落不明。」山王飛快說完，這些他早就耳熟能詳。

「那又怎樣？」我說，我看見狄米特還是摸著下巴思考自己的事。

「黑祭司也許知道吸血鬼魔王轉世的消息，逮住了他、找出還不成氣候的吸血鬼魔王殺掉，整件事就結束了。」山王篤定地說：「如果事情順利，什麼戰爭也不會發生，一切都會在利物浦結束。」

「等等。」狄米特搖搖頭。

「嗯？」山王看著狄米特。

「吸血鬼追的不是海門，而是賓奇老人。」狄米特說：「這樣想才有點道理。海門根本沒有被追趕的理由，而賓奇老人的身上一定有什麼祕密是吸血鬼想要知道的。」

「也許他們知道賓奇老人來過，所以他們想打探爲什麼賓奇老人會被請到巨斧村？」我疑惑。

「這幾年來巨斧村一直是全世界吸血鬼皆知的狼人村；也許，他們眞的想從賓奇的口中得到一點狼人村發生什麼大事的蛛絲馬跡。」山王附和著。

狄米特不置可否：「巨斧村發生什麼大事……我倒不覺得這跟吸血鬼跟蹤賓奇老人的原因有關。想要知道巨斧村發生什麼大事，他們去找那些搬離村莊的人家逼問就可以知道；或者也可以抓幾個狼人，比如說抓住前幾天喪命的洛克與巴絲坦刑求逼問，他們就可以得到答案。更何況這些答案根本就不稀奇，蓋雅爺爺他們絲毫不怕關於你——白狼的消息外洩。我想，也許吸血鬼早就想知道賓奇老人擁有的祕密，卻一直找不到賓奇老人，他們在村中外面佈的眼線告訴他們賓奇的出現，於是他們便輾轉得知賓奇的下落。」

山王沒有回應，或許他覺得狄米特想得太扯了。

「賓奇老人知道什麼祕密？難道是關於海門跟歐拉之間的關係？」我問。

狄米特沉思：「我想，那些吸血鬼要確認的東西不會跟海門有關，他們甚至不會知道這個世界上有海門這個人的存在。而他們跟蹤這麼多天，都還不敢現形逼供的原因只有一個——就是他們不清楚賓奇老人身邊的年輕人是否具有狼人的血統，所以他們才不敢輕舉妄動。」

「糟了，一旦他們發現海門不是狼人的話，海門就完蛋了！」我慘道。

「不見得。」山王的眼神很銳利。

「什麼不見得？」我生氣。

「海門的拳頭不是人類的份量，吸血鬼不會知道這點。」山王的眼睛放出光芒：「如果我的實力是A級，海門的實力就是3A級。」

接下來的一個月，海門一封信都沒有寄來。學校的功課越來越多，我的心思卻始終無法集中在課業上；幸好有狄米特在課後為我複習功課，我才勉強趕上進度。至於成天苦行的山王等猶太小鬼，則索性不到學校上課，在樹林山澗裡接受妮齊雅的恐怖特訓。

聽山王說，麥克與哈柏瑪斯已經能夠勉強舉起原本應該屬於海門的巨斧；當然了，沒出息的他們是各自拿起一根斧頭，氣魄上差了海門好大一截。也許巨斧應該拿給力大無窮的阿格，他使起來說不定最適合了。

苦悶的我去找了妮齊雅談談，希望能夠說服她派遣她所認識的朋友去土耳其找海門。但妮齊雅根本沒有認眞聽我說話，她只是冷酷地強調她的朋友很少，而且土耳其也太大了，茫茫人海中要找到海門根本是事倍功半。不過她倒是丟下一句：「那小鬼沒有問題的。」

我不懂，我眞的不懂，爲什麼所有的人，包括山王那笨蛋都認爲海門可以輕鬆應付吸血鬼？海門還只是個孩子，一個十五歲半的孩子！再怎麼強壯，我還是無法想像海門將吸血鬼的頭顱擰下的模樣，他眞的會害怕的！每次想到大家對海門隨隨便便的認定，我就一肚子火，還有滿腔無處發洩的憂鬱。

只有狄米特在放學後偶爾會聽我談談心中的恐懼；但他一貫冷靜沉著的表情，其實是我情緒出口的障礙。我多希望聽見狄米特告訴我，他心裡其實也很害怕海門出事，甚至希望看見他著急地流眼淚，但狄米特卻光是安慰我。光安慰我。

等不到海門的信，我只好看著窗外數十隻閃閃發亮的小眼睛；拉下窗簾，寫信給海門解憂。

海門：

你是不是遇到什麼麻煩事，所以才沒有辦法寫信給我們？還是你只是暫時忘記應該寫信讓我們放心？希望你接到信後能夠趕緊捎封信給我們，雖然我根本不確定你多久後才會看到這封信。

村子裡最近的氣氛很緊繃，昨天跟今天都有幾個穿著軍服的人物開著吉普車進出，與蓋雅老頭他們在地下密室裡會談許久，他們留下好幾箱的軍火後就走了。這些軍火嚇走了瑪麗一家人，他們連夜搬離村子，連他們家院子裡那幾隻雞都來不及帶走，這件事讓喜歡瑪麗的山王難過了老半天（對了！上次山王跟我們說他喜歡瑪麗喔！想不到吧！），而且聽說湯姆一家人也著手打包行李中，抱持著這種想法的人不知道還有多少。

還有，最近村子眞的不太安寧，到了黃昏的時候，除了山王他們，所有人都不敢進林子了，因爲樹梢上常常都掛著一隻隻的蝙蝠，牠們到了深夜還會到牛棚去咬開牛隻的身子喝血，所以我都跟我爸去牛棚裡掛繩網；不過效果不佳，那些蝙蝠總有辦法咬開繩網鑽進去，史萊姆叔叔甚至拿著獵槍徹夜守在他家的牛棚外，對著那些不知死活的蝙蝠練靶。

很多人都說這些蝙蝠是吸血鬼派來的奸細；這種話不只在學校裡廣泛流傳著，所有的大人也都抱著這種心思。先是水蛭，然後是蝙蝠，再來呢？我眞不敢想像。

狄米特今天憂心忡忡跟我抱怨他爸媽，他爸媽認爲繼續待在村子裡太危險了，已經認眞思考暫時搬到法蘭克福親戚家的準備，狄米特當然反對這點，不過我瞧他是搬定了。

我就快要孤伶伶的一個人了，怎麼辦？我好害怕。

夜幕低垂時，慣以爲常的窸窣聲頓時變得可怕起來，這種感覺眞不好受。

我將這封不知道該寄到何處的信貼上郵票，再填上先前海門留的布拉格鐵舖的住址，希望海門能夠早日收到它。我緊緊鎖上窗戶，閉上眼睛躺在床上，好不容易才進入夢鄉。

□

「什麼是英雄？」

好熟悉的聲音，我四處張望，但高及下顎的芒草與腐木擋住我的視線，詭異的夜色在我的耳邊呼嘯來去，白茫茫的濃霧在芒草原上窒鬱著，卻無法融合凝重的黑。

「告訴我……什麼是英雄？」

是海門的聲音！

我驚喜地跳上腐木，惦起腳尖努力尋找海門的身影，完全不理會海門聲音裡流露出的疲憊與悲傷，但霧色實在太厚太厚。

突然間，一群餓鬼似的蝙蝠從芒草堆裡飛出，我看見一個巨大的黑影就站在蝙蝠剛剛飛離的地上，那黑影模糊迷濛、巨大卻搖搖欲墜地站著，雙手幾乎要垂在地上。

黑影突兀地而枯槁地站立在白色的霧中，卻又拒絕被辨識。

那群蝙蝠散得一乾二淨，只留下遠方的振翅與吱嚁聲，巨大的黑影發出微弱的呼吸聲，但我卻不敢向前，甚至不敢仔細看黑影的臉。

黑影抬起頭來，茫然看著我。

是海門。

「崔絲塔，我不當英雄可不可以？」海門的眼神軟弱無力，一絲一毫的氣魄都沒能留下。

「你怎麼會變成這樣？」我哭道，但我卻無法抬起我的雙腳，因爲我隱隱約約感覺到海門的形象很疏離、很不眞實。

「我也不知道，那些屋頂上的腳步聲弄得我好害怕。」海門的臉好模糊，一雙眸子更是快闔上了。

我聞到空氣中濃厚的血腥味，甚至還有一股難以形容的腐敗酸味；海門慢慢朝著我走來，下垂的手裡拖著撕咬著大地的金屬聲。

金屬聲沉重地拖曳著，而腐敗的臭味也越來越近，我忍不住摀上鼻子，看著海門大叫：「你怎麼這麼臭！」

海門面無表情，直到他走到距離我只有五公尺遠的距離，我才看見海門的臉原來不是沒有表情，而是根本沒法子有表情。

鼻子只剩下黑色的窟窿，頰骨連皮帶肉裸露在外，黑色的牙齒乾乾地顫抖著，牙齒旁邊全是零零碎碎的肉片。

我尖叫，卻看見海門臉上忿恨的淚水。

海門赤裸裸地站在我面前，渾身上下都佈滿了千瘡百孔……那千瘡百孔像是被無數顆沒有感情

的尖牙所插入，留下深黑色的圓形血孔；密密麻麻，將海門的身體染成恐怖的醬紫色。

而那些令人作嘔的腐爛氣味，就是從那無數個殘忍的瘡口中流出來的！

「為什麼你會變成這個樣子？」我驚慌失措地坐下，不知道該不該畏懼這樣人不人、鬼不鬼的海門。

海門沒有點頭，也沒有搖頭。他默默地看著我，我瞧見他的喉嚨整個被撕開，數以百計的水蛭塞滿了他暴露在外的喉管，然後從臉上的黑色窟窿爬了出來。

「我們去找山王！山王他會像以前一樣治好你的！你記得嗎？」我大哭。

終於，我張開雙手想擁抱海門，但海門卻一下子溶解在濃霧裡；我只聽見遠處的地上傳來寂寞的金屬拖曳聲，迴盪在愁澹的死亡氣味中。

醒來時，我的眼淚早已浸溼了枕頭。

拉開窗簾，我看見遠處樹林中密密麻麻的蝙蝠眼睛，一排又一排，似乎較我睡覺前多了一倍以上。黑夜根本還沒走盡，我卻無法成眠。

隔著玻璃，我看著院子裡大樹樹幹上，那一個強而有力的拳印。

烙印著拳印的樹上，蝙蝠齜牙咧嘴地叫著，其中一隻的嘴角還叼著青蛙的後腿，原本應該響徹整個夜晚的蛙鳴，已經變成蝙蝠緊促的訕笑聲。

08 賓奇篇

老實說，我從來沒有想過自己還會碰上這種事，一把年紀了。躲躲藏藏了幾十年，在風爐旁的日子消磨了我大半生；有時候攤開手掌，還會覺得掌心的厚繭中裹著熾熱的生鐵。只是，我的勇氣永遠無法如在我手中發光發熱的鐵塊一樣。我老了，從外面到裡面。

有好一陣子，我以為自己剩下的歲月，只是默默地在風爐旁等待死亡，直到我踏上巨斧村之後，我才明白自己是多麼畏懼死神的腳步聲。

師匠的孫子尋到了我落腳的地方，那些鬼怪也一定可以嗅到我的蹤跡，他們的眼睛早已窺探著巨斧村，我的出現召來了死神……

這實在不能怪賽辛那孩子啊！我一定要將師匠的孫子從不屬於他的命運中拯救出來，那些鬼怪本來就不是他能應付的，踏上巨斧村將一切原原本本說出來，如此我才無愧於師匠當年教導我打鐵的苦心。

但這幾天，連那孩子也感覺到那些鬼魅的眼睛了。那些盯視所帶來的戰慄，完全不需要訓練就能清楚感覺到；幾天下來我的神經緊繃到了極限，卻又無法以「一切都要結束了」這麼輕鬆的心情迎接死亡。那些鬼魅的的確確是很會折磨人的劊子手。

「師匠，吃點東西吧。」那孩子將牛油胡亂塗在麵包上，遞給了我。

「我吃不下啊，你自己多吃點吧。」我無法掩飾自己對死亡的害怕，連在一個孩子面前都無法用年齡偽裝。

海門跟師匠很相似，他們的眼睛都很大，眉毛像貓尾巴那麼粗濃，也同樣關心別人勝過自己。我知道海門為我守夜了三天，每個晚上他都睡不好，每次投宿的旅社，不是隔壁房間徹夜充滿器具碰撞的聲音，就是屋頂上有奇怪的腳步聲。

那鬼魅一定是以為海門是狼族派來保護我的，所以一直不敢衝進門來擄走我，問我那些根本不是祕密的祕密。

「師匠，那些吸血鬼到底在跟蹤個什麼勁啊？」海門大口咬著麵包，他總是直呼那些鬼魅的名字，膽子不小。

「如果他們知道我身上根本沒有祕密，也許他們就不會跟蹤我們了。」我說道。

「那就是他們跟錯人了？」海門天真的表情。

「也不盡然。你知道你爺爺跟我當初打給歐拉那兩把巨斧吧？」我說。

「知道啊，我拿過。」海門看起來滿不在乎地說，但他口氣中有股傷心的味道。

「很沉吧？你的力氣倒不小！」我說，那天我也見到了海門努力拿起巨斧的樣子。

「那兩把斧頭斬殺過太多的妖魔鬼怪，在人們眼中所向無敵的神器，在那些妖物的眼中，它們卻是神祕的、不可探知的凶器。」我回憶著師匠在巨大的風爐旁，看著火焰吞吐的模樣。

「不就是兩塊大鐵片而已嗎？」海門吃的滿嘴都是。

「喔？」我吃驚地說：「你真的這麼認為？」

「厲害的凶器不是那兩塊大鐵片，而是歐拉自己吧。」海門不加思索地說。

「嗯……是沒錯……」我悵然若失，雖然這是事實，但我寧願相信師匠一生打鐵的毅力跟心血，也跟著那滾燙的鐵汁灌注到那兩把巨斧上；每當歐拉英雄無敵地劈裂一個吸血鬼的時候，師匠的魂魄也幫了不少忙。

但此時，我確希望那些妖魅能夠跟海門一樣，知道這個鐵一般的事實，不要再折磨我們了。不過是兩塊大鐵片而已。

□

那些聲音，從我們吃完晚飯後又開始出現了。

投宿在旅社的人不多，我想換間房間，但我知道這根本不能解決問題。

「海門，你拿著剩下的金幣去旅行吧，去美國，去亞洲，去哪裡都好。」我嘆道：「但不能回到巨斧村啊！如果賽辛所說的白狼傳說是真的，巨斧村將是最危險的地方。」

「白狼傳說是真的，他是我的好朋友。」海門搖搖頭，說：「我們一起回巨斧村吧，他是有史以來最強的白狼，所有的吸血鬼聽到他的名字就會嚇得撒尿。」

海門故意說得很大聲，但我想那些鬼魅是不會懼怕遠在天邊的白狼的。

「帶著我，你根本沒法子回到巨斧村。聽師匠的話，熬過了今晚，你跟師匠就分兩條路走。知道嗎？」我小聲地說，將金幣袋放在桌上，自己只留下一枚，能不能活著將這枚金幣用完還是個問題。

「賓奇師匠，這些日子以來你一直照顧著我，我不能丟下你一個人。」海門看著我，打開手掌示意我瞧。

幾枚銀幣躺在海門的掌心，海門不知道是什麼時候在哪裡將金幣兌換成銀幣的。我想起了海門跟我說的故事，關於狼族始祖古斯特的故事。

我搖搖頭，幾枚銀幣又怎麼樣呢？況且海門這小子身子雖壯，但人類是無法形骸完整地站在那些妖魔面前的。

海門其實也很害怕，我很清楚；但他努力地安慰我這個將死的老人，我真的很感動。但那些妖魔想拷打的人是我，我又何必拖累一個孩子呢？

此時，屋頂上的腳步聲停止了。

我的心整個揪了起來，然後就聽見了規律的敲門聲。

叩叩叩叩、叩叩叩。

「誰……誰啊？」我勉強應道，拿起包袱中的匕首；匕首的刃口是堅硬純鋼打造，寬口卻是銀，只要插進那些妖魔的身體，它們將立刻碎成火焰。

叩叩叩叩、叩叩叩。

「門房麼？晚餐我們用過啦！」海門大聲說道，他的聲音微微發抖。

叩叩叩叩、叩叩叩。

海門站了起來，想從門孔中瞧瞧門外的人，我急忙拉住莽撞的海門。天知道會不會有鋒利的刀穿過門板、刺進海門的臉。

敲門聲停止了，我抓住海門肩膀的手明顯感覺到這孩子在發抖。

也許這孩子沒有吹牛，他的確跟大野熊打過一架。

但大野熊可不曾讓他發抖，他自己也可以輕易想像門後的妖魔有多麼兇殘可怕，尤其是生長在巨斧村，那裡可以聽到的傳說夠多、夠恐怖的了。

門打開。

海門跟我站在餐桌旁，看著門慢慢地打開，一個穿著黑色斗篷的高大旅人微笑地站在門口，手裡拿著一串鑰匙：滴血的鑰匙。

我瞥見門後走廊的牆上，那個矮胖的門房像條蟲般軟癱在地上。

「賓奇，怎麼不開門？」黑斗篷旅人說，臉上掛著僵硬的微笑。

「我不認識你。」我顫抖著。

「拿了我們的金幣，又不幫我們製造大斧，你說我們認不認識？」一個瘦矮的男人不知何時已坐在房間的窗口，他就是那個委託我幫他製造大斧的怪人。

「金幣還給你們，欠的部分以後再還你們！」海門突然大聲說道。

「哈哈哈，哈哈哈。」高大的旅人乾笑。

「請放過這個孩子，我就跟你們走。」我鼓起勇氣，虛弱地說。

矮瘦的男人指了指窗外，窗外凌空飄著兩個妖魔，黑色的風衣在旅館窗外隨風鼓動，我手中的匕首不禁掉落在桌上。

「我們會慢慢折磨這個傢伙，直到你說出斧頭的祕密為止。」矮瘦的男人冷酷說：「我們要知道斧頭上的咒術內容，除卻銀以外的成份，還有斧柄裡的機關。」

高大的旅人微笑：「一起跟我們走吧，賓奇。躲了這麼多年，你也累了不是嗎？」

我害怕地不知道該如何是好，也許我真不該踏進巨斧村的。

「走，還是要我們現在就挖出這孩子的心臟？」矮瘦的男人低沉說道。

海門霍然大吼：「果然是一群討人厭的傢伙！」

我嚇了一跳，看著海門的眉宇之間透露出師匠當年的倔強。

□

「別虛張聲勢了，小子，我們已經看出你不是狼族了。」矮瘦的男人厲聲說道。

「我說過我是了嗎？」海門大叫，抓起桌上的匕首，將我一把抓到他的背後。

「賓奇，看著這孩子的下場，然後想想自己。」高大的男人擦去嘴角的血水，指甲像藤蔓一樣快速生長出來，青綠的光芒燃動在他的眼睛裡。

海門緊張地看著高大的旅人，又忍不住瞥瞥坐在窗口的矮子，我的心裡完全慌了。

「以前我總以為你們情有可原，可是你們真的嚇到我了！」海門滿口胡言亂語：「你們真的跟摩賽爺爺說的那樣，全都是噁心的傢伙！令人打從心裡害怕！」

矮瘦的男人盯著海門，慢慢說道：「摩賽身體的每個部分都被大家預定走了，你知道嗎？我分到了舌頭，那一定是他最好吃的部分。」

海門沒有回嘴，只是專注地深呼吸。

我靠在海門結實的背上，現在的我連幫海門求饒的話都說不出口。

「孩子，我們會把你裝成幾個郵包，寄給摩賽跟蓋雅兩個老傢伙的。」高大的旅人僵硬地笑著，大大方方地朝海門走了過來。

「師匠，有件事我一定要問你……」海門緊咬著牙，他的雙腳虛浮顫動著。

「說吧……」我簡直快要閉上眼睛。

「0．015秒就能揮出一拳，夠不夠快打倒這些鬼東西？」海門神經兮兮地說。

「夠吧？」我的心臟快停了，其實我根本沒有聽清楚海門到底在胡說些什麼。

「那就沒問題了！」海門大叫，我的眼前突然變得火花四濺，好像放煙火一樣。

在我完全放棄求生時，海門已經將最高大的吸血鬼一刀劃爆！

海門一擊得手後，一陣冷風從窗口快速颳了進來，矮瘦的黑影怪叫撲向海門、以及海門身旁的煙火。

「小心！」我抱著腦袋蹲在地上，看著血水濺落。

海門手中的匕首咚一聲擊碎窗戶、飛了出去，卻沒能打中矮瘦的妖怪，反被妖怪的指甲在胸口刮出五道血痕。

沒有多餘的挑釁言辭，海門一個翻身、以奇怪的姿勢單手撐地，躲過致命的一擊；而矮瘦的妖怪五指成刃刺向海門的臉。

指刃從海門的臉頰劃過一道紅光，海門的腳迅速將矮瘦的妖怪踢開，然後翻身落地；右手抓起椅子猛力砸向矮瘦的妖怪，妖怪俐落地用指刃輕易劈開椅子時，窗外凌空的兩個妖怪也從窗外飛了進來，臉色枯槁得很病態。

「你竟然殺了梭羅！」矮瘦的妖怪冷道，海門連忙從口袋裡掏出預藏的銀幣，大叫：「師匠快逃！」

「逃到哪裡？」矮瘦的妖怪撲向海門，海門亂七八糟地將銀幣一把丟向妖怪，妖怪嗅到銀幣的氣味，連忙朝旁邊躲開，海門一個箭步衝向前踏上餐桌躍下，然後我看見畢生難忘的畫面。

矮瘦妖怪的眼睛、鼻子跟嘴巴全擠在一團，然後脫離現實般、深深地陷進面骨裡；他那尖銳到足夠刺穿鐵甲的指刃停滯在半空，硬生生地被空氣給黏牢般，隨後我的耳朵聽見轟地一聲。

非常純粹的巨響。就像閃電一樣，光影先至而音後到。

然而海門連巨響的受害者看都沒多看一眼，馬上弓起他那宛如巨大彈簧的身體，一手擋在臉前，一手拉到他的背脊尾端，眼睛死盯著站在窗口邊的兩個妖怪，一動也不動。

姿勢太大了！絕對會來不及的！

「找死！」一個妖怪衝上前海門的右手以幾乎省略揮擊過程的速度轟出！

妖怪張大嘴巴，然後像一個瘋子一樣從七樓窗口飛了出去。過了兩秒我聽見重重砰地一聲，他顯然來不及好好降落。而我卻只看見海門的拳頭上依稀冒著白煙，連那轟進心坎的巨響都省了。

我看著僅剩的一名妖怪將他的利爪擊向海門，海門身子一縮，但利爪仍深深刺進海門的肩膀。海門像頭蠻牛般矮身撞倒妖怪，將妖怪抱擠到窗口旁的牆上，妖怪高高舉起利爪，想朝海門的腦袋瓜上刺落。

但海門突然用力一抱，那妖怪的眼珠子突然瞠大到快擠出眼眶，高高舉起的雙手在空中抽搐著，綠色的汁液倏然大量湧出他的髒嘴；海門大叫，我聽見喀拉一聲，那妖怪的脊椎骨應聲而斷。但海門仍舊抓狂似地舉起妖怪的身子撞向天花板，那妖怪的頭就這樣血肉模糊地插進天花板，身子垂軟地晾著。

解決了？這孩子竟然用銀匕首殺了一個妖怪，然後又徒手殺了三個！

海門氣喘吁吁地看著慘不忍睹的妖怪，完全忘記肩膀與胸口疼痛的傷口；他低身拾起掉落的銀幣，漫步走到臉孔整個被打碎的妖怪身旁，那妖怪竟還兀自神志不清地呻吟著。

海門將銀幣塞進妖怪塌陷而汁液黏稠的腦袋裡，那妖怪便躺在地上化成一團火焰消逝了；我瞧見了，趕緊也拿起一枚銀幣，將它插進那個頭卡在天花板上的妖怪的身體裡，那妖怪靜靜地碎裂成灰焰，還有久散不去的惡臭。

我無法言語，只是看著滿身大汗的海門坐在一片狼藉的地上，靠著搖搖欲墜的餐桌，頭低低地搖著。

「孩子，你……」我完全不知道該說什麼，我的心裡充滿了驚奇，還有許久不見的莫名熱力。

「師匠……我一定得回去……」海門疲憊地看著地上，說：「我不能讓我的朋友獨自面對這群妖魔鬼怪，不行！絕對不行！」

「海門，這次你做的很好，但你也看到了！他們不是人啊！」我緊緊抓住海門的肩膀。

海門抬起頭來，說：「我答應過他，他需要我的時候，我一定會與他並肩作戰，我是他最強的戰甲。」

我的心底充滿激昂的複雜情緒，只好不斷搖著疲憊的海門發洩激動的情緒。

「如果那兩把斧頭只是很重的鐵片，師匠，請跟我一起再打兩把更大的。」海門看著肩膀上深及見骨的傷口，此刻他的心底一定掛念著他的朋友。

我站了起來，不知道怎麼了，我看著我手心那厚實的粗繭，內心澎湃不已。

「那不只是兩塊鐵片啊！孩子！」我熱淚盈眶，說：「那是只有英雄才夠資格揮舞的神兵利器啊！」

海門疲倦地笑著。

這孩子的笑容裡，藏著跟師匠、跟歐拉一般的英雄氣魄。只有在他的手底，才有除魔斬妖的絕世神兵！

「山王，等等我。」海門閉上眼睛，撫摸著傷口，撫摸著記憶。

也許，下一個夜晚的屋頂，又會出現擾人的腳步聲，但我不再害怕了。

現在的我，腦子裡只有一個大風爐，還有一塊燒得旺紅的堅鐵。

「走吧，孩子，我們得回到布拉格去。」我說，今後的夜晚還會更加漫長。

09 狄米特的影子

「討厭的蝙蝠！」

湯姆忿忿拿著彈弓，將倒掛在樹枝上的蝙蝠射了下來，但一時之快換來的卻是數十隻蝙蝠的振翅合圍，直到湯姆的爸爸拿著火把將蝙蝠群驅散為止。

湯姆身上全都是咬痕，湯姆的爸爸趕緊將他送到懷特醫生家，注射破傷風與狂犬病的預防針。蝙蝠根本就不會攻擊人的，如今卻成了齜牙咧嘴的飛行凶器。三個月下來，這群有翅膀的老鼠不只破壞了葡萄園，還咬死成群的羊隻，偶爾還會攻擊落單的小孩。

史萊姆叔叔跟我爸爸搬了張椅子坐在後院，兩人整天拿著獵槍比賽打靶，看誰擊落的蝙蝠多，上星期一他們之間的比數是三十一比二十四，這個星期三的比數是四十九比五十一，情況是越來越糟，有時候胡亂開槍也能夠命中。

狄米特的爸爸帶領了一群忿恨不平的人，在林子裡張起巨大的魚網設下陷阱捕捉成群蝙蝠；但大多數蝙蝠居然咬斷魚網掙脫飛出，剩下的蝙蝠則被村人一把火燒死。牠們臨死前在火中沒命似地慘叫，害我又多做了好幾天的噩夢。

村子裡奇怪的事情越來越多，連我都可以感覺到吸血鬼的眼睛正在無數個角落窺探著巨斧村，毫無掩飾。這樣的情形已經持續了八個月，村子裡的人類搬離了泰半，街上卻沒有一絲冷清。

因爲巨斧村已經進入備戰的狀態，從外地進來的陌生的臉孔是越來越多了。

「什麼時候要作戰？吸血鬼到底什麼時候要攻村？」狄米特憂心忡忡地說，他希望山王給他一個明確的答覆。

「沒有人知道啊。坦白說，長老們都知道那些水蛭跟蝙蝠多半是受到吸血鬼的蠱惑、跑來巨斧村刺探我們的，但沒有人知道戰爭什麼時候會開始。」山王百忙中抽空跟我們聊天。

山王一直忙著練習近身戰，他已經可以跟妮齊雅對打十四秒了，據說這樣的實力已經可以抵抗非常多的吸血鬼。當然了，這只是山王的自衛術而已，他的拿手好戲是一鼓作氣、在瞬間毀滅上萬隻吸血鬼，其餘的狼族新銳所受的訓練，也都是集中在保護山王這個基本前提上。

山王是王牌。

「我媽一直嚷著要搬家，但我爸他居然說既然狼族有山王這張必勝王牌，他當然不能錯過這歷史性的戰爭，他改變主意改變得真快，害得我整天得聽他們吵架。」狄米特煩惱著。

狄米特當然不會主動離開巨斧村，即使山王叫他等事情結束後再回來無妨，但狄米特堅持他一定要留在巨斧村觀戰；他甚至跟他爸媽宣稱，即使他們帶著妹妹暫時搬家，他也會寄宿在山王家裡。

「其實我越是苦練，就越覺得這場戰爭一定不能夠心有旁騖。我以前覺得自己很厲害，但在妮齊雅面前卻像個殘廢般挨打，我想，如果戰爭真的在巨斧村開打，我實在沒有能力保護你們。」山王的語氣成熟多了；在他的心中，也許只有海門才能站在他的身旁。

「我媽已經決定了，她下個月就要帶著我妹妹去舅舅家避難，可能我家就只剩下我跟我爸，哈！到時候只好去你們家要飯吃！」狄米特不理會山王的規勸，自顧自笑著。

「我也要留著，除非海門回來。」我堅定地說，雖然我家根本不會搬走。我媽是個硬脾氣的鐵娘子，我爸則希望大戰時可以跟摩賽老頭借挺機關槍，偷偷在閣樓上轟殺吸血鬼。

「所以說海門回來了，妳就願意走了？」山王皺著眉頭。

「嗯，戰爭結束後我會回來看你的。」我拍拍山王的肩膀。

「妳是可以走啦，但海門要留著。」山王哼哼說道：「海門要跟我一起看場子。」

我笑笑，然後一腳把山王踹下樹屋。

□

這八個月來巨斧村多了很多人走動；都是猶太新面孔，爲數在一百多人左右，他們都是從各國調度過來的狼族精銳，每一個都有與吸血鬼實戰的經驗。我看了這麼多狼族新面孔，這才驚覺我對狼族認知的錯誤。

原來並非所有具有猶太人血統的人都是狼族，而是倒過來：擁有狼族血統的，都至少略有猶太人的血統。也就是說，只有具備古斯特傳下的血統，才具有狼族的潛力。而狼族的面孔有黃種人、黑人、白人，但仍以猶太人爲大多數，難怪當年希特勒要屠殺猶太人。

每當吸血鬼掀開亂世的源頭，猶太人都寄盼具有狼族血統的同胞能夠挺身而出；但太平盛世時，這些猶太人又經常歧視這些狼族戰士；因爲這些戰士總是追逐著象徵不吉利的吸血鬼，這樣的追逐會爲平凡的猶太人惹來殺身之禍。

「這些人是來守村的吧？」我緊張說道。這些陌生人行色匆匆，大多數的時間都沒待在村子裡，而是兩兩到處亂晃，他們穿著簡單的衣服（反正變身成狼時衣服都會裂成碎片吧），揹著大而堅實的大背包，裡面多半是武器。

「應該說是巡邏員兼戰鬥員，他們在巨斧村外圍佈下四個防衛圈，不管吸血鬼如何發動奇襲，他們都能夠及時通知村內，至少讓我有所準備。」山王說。這幾天山王的脾氣變得很暴躁，因爲訓練的內容越來越嚴苛；而那些新來的戰鬥員，每個都想摸摸這個叫作白狼王牌的頭，惹得山王很不高興。

此時蓋雅老頭帶領三個新面孔走了過來，爲他們介紹山王。

「蓋雅爺爺，爲什麼不叫山王清除那些蝙蝠？」狄米特疑問，那些蝙蝠眞夠討厭的。

「時間還沒到。」蓋雅老頭淡淡說道。

「那些蝙蝠無疑是吸血鬼的耳目，爲什麼留著他們，惹得自己整天神經緊張呢？」我問，那些吸血鬼一定打算把狼族搞到精神崩潰後立刻打進村子裡，不如先發制人。

「時間還沒到。」蓋雅老頭和藹地說，眞是個爛答案。

後來我才知道，狼族正等待所有的精銳兵力集結到黑森林後，蓋雅老頭才會祕密安排村子裡的人類暫時由德國政府戒護運走；然後在非常適合雙方怪物火拚的黑森林中決一死戰。這場戰爭也將有人類政府的積極參與：德國政府軍、美國三角洲特種部隊、英國皇家綠扁帽部隊，都即將派遣尙堪能與吸血鬼作戰的菁英，以及更重要的援助：「昂貴的銀製彈藥與刀器」。

寬闊卻又複雜的原始黑森林，的確是進行一場不爲世人所知的血腥戰爭的好場所，除了交戰的雙方，像我跟狄米特這種平凡百姓離得越遠越好。

「媽的，心情糟糕透了。」山王神情鬱鬱地坐在「不知道通到哪裡河」畔，距離他十五公尺處有兩個賽辛派來的一流好手護衛著；他們的任務是保護山王，直到山王有時間激射出熊熊白光為止。誰知道吸血鬼有沒有通天本事潛進重兵集結的巨斧村？

我跟狄米特從草叢畔拉出巨斧三號，但為了不讓護衛山王的狼族疲於奔跑，巨斧三號下水後只在河畔附近悠游，這幾天山王被這些監視的人給搞得很煩。

山王是個樂觀到白癡的人，他從小就覺得自己是個了不起的人（注意！他並非覺得自己長大後會成為一個了不起的人，山王覺得自己的「了不起」一向是現在進行式的）；所以他認為自己理所當然是村子裡的孩子王，從小就帶領著村子裡的孩子們到處遊玩。但就算有小孩不服從山王，山王根本不在乎也不計較，他的領袖氣質是非常大方的。

這樣嘻嘻哈哈的孩子，跟從小被大家欺負的海門之所以會交好，並不是因為山王有一天突然發現海門其實是個不錯的大傢伙，或是什麼「山王有一天打架輸給海門，所以跟海門最後變成了不打不相識的好朋友」。山王是個善良的孩子，他打一開始就沒欺負過海門，事實上他也從未欺負過任何人。

只有當小孩子手中的石頭砸向海門時，山王才會怒不可遏地將對方塞進樹洞裡，或是拿起蜂窩砸向對方。

我們四個人，並不是從誤會與憎恨中學會寬容才相知的好朋友，我們天生註定要在一塊。

然而，現在海門旅行遠走，幾個月無消無息的；一向開朗的山王又極端不快樂；我跟狄米特隨時都會被政府安置在遠方。命運不曉得什麼時候才會將我們重新接連在一塊？

□

「不要愁眉不展，人家保護你也很累啊！」狄米特說，划著槳。

「你應該驕傲有人整天保護你，因爲你是全世界的王牌啊！這不是你從小就一直期待的事嗎？」我附和道，雖然我一點也不想被人成天跟在附近監視。

「驕傲沒了，我好煩啊。」山王趴在木桶裡，垂頭喪氣的。

「請問號稱有史以來最強的白狼，你有什麼煩惱呢？」狄米特笑道。

「你們知道那些吸血鬼來巨斧村是要做什麼的吧？」山王垂著頭。

「攻村啊！吸血鬼跟狼人不就是整天你打我、我打你嗎？」我說。

「不是攻村，是殺我。」山王的頭垂得更低了。

「爲什麼這麼說？」狄米特疑道。

「聽摩賽爺爺跟蓋雅爺爺在討論的時候說，那些吸血鬼一向目中無人；尤其是法力高強的黑祭司，聽說他是個驕傲的吸血鬼法師，他根本沒怕過法可之外的狼族。」山王說，他的憂鬱神情倒映在河面上。

「然後呢？」我問。

「那些據稱在追蹤黑祭司的狼族，其實心底怕他怕得要死，除了火爆脾氣的妮齊雅跟新一代領袖賽辛外，根本沒有人敢眞正靠近黑祭司出沒的可疑地點，這些蓋雅爺爺也很明白，只是沒有說破。」山王憂愁道：「所以自負的黑祭司，是要率領吸血鬼趕到村子裡將我殺掉，以確立他在吸血鬼界的地位。」

「這些都是蓋雅爺爺他們自己的猜測吧？還是誰曾經跟吸血鬼坐下來好好談一談？」狄米特似笑非笑。

「想想還眞的很有道理，黑祭司想趁我還沒更厲害的時候把我做掉，否則他就永遠都沒有機會了不是嗎？」山王哭喪著臉。

「你不是說過，你比法可還要厲害嗎？」我問。這個說法其實在村子裡十分受到狼族的支持。

「摩賽爺爺跟蓋雅爺爺都見過法可的力量，他們認爲除了在格鬥技巧上我還蠻生疏的以外，其他有關光球的製造、白光竄流的速度、白光釋放的時間上，我都比晚期的法可厲害許多。」山王臉上露出得意的微笑，眞是難得。

「那就沒問題啦！我聽其他人說，你的白光一次可以掛掉方圓好幾百公尺內的吸血鬼，不是嗎？」我用力拍著山王的背，給他力量。

「可是他們要獵的人頭是我耶！我從來沒有想過自己的人頭被一大群吸血鬼通緝著，你知道這有多煩嗎？終生通緝啊！」山王宣洩情緒似朝著河面大叫：「我被通緝了！一輩子都毀了！我一輩子都只能窩在巨斧村裡面了！」

「只要你贏了這次的戰爭，根本不可能被終生通緝。」狄米特大笑。

「爲什麼？」山王抬起頭來，看著睿智的狄米特。

「晚年的法可有被任何吸血鬼通緝嗎？」狄米特微笑。

「沒啊！」山王的臉突然露出驚喜的神色，大叫：「對啊！聽說只要法可旅行經過的城市，那城市半隻吸血鬼都不剩！」

「我猜，不是因爲法可將吸血鬼全都蒸發了，而是法可的名聲比他的人先傳到了城市，城市裡的吸血鬼全都退避三舍，暫時搬到其他的地方。是不是？」狄米特津津有味地說著。

「沒錯！所有吸血鬼都怕他怕得要死啊！」山王振臂大呼：「我就是那種人！我眞是適合當那種人！」

「以後你可以過著一邊獵殺吸血鬼、一邊環遊全世界的生活，多麼令人羨慕！」狄米特笑道：「所以現在的你，只要專注在一件事情上面。」

「打贏這場戰爭！讓我的名聲傳送到世界各地！」山王樂得大叫，所有的陰霾一掃而空。狄米特眞是個聰慧的男孩。

我們三個人躺在巨斧三號中，看著夕陽斜斜地卡在遠方的山谷之間，山王的煩憂結束了，但縈繞在我心頭的煩躁卻依舊揮之不去。那就是失去聯絡的海門。

到處逃亡的海門即使沒辦法接到我的信，也應該知道我們沒有接到他的信時，會是多麼地爲他擔心。

難道海門碰上了沒法子用拳頭轟到月球的敵人？難道那些吸血鬼成群結隊地撲向海門，所以海門寡不敵眾？還是海門這個笨蛋只是一時忘記了我們的住址？可惡，一定是這樣的！他這隻笨豬什麼也記不好！

□

正當我忙著憂鬱的時候，狄米特突然開口了。

「可是這又很奇怪，既然你是公認的、比法可更強的狠角色，為什麼懼怕法可的黑祭司居然敢來獵你的頭？」狄米特的大問題。

「他是白癡啦！看我怎麼掛了他！」山王嘻嘻哈哈。

「說眞的啦，這眞的太奇怪了。」狄米特將大草帽自臉上拿開，看著火紅的夕陽。

「這是欺敵大作戰。」山王壓低了聲音，警戒地看了看周圍，害我跟狄米特也跟著緊張了起來。山王的指尖流露出白光，白光在夕陽下淡淡地擴散出去，將樹林裡靠近我們的蝙蝠驅散。

山王神秘兮兮地、小聲地說：「這是蓋雅爺爺的謀略，他要所有人放出這樣的風聲：山王是有史以來最強的白狼，然後讓這個聲音傳到每個吸血鬼的耳朵裡。」

我沒好氣地說：「然後讓吸血鬼怕到瘋掉，瘋到乾脆自動跑來送死。」

山王一笑：「不是。然後那些吸血鬼便會派遣使者過來刺探傳言是否屬實；如果傳言屬實，他們便會銷聲匿跡，直到他們找到什麼吸血大魔王再次領導他們；如果傳言不眞，那麼一直想成為吸血鬼領袖的黑祭司，根本不會在意什麼吸血大魔王出世的傳說，他一定會帶領上千名吸血鬼攻下村子，把我的頭割下來證明他的領袖實力。」

狄米特點點頭，說：「我明白了。所以你們故意不把蝙蝠驅走，然後營造出其實山王並不是眞的像傳言中那麼厲害的氣氛，好讓黑祭司研判錯誤，認爲巨斧村之所以誇大山王的實力，反而是因爲畏懼吸血鬼的攻擊，希望誇大的傳言能夠永遠困惑住吸血鬼世界。」

山王對狄米特的聰明早就習慣，但此刻還是不禁佩服：「你好厲害，的確如此，蓋雅爺爺是想吸引所有的吸血鬼群集在巨斧村，然後一舉聚殲。」

我吐吐舌頭：「由你聚殲嗎？」

山王自信滿滿說道：「沒錯。」

關於這點我其實也是深信不疑的。白狼體內的白光能量儘管龐大，但仍舊有限，如果不加節制地釋放出白光，只能連續支撐一分鐘半的時間。但山王已經做到收放自如的境界，他可以在五秒內讓流水般的白光像洪水般席捲周圍數百公尺，然後硬生生打住，直到下一波的吸血鬼接近爲止。如此的高超境界讓山王擁有十幾次無法抵抗的白光武器。

據說，吸血鬼一觸碰到白光，就如同浸淫在烈日之下，立刻消散毀滅。

「不過你也應該擔心吸血鬼的計畫。」狄米特的考量總是深了一層：「狼族對吸血鬼的掌握能力很差吧，我沒聽你說過有什麼關於吸血鬼的動靜消息。」

「是沒錯，吸血鬼的行蹤詭異，被俘虜的時候也會吞下硝酸銀膠囊自殺，根本問不到什麼。」山王爽快地說。

「有沒有可能，說不定黑祭司認爲自己能夠對付你？或者說，他找到夠厲害的祕密武器？所以他才敢佈置進攻巨斧村的計畫？」狄米特沉吟。

「什麼武器？」山王有些懷疑。

「例如……吸血大魔王？說不定他們已經找到那頭魔王了，你很快就會面臨到他的挑戰？」狄米特摸著下巴。

「會嗎？來啊！」山王躺在木桶裡亂叫亂踢，興奮得不得了。我知道他現在滿腦子都是環遊世界的夢想。

「例如……隔絕白光的新盔甲？」狄米特深思，故意將問題說得很嚴重。

「是嗎？來啊！來啊！」山王的吼聲越來越大，語氣高昂得不得了。

夜色也漸漸籠罩在「不知道通到哪裡河」上，爲了安全起見，我們將巨斧三號停在岸邊，在突然倍增的護衛的保護下，慢慢走回村子裡。

□

回到家門口，我看了看信箱。

還是沒有海門的信。

「笨豬，你腦袋裡到底裝了什麼？斧頭還是拳頭？」我埋怨，打從心裡希望海門只是一頭超級大笨豬，而不是遭遇到無可以抵擋的怪物。

海門離開黑森林已經一年了，隔兩週就又是巨斧節了。我站在院子裡看著樹幹上海門的拳印，我輕輕摸著、看著，那拳印似乎還是熱的。

常常，我會懷疑自己是否眞的是個女孩子，儘管我已經快滿十六歲了，就在今天晚上。

十六歲高中畢業後，我還是不喜歡穿裙子，不喜歡將頭髮放下，馬尾一紮就是好幾年，爬樹是我的興趣，邊吃東西邊大聲說話是我的習慣；我媽說我睡覺時除了打呼外、說夢話也是粗聲粗氣的。

只有當粗獷又笨的海門站在我面前，我才清楚地知道自己是個貨眞價實的女孩。那感覺並非內心有隻小鹿在亂撞（又不是心臟病），呼吸也沒有特別困難（又不是氣喘病），臉也不會突然紅了起來（又不是皮膚病）；但我知道我是女生，從裡到外，一舉一動都是女生。

但這一年來，我都沒有什麼時間變成女生，只有在觸摸這個熱烘烘的拳印時，我才會因爲視線模糊認知到溫柔的本質依然存在，儘管我的心底已被海門的音訊全無染上沉重的陰影。

常常，我會想起那天晚上做的噩夢，海門那藏在黑暗裡的碎臉、還有那拖曳在地上的金屬聲，總是讓我無法安心。萬一海門遭遇到我無法想像的可怕事件，變成一個披頭散髮的厲鬼，那該怎麼辦？

那惡夢眞實的可怕，可怕到非常虛幻。

每個晚上睡覺前，我都會雙手緊握，看著星空祈禱海門平安無事。

「海門，你一定忘記……不，你一定從來沒有記過我的生日吧？」我踢了樹幹一腳，心中暗暗發誓，如果海門今晚居然出現在我面前，我一定要拉著他聊天聊到天亮。也許順便告訴他我喜歡他吧？

可惡的是，狄米特跟山王也一樣，他們似乎沒有牢牢記住過我的生日，剛剛在巨斧三號上聊天時根本連提都沒提到。他們最好是做了慶祝的準備，只是逗我一下，等一下晚餐後就會偷偷爬到我窗外的大樹上，送我無法想像的生日禮物（難道他們把海門的信偷偷藏了起來？就為了給我一個驚喜！）……尤其是狄米特，他的心思比誰都精，多放個日子在心裡面，對他來說根本是舉手之勞。

我瞪了樹上的蝙蝠一眼，然後便開門進屋了。

客廳空蕩蕩的，我聽見廚房傳來陌生的笑聲，不知道家裡來了什麼客人，是遠房的親戚跑來慶祝我的生日嗎？不會的，我一定想太多了。

我拿起桌上的杯子，盛了牛奶坐在椅子上看電視新聞。今天是我的生日，但壞消息可不少：柏林圍牆附近發生血腥暴動，一輛掛滿炸彈的巴士衝進了超級市場；萊茵河上的遊艇發生奇怪的連環追撞。

「這個世界有太多地方值得改進的了。」我說，將牛奶喝完，等著媽媽叫我進廚房端蛋糕出來慶生。

媽媽今天早上放在冰箱裡的麵粉、巧克力醬、奶油、還有蠟燭，早就被我發現了。我比較關心的是禮物會是什麼？希望仍舊是爸爸媽媽將海門寄來的信藏了起來，當成生日禮物送給我。

不，狄米特跟山王也許會這麼做，但爸爸媽媽卻沒這麼無聊。

我啃著桌上的小餅乾，老是覺得有點怪怪的，不是因為客廳空曠感到奇怪，也不是因為廚房陌生的交談聲感到訝異，而是有一點點……那麼的奇怪？

「媽！我好餓！」我喊著，如果我將小餅乾都吃光光，等一下要怎麼吃蛋糕啊？

沒有人回答。

我繼續啃著餅乾，心想等一下要不要打電話叫山王跟狄米特過來吃蛋糕，順便讓他們感到慚愧。真的很過分，我今年送了狄米特我親自編織的草帽當生日禮物，下個月也準備送山王一本旅遊圖鑑，他們要是敢忘記我的生日，我就一個一個將他們從樹屋上踢下去。

「崔絲塔！過來端蛋糕！」媽媽的聲音。

「喔！」我應道，把裝小餅乾的碟子放回桌上，準備起身到廚房去。

媽媽今天真是反常，以前她總是裝模作樣地想給我驚喜，從沒這樣叫我直接到廚房去端蛋糕。難道是想趁我進廚房時把蛋糕砸在我的臉上？

我小心翼翼地走進廚房，卻被廚房的恐怖景象震懾住。

一把尖刀插著我爸爸的手背，將他的手掌牢牢釘在餐桌上；爸爸的額頭與鼻子掛滿汗珠，一粒一粒斗大如豆，他的嘴巴緊抿，牙齒緊緊咬著。

媽媽坐在爸爸的旁邊，一手抓著爸爸的肩膀，一手拿著毛巾替爸爸擦汗；媽媽的眼睛哭得紅腫，看到我進來忍不住又掉下眼淚。

我的腳僵直，呼吸困難，我感覺到有一隻無形的手正掐著我的脖子，把我凌空慢慢舉了起來。

「小女孩，有個問題想問妳。」

一個穿著黑色西裝的老人坐在爸爸跟媽媽面前，露出慈愛到令人窒息的微笑。

老人的眼睛是綠色的，一閃一閃，那詭異的綠充滿整個眼珠，像沒有瞳孔般的漩渦。那絕不是人類的眼睛。

我無法呼吸，雙腳居然真的離開地面；我想用雙手扯開脖子上那無形的怪手，卻欲振乏力，雙腳連亂踢的力氣都沒有，四肢猶如綁住厚重的鉛塊。

視線發黑，寒意迅速爬上背脊。爲什麼戒備森嚴的狼人重鎮，會被一個吸血鬼輕易地滲透進來，還大大方方地坐在我家廚房？

我不知道，但我恐怕再也見不到海門了。

「小女孩，妳的爸爸跟媽媽似乎很沉默。沉默可是很要命的。」那老人的笑容牽動著臉上噁心的皺紋。

我的意識模糊，但恐懼卻因爲老人接下來提出的問題讓我一下子清醒。

「妳認識一個從小就不喜歡接觸陽光的孩子嗎？」老人詭異地笑著。

我勉強搖搖頭。

「他可能習慣戴頂大帽子或什麼的，他的影子總是比別人長了一截。仔細想想，妳認識嗎？」

老人的眼神穿透了我的心，一顆震驚戰慄的心。

□

「趁妳那可愛的小腦袋被撕下來前，好好地想一想。」那老人咧開嘴笑，笑得很歡暢。

我脖子上那無形的怪手慢慢鬆了；我趕緊深深吸了一口氣，那怪手隨即又掐緊了我的脖子，好像剛剛的鬆懈是對我難得的恩惠似的。

老人雙手環抱在胸前，蹺起二郎腿，眼睛看著爸爸手背上的刀子，說：「妳爸眞不知道在想什麼，這個小小的問題居然想不出答案？他眞該多接近接近年輕人。」

此時爸爸手背上的刀突然左右晃動，鮮血立刻從新傷口中迸了出來；爸爸的眼睛睜大卻叫不出口，他的嘴巴一定也被無形的怪手給摀住。

媽媽著急地想幫爸爸止血，但那鮮血飄到空中，像紅色的緞帶般流進那老人的嘴裡，媽媽想說點話，但無形的怪手卻掐著她的嘴，媽媽的嘴巴旁都是青黑的瘀青。

「看來妳是不想說了？」老人的笑容中卻沒有一絲一毫的失望，難道他早就知道他想找的人是誰？

還是……那老人根本只想找個殺人的藉口？不。他完全沒有必要找藉口，我從他的綠眼中清楚知道，眼前的這個老人絕對是個瘋子，瘋子殺人只講究有沒有能力，根本不需要藉口。

「妳不說，別人也會說。」老人輕鬆道：「妳知道現在有多少人被這麼抓住拷問嗎？」

我搖搖頭，眼淚被緊縮的怪手掐出。

這個答案我無論如何都不想給，我也不想知道他爲什麼需要這個答案。

也許，我很怕一件根本不該發生的事情。那會使我陷入深深的絕望，雖然我很快就會斷氣了。

「那就抱歉了。」那老人聳聳肩，我感覺到喉嚨在瞬間就要被掐斷。

這時我媽媽瘋狂地搖頭，那老人愉快地詢問：「夫人，妳突然福至心靈，想到該怎麼回答我了嗎？」

我媽媽猛點頭，掐緊她嘴巴的無形手一鬆，我媽愧疚地看了我一眼，說：「先鬆開崔絲塔，我就告訴你那孩子是誰。」

那老人沒有正面回答，但我一下子就從天花板上重重摔了下來，我難過地跪在地上不斷咳嗽，盼望我們真能逃脫。

就在此時，我聽見大門突然打開，兩個熟悉的聲音轟然而至：「崔絲塔！生日快樂啊！」

我媽當機立斷，大叫：「山王！吸血鬼！」

那老人怫然變色，插進爸爸手背上的餐刀突然拔起，射向客廳！

飛刀在半途就被一隻毛茸茸的大手抓下，那老人大叫一聲，圓形的餐桌突然立了起來，飛躍到天花板上的白狼山王手底的白光轟然竄出，卻被偌大的餐桌隔擋住，整個廚房充滿白光；但老人卻消失了。

「我的天！這是怎麼回事？」山王不敢卸下白狼的武裝，高達兩公尺的他就這麼矗立在廚房前的走廊上，將我扶了起來，遞給我那柄血淋淋的餐刀。

幸好山王變身的速度極爲驚人，反應也絲毫不遜色，不然我們家三人一定死得不能再死。

「那……那傢伙差點宰了我們……你還不快追！」我爸爸上氣不接下氣地大吼，指著牆上那堵焦黑的人形陰影。

那老人居然用了奇怪的法術，就這麼穿牆逃出，只留下莫名其妙的黑影。

山王點點頭，拔身撞牆衝出，夜風頓時從破洞穿牆灌進，但我們什麼鬼影也沒看見，那吸血鬼逃命的速度眞絕。山王眼中發出白光，舉臂長嘶，雄渾的狼嚎響徹全村，那是他們約定的一級警戒訊號：「入侵者！」

□

很快地，巨斧村內各個武裝據點紛紛響起狼嚎呼應，各種毛色的狼人戰士在各家戶的屋頂上快速跳躍著，十多顆照明彈被丟到天上，耀眼極了。

「這裡！」是盧曼興奮的聲音。

我跟媽媽站在廚房的破牆旁，順著麥克的聲音看向不遠的前方，爸爸捧著受傷的手大罵：「殺死他！」

一道妖異的黑影從地上飛到天空去，在照明彈的照耀下恣意地狂笑，守衛在屋頂上的狼人戰士立刻用上千發的機關槍子彈、熱烈回應著那盤旋在天空的吸血鬼，那吸血鬼以不可思議的速度在槍火中穿梭，直到我的眼睛被強大的白光給轟得睜不開，那吸血鬼的身影才在天空中爆裂成一團火焰。

山王蹲在大樹上，手掌心中有個小小的光焰燃燒著。

「又一個！」巨斧村的東側傳來大叫。

「快！他要飛了！」急切的聲音。

「西側也有兩個！啊——」慘叫聲。

我跟爸媽往東側看去，一個身影正穿過史萊姆叔叔家的門牆，但他還來不及逃到天空上，就被一把巨斧給纏住。是麥克！

麥克拿著歐拉那兩把巨斧中的一把，巨靈神般往吸血鬼的腦袋斬落：「教你吃吃歐拉的斧頭！」

那吸血鬼嚇得往旁邊一閃，巨斧的威力立刻將史萊姆的窗口炸開一個小洞，要不是麥克的動作略嫌遲緩，那驚詫的吸血鬼早就被轟成肉醬了！

「那眞是歐拉的斧頭？拿回去準是大功一件！」那吸血鬼看出揮舞巨斧的人無法將巨斧的威力眞正施展，於是大笑一掌揮出，麥克居然被無形的怪手轟倒在地上，手中的巨斧依舊緊緊抓在手裡。

「給我！」那吸血鬼大笑，麥克的手指被硬生生扳開；但巨斧卻沒有浮上天空，那吸血鬼露出驚訝與吃力的表情，他沒想到歐拉的巨斧是如此沉重。

此時兩個狼族戰士與手中的子彈一齊衝向那囂張的吸血鬼。是年輕的扎克與亞當斯！

「哈！」那吸血鬼的身影極快，不但閃過了子彈飛到天空去，隨即又衝下；用他那長得不可思議的指甲抓破亞當斯的腦袋，亞當斯的慘叫聲嚇壞了扎克，竟令扎克忘記使用手中的獵槍與腰上的砍刀。

「趴下！」

一個細長的狼影遠遠從屋簷上竄下、衝向那吸血鬼，雙手的腕上彈出兩道獵獵銀光！妮齊雅！

那吸血鬼的表情很興奮，尖聲叫道：「臭女人！阿飛的死我也有一份！」說著口中唸咒，手指往上一翻。

妮齊雅面前的泥土突然暴起，吸血鬼魔法將泥地幻化作三個恐怖的泥人，泥人們張牙舞爪地拿起巨大的泥刀往妮齊雅的頭上劈落；妮齊雅冷靜地以手腕上的銀刀俐落飛刺，那三個恐怖泥人痛苦大叫，隨即崩落成原形。

那法力高強的吸血鬼手中拿著亞當斯的腦袋，口中唸唸有詞，亞當斯那斷頭的殘骸突然復活，抓狂撲向不知所措的扎克；妮齊雅毫不理會，腕上的銀刀飛快與吸血鬼纏鬥起來，幾次都差點命中機靈的吸血鬼。那吸血鬼的臉色變得十分緊張，他沒料到妮齊雅的動作如此矯練；而麥克也再度拿起了巨斧，喘吁吁地瞄準吸血鬼準備劈擊。

突然間一道白光轟然而至，那吸血鬼連慘叫聲都來不及發出，便被強悍的白光蒸發，成為腐臭的焦煙青焰。

「抱歉，打擾妳了。」山王站在屋頂上，手臂平舉，指間還繚繞著殘餘的白光。

妮齊雅點點頭，難得她也認同了山王摧枯拉朽的超級力量。

「西側的兩個被蓋雅爺爺跟賽辛給清了，但好像還是被逃走了一個。」山王看著遠方，說：「我的白光追不上他，也許他是黑祭司。」

妮齊雅看著地上焦黑的陰影，說：「這些潛進巨斧村的吸血鬼很不簡單，居然都能夠使用影遁術。」說著便踢開了亞當斯那未能闔眼的腦袋，伸手去摸扎克的鼻息。

山王點點頭。他站在屋頂上殲滅兩個使用影遁術的吸血鬼，那輕鬆的姿態突顯出他敗破吸血鬼帝國的君王氣勢。

□

「什麼是影遁術？」爸爸吃痛地說，媽媽正拿著食鹽水澆著他的傷口。

「在黑夜時能夠藉著黑影、或製造出黑影藏匿自己的行蹤，就叫作影遁術。是法力高深的吸血鬼才會使用的黑魔法。那些吸血鬼只有利用影遁術才能潛進巨斧村內部。」我解釋，這些山王早就跟我提過了。能夠使用影遁術的吸血鬼都是法師級的，他們不單會飛，還能夠使用許多詭異的妖術。

「趕快去看懷特醫生吧，你的傷口很嚴重啊！」媽媽心疼道。

「可惡！」爸爸咒罵著，說：「我一定要跟摩賽討一把槍！」

「我看還是不要好了，你沒看見剛剛那些泥巴人？那叫靈土術，那個吸血鬼法師能夠一次製造出三個泥巴怪已經夠恐怖了，要是有一堆泥巴怪圍住我們，我們一下子就被踩扁了，有槍也沒用。」我說，不過剛剛真是幸運，沒想到山王跟狄米特真的記得我的生日！

這真是最好的生日禮物。

「對了！狄米特！」我說，爸爸跟媽媽的神色變得有些扭捏；我走到廚房外的走廊上，看見狄米特坐在地上，閉著眼睛揉著太陽穴。

狄米特聽見我的腳步聲，睜開眼睛說：「剛剛被那強光刺痛了眼睛，差點暈了過去。不過我聽見你們的談話，現在大家都安全了吧？」

我點點頭，默默地看著狄米特。

「心臟差點停了。」狄米特勉強笑著，他的眼睛似乎還很痛，都流下了眼淚。

那個老人吸血鬼，要找的人就是狄米特吧？在我的印象中，只有狄米特常常帶著大帽子……

但是狄米特不管是白天還是晚上，他總是帽不離身；那次我們被巨大水蛭突擊後，狄米特失去了帽子，也折了片大樹葉插在頭上擋陽光……

不管他要找「那個人」的目的是什麼，「那個人」絕對不是狄米特！

「嗯，山王將吸血鬼都打飛了！」我試著大笑，但我發現我的腳跟碰到了身後的牆壁。

我爲什麼要後退？

因爲我看見了。

我看見狄米特的影子在客廳的燈光照耀下，竟然長到快碰到遠在走廊上的我。

「崔絲塔，我可以在沙發上躺一下麼？我突然間好想睡一覺。」狄米特爬上了沙發，歉然地縮在上面大睡，他的手中還抓著要送給我的禮物盒子。

「你睡吧。」我笑道，但我的雙腳一動也不敢動。

就跟那時候一樣。

那時候，山王使用「生命之術」拯救海門過後，狄米特也躺在地上呼呼大睡。

「不會的，怎麼可能？」我安慰著自己，我的缺點就是想像力太過豐富，所以才會胡思亂想。

我吐了吐舌頭，深深吸了一口氣，慢慢走到狄米特的背後，也就是剛剛狄米特坐著的位置，看著我的影子。

我站著，但我的影子卻只有眼前約兩公尺長，遠遠不及坐著的狄米特。遠遠不及。

光與影。

有光的地方，必然有影生成。

我抬起頭來，看見爸爸媽媽也正端詳著我的影子；他們也知道我心裡在想些什麼，所以兩人一副心事重重的模樣。

「崔絲塔，妳沒事吧？狄米特呢？」山王已經變身成人，走進廚房的破洞。

我看了爸爸媽媽一眼，他們倆同時搖搖頭，我回答道：「我沒事，狄米特也沒事，他正在沙發上睡覺呢。」

山王點點頭，說道：「其實我忘記妳的生日，是狄米特拉著我一起過來的，所以我來不及準備禮物，眞對不起啊！」

我揮揮手，說：「不，我還要謝謝你把我家的廚房打破，救了我們大家哩。」

山王摸摸頭，說：「今晚怕還有事發生，我跟其他人還要去巡邏，你家前面會有哈柏瑪斯那笨蛋看著，所以妳還是要小心點。」

我點點頭，問：「扎克的情形怎麼樣？」

山王搖搖頭，走了出去。

我慢慢走到爸爸媽媽旁邊，爸爸的手還滴著血。

「沒有的事，不要胡思亂想。」爸爸雖然這麼說，但他的表情有些古怪。

「我知道。」我當然知道。

□

當天晚上並沒有搜尋到其他藏匿在巨斧村的吸血鬼法師，而狄米特一直躺在我家客廳睡覺，直到他爸爸緊張地將他扛回家。

爸爸的手縫了兩百多針，裹上一層又一層厚厚的紗布，但他一點也沒心情喊痛。

因為跟爸爸一向交好的老朋友，史萊姆叔叔，就在血腥的那夜過世了。

史萊姆叔叔對我們這些小孩子很好，常常收購我們捕捉的青蛙、田鼠、小蛇等東西作成下酒菜，讓我們有多餘的零用錢花用；他也常邀請一些大人們去他家吃蛇湯，最近還多了蝙蝠湯。

前幾天，史萊姆叔叔還大剌剌坐在涼椅上跟我爸爸比賽打蝙蝠。而現在，他的腦袋被丟進壁爐裡，燒成了一顆炭球；史萊姆嬸嬸變得癡癡呆呆的，沒有能力為史萊姆叔叔辦理後事，甚至沒辦法說完一個完整的句子，因為她的脖子上多了六個黑色的血洞。

「唉，只要讓麗雅吃了人的血，沒幾天就會跟他們一樣了。」摩賽老頭坐在輪椅上，在密室裡沉重地宣佈。

這是個棘手又令人感傷的問題，誰也不願意動手；除了妮齊雅。

後來我們將史萊姆叔叔和嬸嬸合葬在一起，希望他們能夠在天堂看顧著我們。

老莫一家也很悲慘，吸血鬼為了得到問題的簡單答案，居然潛入狼人村，屠戮了無法抵抗的人類家庭。二十條獵犬橫七豎八地躺在老莫家的樓梯上；老莫雖然回答了那吸血鬼問題，但他們一家五口還是難逃一劫，他們全身的血都被吸乾，眼神呆滯地坐在客廳連續看了三天電視後，才被執行命令的妮齊雅迅速了結悲哀的命運。

桑妮一家就幸運多了，他們非常快速地回答了吸血鬼的疑問；於是那吸血鬼只是大快朵頤了他們豐盛的晚餐後，便在狼嚎聲中從容地離去。

後來經過統計，蓋雅老頭他們發現當晚入侵巨斧村的吸血鬼法師至少有十一個，但及時被狼族發現的只有四個，其中有三個被逮住、消滅。他們非常懷疑其中有個法師就是黑祭司。

詭異又強悍的吸血鬼法師離去了，然而，恐懼的陰影這才真正籠罩在巨斧村的上空。

謠言。

猜忌。

憎恨。

不信任。

「摩賽！你一定要給我們一個交代！」桑妮的媽媽氣憤地指著摩賽老頭的鼻子，但她的眼神立刻變得很不自然，摩賽老頭抬起頭來苦笑。

狄米特跟我皺著眉頭走過，這幾天狄米特被街上不信任的眼光壓迫得喘不過氣，連我都氣憤難平。

侵入的吸血鬼拋下了一個問題，這問題正繁衍、膨脹出巨大的陰霾。許多人類家庭迅速離開村莊，他們不再認爲有必要冒險一睹兩族之間的血戰；他們從這次的事件知道，他們的生命在吸血鬼面前有多麼脆弱。而因爲種種理由留在村子裡的極少數人類，卻將他們內心的恐懼指向狄米特。一個比誰都要無辜的孩子。

我跟狄米特漫步走出村子，尋找可以野餐的好地方。

「崔絲塔，妳不怕我嗎？」狄米特做個鬼臉，但我瞧出他那苦澀的樣子。

「一開始很怕，但現在不怕。」我說，瞧著地上的影子。

狄米特的影子是我的兩倍長，輪廓分明。

「當妳聽見吸血鬼問的問題時，妳一定認爲答案就是我吧？」狄米特壓低了聲音，語氣有些哽咽。這實在不像是冷靜的狄米特。

「嗯，但我知道你不是啊。」我說，狄米特的影子長度眞的很誇張，比肩同行的我們，腳底下的影子居然差了這麼多。

我抬起頭來，看著狄米特的臉，他的眼睛都瞇了起來。他這兩天刻意摘下了帽子，只爲了讓大家卸下對他的種種猜測；但他藏不住腳底下如膠似漆的影子，更藏不住他那顆焦急苦惱的心。

「知道我不是什麼？我根本沒有提到什麼。」狄米特嘆氣：「但我想，妳說的是吸血鬼大魔王吧？」

「狄米特，你不是，不是就不是。」我說，雖然我心裡還是有些疙瘩，那晚甚至不敢接近睡在沙發上的狄米特。但我後來想通了，狄米特就是狄米特，我們從小一塊長大的，他絕不會是什麼吸血鬼大魔王。

而且，他也從未被山王的白光「消滅」或「傷害」。那是每一個吸血鬼都無法抵擋的絕對武器。

□

「是嗎？那妳告訴我，為什麼我的影子那麼長？」狄米特抓著頭，一屁股跌坐在草地上。自從那晚狄米特醒來後，吸血鬼拋下的那莫名其妙問題，便在村人的口耳相傳下糾纏著狄米特；他的蔚藍眼睛裡失卻了以前的神采。

「那一定是吸血鬼的魔法，他們肯定對你的影子施了咒！」我怒道，指著狄米特身後那棵樹上的十幾隻蝙蝠，說：「他們派來的那些蝙蝠根本就是間諜，他們一定查出你是山王的好朋友，所以故意製造事端讓山王分心！甚至讓謠言瓦解整個村子！」

狄米特看著我、點點頭，難得聰明的他會沒有反駁地接受我的意見；他也只能這麼想了。

「狄米特，要是你的影子一直都那麼長，我們怎麼從來沒有發現？可見是個陷阱！」我說，雖然我根本沒有把握自己是否注意過狄米特的影子？

「嗯。」狄米特回答的有氣無力。

我們找了一個蝙蝠甚少的地方坐下，狄米特從背包裡拿出一本英文詩集，坐在我旁邊靜靜地看著，我注意到他的視線停留在第262頁已經很久了，但他似乎忘記要往下繼續看。

可憐的狄米特，他的心情一定遭透了。

「崔絲塔，妳認為我的影子解得了咒嗎？」狄米特闔上詩集，拿起石子丟向自己的影子，就像在打他拿手的水漂一樣。

「打倒了施咒的人應該就可以解咒了吧？」我笑笑說：「其實你也明白我不知道，不過這樣想好像蠻有道理的喔？」

我看狄米特的臉上還是陰晴不定，於是舉起手來，在空中慢慢揮動；我左手的影子疊在狄米特的影子上面，說：「如果咒語會傳染，那我就跟你一起被施咒吧，再說，其實影子長一點雖然沒有好處，可也沒什麼壞處啊。」

狄米特看著我們的影子交疊在一起，終於忍不住露出笑容，說：「謝謝妳，崔絲塔。」

我笑笑，拿出背包裡的茶水與麵包，這樣的星期天下午最適合悠閒地渡過了。

狄米特唸著詩集，一邊教我英文文法，我沒有多大的興致學英文；但看他心情好轉，於是也跟著唸了幾句。

「走開！」

山王的叫聲遠遠傳來，語氣中充滿了威嚇與不滿，嚇了我們一大跳。

枝頭一陣騷動，我抬起頭來，竟看見一個灰毛狼人在遠遠的樹上跳躍離開，然後山王才從樹林中滿臉不滿地走出。

「這禮拜天不用訓練了啊？」我說，山王氣呼呼地看著遠處的枝頭比了隻大中指。

「那些混帳，居然派人來監視你！」山王握緊拳頭，說：「下次我直接從樹上踹他下來！」

狄米特低下頭，無可奈何地苦笑。

山王站著，若有所思地看了看狄米特。

「喂！你是不是吸血鬼大魔王？」山王竟然蹲了下來，眼睛大大地看著狄米特不加思索地問。

「山王你才是個混蛋！」我罵道，山王眞是少了根筋，這種事也拿來開玩笑？

「爲什麼不能問？」山王蹲在狄米特細長的影子上，拿起我的麵包就咬。

「希望不是。」狄米特莫可奈何地說，他甚至不敢看著山王的眼睛。

「天啊！」山王哈哈大笑，右手用力地拍在狄米特的肩上大叫：「我的天啊狄米特！你光有小聰明，可是說到大智慧，你卻遠遠不及我了！」

「喔？」狄米特不解，但仍很配合地、僵硬地笑了笑。

「我多麼希望那些吸血鬼眞的在找你！多麼希望你就是什麼見鬼的吸血鬼大魔王啊！」山王捏著狄米特的臉，哈哈大笑：「你說說，這樣的話，吸血鬼哪還有一丁點勝算可言啊！」

「啊？」狄米特恍然大悟，但笑容還是有些牽強。

「你是魔王，我是白狼，那很好啊！告訴我，狄米特，你會跟我作戰嗎？」山王捏著狄米特的臉，狄米特終於眞正笑了。

「你說的對，要我眞是大魔王就好了。」狄米特笑著，也用力地捏著山王的臉，說：「可是你恐怕要失望了。我是個人，我媽生我時還是懷特醫生接生的。我只是不大喜歡亮光罷了，至於影子，崔絲塔說我被下了咒，我想也是。」

山王一屁股滾在地上，我輕輕踢了他一腳，說：「你不要亂想，狄米特根本不是大魔王。這世界上哪有這麼巧的事，大魔王跟大英雄不單生長同個小村子裡，還從小就是好朋友。」

山王不置可否，咬著麵包說：「嗯嗯，其實蓋雅爺爺他們也不知道爲什麼有大魔王，就一定會有白狼。嗯嗯，許多推測只是歷史上的經驗。嘿，就拿妳剛剛提的東西來說吧，光與影的生成不只在時間點上出奇地接近，彼此的距離倒也眞的不分不離。」

我手扠著腰，說：「什麼不分不離？」

你是魔王，我是白狼，
那很好啊！
告訴我，狄米特，你會跟我作戰嗎？
你說的對，要我真是大魔王就好了。
可是你恐怕要失望了，
我是個人，我媽生我時還是懷特醫生接生的。

山王看著狄米特秀氣的輪廓，說：「舉例來說吧。德古拉跟白狼邦奇，從小住在距離彼此不到半座莊園的地方，邦奇甚至是德古拉麾下世襲的龍騎士，邦奇曾在德古拉的劍下承襲父親的爵位，宣誓效忠德古拉，這兩人最後的決鬥可說充滿了戲劇性的矛盾。至於希特勒跟白狼法可，雖然希特勒長了法可幾歲，但兩人都是在同一家醫院出生的，兩家人是世交。」

我笑笑，正想反駁時，狄米特卻聽得入神：「那爲什麼發現你是白狼後，蓋雅爺爺他們沒有依照這個光影邏輯，搜查可能的魔王人選？」

山王搖搖頭，說：「一切只是推測，是不是偶然誰也不清楚，還怕是狼族一代傳一代的穿鑿附會呢。再說，大魔王的降生一定會有異象，前幾個月水蛭横行，蝙蝠囂張，這兩天老鼠又突然多了起來；依摩賽爺爺的意思是，大魔王也許是最近才降生的。」

我驚呼：「難不成是羅太太家上個月出生的寶寶！」

山王堅定地搖搖頭，說：「羅家有狼族的血統，照理說不會是魔王。事實上，我眞的很希望狄米特就是大魔王啊！」

狄米特困窘地說：「可我覺得太難以想像了，事情根本就不會是這個樣子。」

我用力拍拍山王的肩膀，說：「山王你不要再幻想了，你不要因爲害怕輸給大魔王，就一直死賴給狄米特。」

山王傻笑，狄米特乾笑，但兩人之間顯然沒有嫌隙。

這時候三個高大的長髮女子走了過來，她們是來自挪威的狼族戰士；北歐一帶的吸血鬼最少，全要歸功於北歐狼族的驍勇善戰、不分男女的剽悍精神。

「白狼，摩賽請你過去開會。」一個女子說著生硬的德語。

「嗯。」山王高興應道，站了起來。山王高興的原因不外乎是開會總比練習競技輕鬆多了。

山王跟在那女子的後面走著，但另外兩個女子卻站在原地不動，山王感到奇怪，但他馬上從狄米特不自在的表情上看出了原因。

「妳們打算留在這裡監視我的朋友？」山王瞪著高他一個頭的女子說道。

「賽辛的指示。」另外兩個女子說道，她們根本沒把山王瞧在眼裡。

「沒關係的，山王，你去吧。」狄米特收拾著背包，我氣憤地摔爛手中吃到一半的麵包。回家算了！眞是受氣！

「有意義嗎？」山王冷眼瞧著那三個女子，指著自己的鼻子說：「如果他眞是什麼魔王，你們再多人監視他也沒有用，白白送命而已。要記住，來！看這裡！白狼在這裡，就是我！能夠宰了魔王的王牌就要離開了妳們兩個小妞了，等著哭爹喊娘吧。」

那兩個受命監視狄米特的女子中，個頭較高的那位冷笑：「從沒有一個吸血鬼能夠在我們面前呼吸半分鐘以上。歐拉能斬殺魔君，我們也辦得到。」

山王越走越遠，回頭啐了一口：「動手啊！好了不起！」

我跟狄米特就在那兩個神色冷漠的北歐女子大大方方的監視下，一個黯然、一個憤怒地走回村子，一路上我忍不住咒罵著賽辛的喪心病狂，也氣憤著爲什麼蓋雅老頭跟摩賽老頭這麼了解狄米特的人，都沒有阻止賽辛的監視令？

□

就在狄米特低頭關上家門後，我便氣沖沖地跑到摩賽老頭守衛重重的家裡，大聲喊門：「我也要開會！反正山王之後通通要跟我報告一遍！不如我也一齊開會！」

兩個穿著美軍陸戰隊服的黑人斥聲要我離開，但我毫不畏懼地站在門口繼續咆哮，直到哈柏瑪斯一臉臭氣地打開門，說：「摩賽說放她進來，狗屎，吵死了。」

我就這麼一路瞪著哈柏瑪斯，一路瞪到地下密室爲止。

地下密室裡那些過時的火藥與兵器早就搬了個精光，座席間還多了好幾個人類政府的特使與將領，一壺壺的熱咖啡在大桌子上冒著蒸氣，牆上地圖上的記號與小旗幟顯得更複雜了。

蓋雅老頭嚴肅地看著我，說：「崔絲塔，找個位子坐下。」

獨眼的麥克坐在他的祖父村長旁邊，微笑：「妳來了也無法改變什麼，乖乖坐著吧。」

蓋雅瞪了麥克一眼，麥克隨即假裝沒有發覺，自顧自地喝著咖啡。我怒不可遏，正要發作的時候，原本坐著的山王慢慢起身，一手抓著我的手臂說：「崔絲塔，先坐下來吧，我們正討論著狄米特的事呢。啊，眞不小心。」

說完了「眞不小心」後，山王的臉充滿了遺憾，然後將手中的咖啡壺丟向麥克的臉，麥克大吃一驚，急忙用手撥開滾燙的咖啡。儘管麥克的動作很快，但熱燙的咖啡潑灑出來，仍將他弄得一身狼狽。

麥克立刻怒道：「你故意的！」

山王道歉：「對不起，是我不小心。」

然後，一只熱咖啡壺從山王的手中再度飛向麥克的懷中，麥克急忙起身躲開，但咖啡壺已經在他的懷裡打翻，黑色的汁液流了滿地。

「山王！」蓋雅老頭看了山王一眼；山王傻笑：「瞧我多不小心。」

「你！」麥克狂怒，一隻獨眼露出兇惡的氣燄。

「坐下！」山王用力拍桌子，命令般的口吻：「白狼是你還是我！我叫你坐下！」

看到這兩個年輕小夥子在長老面前肆無忌憚的樣子，我還是笑不出來，我一屁股坐在山王的旁邊，心情仍舊無法平復。

「唉唉唉，誰也別再大吼大叫的。」摩賽老頭無奈地說：「有話，就照規矩來說。」

我大叫：「我有話！」

村長瞇著眼睛：「什麼話？」

我說：「狄米特不是什麼大魔王！他在這村子待了幾年了？你們難道還會不知道嗎？」

摩賽老頭苦著一張臉，說：「小娃娃，沒有人說狄米特小子是吸血魔王啊！」

我看著坐在妮齊雅身旁的賽辛，生氣道：「那賽辛爲什麼派人監視狄米特！」

賽辛無可奈何地說：「吸血鬼法師顯然是要找狄米特，但爲什麼找他我們並不清楚，所以只好派人保護他。」

我無話可說，但坐在遠處的盧曼輕輕咳了一聲，說：「狄米特也眞是的，影子怎麼會比別人長個兩倍、三倍？眞是奇怪，眞是奇怪。」

牢接住。

「眞不小心！」山王傻笑，然後又朝盧曼丟了一只咖啡壺，但這只咖啡壺被早有預警的盧曼牢牢接住。

「山王！不要胡鬧！」山王的爸爸斥責道。

「山王，你身爲白狼，舉止應該有自覺些。」村長埋怨道。

「是啊！你們還知道我是白狼！」山王冷淡地說：「可是你們居然要禁止我的朋友離開巨斧村，這是什麼意思？」

「什麼？」我忿忿不平。

「他們表決，打算限制狄米特一家人搬離村子，他們根本就懷疑狄米特。」山王笑說。山王的笑很強勢，我感受到他想要保護狄米特的剛毅決心。

「我說過了，這是爲了狄米特好。不管吸血鬼法師是爲什麼理由找上狄米特，都不會是好事的！」賽辛顯然不滿山王的態度。

「摩賽爺爺，蓋雅爺爺，你們的意思呢？」山王看著他們倆，曾經與希特勒浴血奮戰的兩長老。

「山王小子，賽辛的考量很周到啊。」摩賽老頭嘆道。

「我不懂爲什麼吸血鬼丟下這個問題，大家要這麼認眞看待，也許這根本是聲東擊西。」山王皺著眉頭。

「你經歷過希特勒屠殺我族的日子嗎？那眞是腥風血雨的恐怖回憶啊。」村長閉上眼睛，又要進入莫名其妙的歷史回顧裡。

「所以呢？」山王不大客氣地說。

「如果你親眼見過那慘狀，孩子，你就會明白大魔王無論如何是不能留著的啊！」村長語重心長地說。

密室的氣氛很僵硬，每個人都滿腔的激動，只有妮齊雅一副事不關己的樣子，她雙手環抱在胸前，眼睛半睜半闔快要睡著。對於她這個模樣我反而較有好感。

□

「不管怎麼說，事情沒查清楚前，狄米特不能離開村子。」蓋雅老頭堅定地說。

「我們也無法同意狄米特離開村子。」一個陸戰隊的上校說道：「至少現階段不行，周詳的調查報告是必需的。」

「如果軍方證實狄米特並非嫌疑之人，國家會給他合理的補償。」一名德國官員官腔濃厚說道。

「好，你們都聽好了。」山王雙手按著桌子，眼中發出白光說：「你們最好祈禱狄米特就是魔王，因爲這樣的話，就不會有戰爭了。狄米特這個大魔王過幾個月就要去海德堡大學唸書了，以後還要娶老婆生孩子，他不會對任何人造成傷害，任何人也別想傷害他。」

「這些我們都明白，山王。」賽辛說。

「你又何必騙他？」蓋雅老頭警告似地說：「魔王就是魔王，自有對付魔王的手段，只是狄米特究竟是不是魔王，還是吸血鬼設下的圈套，我們絕對會調查清楚。」

身爲領導的蓋雅老頭這麼說，顯然是不打算對「大魔王」留情了，山王看著從小教狄米特打水漂的蓋雅老頭，慢慢說道：「好，那我又問你，請問你們要怎麼調查？叫狄米特唸聖經嗎？還是叫他喝聖水？還是在他的額頭上刺一個十字架？還是叫我灌一團白光給他試試？」

山王知道，除了天有異象外，這些狼族根本缺乏關於魔王降生的重要指標，他們甚至連魔王的父母親是不是也有吸血鬼的血統也不能肯定。我看了山王一眼，山王篤定的眼神告訴我他不會讓這些壞蛋欺負狄米特。

「也許狄米特早就習慣了白光也不一定，這樣的大魔王眞是可驚可怖。」麥克深思道。

「我天天用槍打你，看看你會不會習慣？」山王微笑，然後「不小心」地將咖啡壺扔向麥克，但麥克這次早有準備，一拳就將咖啡壺擊個粉碎。

「山王小子，身爲領袖就要有領袖的樣子！」摩賽老頭終於嘆氣道。

「我是領袖嗎？那你們怎麼都不好好聽從領袖的指示？」山王冷笑。

「等到你足以擔當領袖的責任時，我們自然會聽從你的指示。」蓋雅老頭的聲音越來越嚴峻。

「那你告訴我！我什麼時候才是眞正的領袖！」山王也不客氣地朝蓋雅老頭咆哮，儘管我們以前對蓋雅老頭都抱著敬畏的心態。

「也許你該從不亂丟咖啡壺做起。」賽辛淡淡說道。

「也許你們該從學習如何信任一個好朋友做起！」山王的眼睛泛著淚光，但聲音卻怒氣騰騰。

「看來這次討論是沒有結果了。」我說道。

「不，狄米特必須留在村子裡，直到我們查清楚爲止。」蓋雅老頭鄭重地說，他的語氣嚴肅不容反駁。

「那你們就好好調查施在狄米特影子上的魔咒吧！」我氣道。

「能不能讓我好好睡個覺？」妮齊雅站了起來，一邊打哈欠一邊走出密室。

這場咖啡香四溢的會議就這麼草草結束了，我懷著忿忿不平的心回家。

海門失蹤，狄米特又揹負著深沉的質疑，山王開始跟狼族團隊大起摩擦，所有的一切都令我非常不開心。

「這時候要是能坐上巨斧三號，一口氣順流而下，衝出黑森林該有多好？」我自言自語。

我一進門，就看見爸爸媽媽正坐在客廳裡商量，媽媽提議是否我們應該暫時去媽媽在美國愛荷華州的老家遊歷兼避難；畢竟那夜我們三人都見識到了吸血鬼的冷血無情，留在巨斧村觀戰變成一種不切實際的想像。能走多遠就走多遠。

我能反對嗎？

看著爸爸手上厚實的紗布，我只能噙著淚水點頭答應，至於院子裡的幾條大狼狗，爸爸說交託給狼族看管非常不保險，所以我們必須租輛大卡車載著牠們一齊走，這點德國政府應該可以出借合用的卡車給我們。他們巴不得我們趕緊遷離。

而故事，這時才眞正掀開血腥的序幕。

□

「崔絲塔！準備好了沒？」媽媽的聲音。已經接近黃昏了，我的行李也打包的差不多了，我的行囊裡還留著寫給海門最新的信件，還有狄米特送給我的短詩籤。

我打開窗戶，記憶著我熟悉的一切。大樹、夕陽、院子，以及悲傷的拳印。

也許，今晚、或是明晚，這裡就會成爲戰場了吧？到時候會是一片的殷紅，抑或是一片的火海？

一步都不能踏出巨斧村的狄米特一家人，幫忙我們將行李搬上車子，狄米特那嚴肅的教師爸爸滿身大汗地看著卡車，又看了看狄米特。

「眞希望這孩子能夠跟你們一塊走。」狄米特的爸爸嘆道。

「曼非，不會有事的。我們很快就會見面的。」我爸爸摟著狄米特的爸爸說道。

媽媽將三隻大狼狗趕上卡車後座，我則拉著狄米特到一旁說話。

狄米特看起來非常沮喪，平常的他要是遇到不如意的事，總是可以露出自信的神采安慰我們大家、出出點子。但現在的狄米特，看起來眞是糟糕透了。

「崔絲塔，我必須承認我非常恐慌。」狄米特握著我的手，他的手心全是汗，他的眼神充滿了不安。

「狄米特，如果我能夠選擇的話，我眞的很想待在你身邊。」我說，揉捏著狄米特的雙手。

「我明白，但我卻提不起勁送妳走，我眞的無法裝出高興的樣子。」狄米特懊喪著臉，他的妹妹貝娣紅著眼睛拉著他的褲子。

我們坐在卡車旁的大樹下，遠遠的，有三個狼族武士跟幾名特戰隊隊員正監視著我們。

「是他們，對不對！」我說，一定是成天

的監視讓狄米特漸趨崩潰。

「監視是很有壓力沒錯，但我根本沒做什麼，所以我也不怕。」狄米特的臉埋在他的雙手裡，說：「但妳知道嗎？我很害怕我的體內眞的藏著連我都不知道的怪物！我眞的好怕！」

「你跟我都知道不是的！」我安慰著狄米特，而貝娣坐在狄米特的大腿上，水汪汪的眼睛看著狄米特說：「哥哥，你不要難過嘛。」

狄米特低下頭，示意我遮掩他的舉動，我立刻擋在他前面，看著狄米特從懷中掏出一張照片。照片中的狄米特戴著大草帽，笑嘻嘻地站在他的父母中間，拿著他的德文演說獎狀。

「妳看，這是我八歲的時候。」狄米特緊張地指著照片上的自己，照片中稚齡的男孩腳下拖著一著細長的影子，而他的父母的影子根本沒有他的一半長。八歲的狄米特，怎麼可能被吸血鬼在影子裡下咒？

「怎麼……怎麼可能？」我失聲。

「我最近一直在思考山王的說法。」狄米特的額頭上滲出汗來：「光與影，是不是就像我跟山王一樣？我的體內是不是住著連我都控制不了的瘋狂？」

我寒毛直豎，狄米特也立即感受到我鼻息間流露出來的不安。

「崔絲塔，妳怕我對不對？不要緊，連我都開始懼怕我自己，我甚至不敢盯著鏡子裡看。」狄米特的眼眶泛紅，年幼的貝娣連忙拿手巾爲他哥哥擦拭眼淚。

我一句話都說不出來，但我明白無論如何都該信任狄米特，就如同現在的狄米特信任我一樣。

「狄米特，你相信你自己嗎？」我慢慢說道，緊握著狄米特的手。

狄米特不知道該點頭還是搖頭，他的神情焦慮倉皇。

我不懂得大道理，我只能將我所經歷的一切告訴狄米特。

「我跟你一樣，有時候也不知道該不該相信自己。」我回憶道：「兩年前我們在大樹林裡遇見那隻大黑熊時，我根本一點主意也沒有，但海門挺身而出時，我卻沒有一絲猶豫地相信了他。」

狄米特聽著。

「當海門倒下，而你跟山王強忍著畏懼與黑熊對峙時，我對勇敢的你們也只有百分之百的信任。」我靜靜地說：「我相信，無論如何，我生命中最重要的三個男孩子，一定會保護我不受傷害。」

狄米特流下眼淚，說：「當時的我根本沒想到這麼多。」

我安慰狄米特說：「就算你懷疑自己的身體裡流著魔王的血液，你也要相信山王，狼族未來的領袖，一定可以保護你的。狄米特，你相信山王嗎？」

狄米特用力抱住我，說：「謝謝妳，崔絲塔。山王說得對，我只有小聰明，但大智慧上遠遠不及你們。」

我笑了，我一點也不畏懼影子怪模怪樣的狄米特。

「我相信山王。我相信妳。」狄米特的擁抱很緊很緊：「我也相信海門一定會回來，在我們最需要他的時候。」

「我知道。」我一直都知道。

「崔絲塔，妳該跟狄米特道別囉。」媽媽站在卡車後向我揮手，也向狄米特報以親切的微笑。

「再見了。」狄米特笑笑。

「我們一定會再見面的。」我跟狄米特擊掌。

突然間，遠處傳來一陣狼嚎，連綿不絕的槍聲在火紅夕陽下響起，媽媽緊張地蹲了下來，我的天！

開始了！

□

「怎麼回事？現在還是白天啊！」我爸爸叫道，衝過來緊緊抱著我跟狄米特，但他的聲音已經掩沒在滿村的狼嚎警示聲中，火紅的雲彩中充滿了危險的爆發感。

我從爸爸結實的胳臂裡看著狄米特；突然間轟然炸響，一股腐臭的味道緊跟著在空氣中迅速撕開，然後又是一陣陣聽似井然有序的機槍掃射聲。

「所有人快回到屋子裡！」

一名陸戰隊員指揮著附近的村人，他手上的無線電傳來急促的聲音；我試圖從無線電中聽到些什麼，但一聲慘叫聲後，無線電就只剩下沙沙沙的無意義呢喃。

我看著卡車，三隻大狼狗發神經似地狂吠，牠們迫不及待跳下車、躲進半掩著的房門，然後又是一陣巨響。我看今晚是無法出村了。

「吸血鬼開始攻村了嗎？」我問爸爸，雖然他也丈二金剛摸不著頭腦。

狄米特的爸爸一把將狄米特與貝娣抓起，滿臉通紅地說：「快，我們趁現在逃出村子。」

我一愣，說：「太危險了吧！先進我家躲著吧！」

我爸爸也大聲嚷嚷：「曼非！別傻了！你沒聽見那些槍聲嗎？」

狄米特的爸爸果斷地說：「不，非衝出去不可！留在這裡沒有活路的！」

「轟隆！」遠方的林子上似乎飄著團團血霧，到底發生了什麼事？

我看著狄米特那藏在金黃劉海底下的眼睛，他的眼神充滿了緊張，惶恐、與興奮。「崔絲塔，我想我爸爸是對的。」

「你瘋了嗎？這麼多槍聲你怎麼出去！」我緊張道：「況且你應該相信山王的啊！」

就在此時，我們的身邊轟然兩聲，兩個壯碩的狼人警戒地抓著狄米特的雙手，說：「對不起，麻煩你們回到屋子裡，我們會保護你們的安全的。」

那兩個狼人的腰際露出巨大的鋼刀，他們毛茸茸的胸膛上烙印著吸血鬼無情的爪痕，顯示出他們身經百戰焠鍊出的果斷。要是狄米特反抗，後果毫無想像空間。

狄米特的爸爸失望的神情溢於言表，年幼的貝娣天眞地說：「爹地，是壞人要來了嗎？我們跟狼叔叔回家好不好？」

一聲巨大的爆裂聲響貫穿了我的身體，濃厚的煙硝味比剛剛更清晰，狼人與政府軍的防線顯然正在後退中。

「請立刻跟我們走。」一個狼族武士皺著眉頭。

「……」狄米特沉默不語，牽著貝娣、拉著失望的父親，在兩名低身戒護的狼人看顧下回家。

「崔絲塔！拉古！快進屋子！」媽媽著急大喊。

我們正要衝進屋子時，六個陸戰隊員扛著宣傳擴音器在街上的中間呼籲：「大家不要慌張，請不要攜帶任何東西，全家人一齊跟著我們的士兵，我們已經準備好安全的地下掩體供所有人避難。」

熟悉的吉普車一台一台在街上來來往往，將原本就剩下不多的人類村民拉上車，快速駛向他們一個多月前就已經在村子東側建好的水泥掩體，等不及坐下一班吉普車的村民沒命似朝村東奔跑。

媽媽、爸爸、我，三人抱著三隻大狼狗，媽媽打開地窖的門說：「你們三個乖乖待在裡面，千萬不要亂叫，知不知道？知不知道？」

這三隻大狼狗素來只聽媽媽的話，牠們緊張卻強自鎮定地坐好，媽媽將家裡所有狗餅乾跟燉肉全都倒在牠們面前，我趕緊捧了一大盆清水。

「乖乖睡覺、吃飯，就當作渡假囉。」媽媽笑道，但她的眼中已經淚光閃爍。今天要不是還有我跟爸爸，愛狗的她一定會跟這三條狼狗一齊躲在地窖裡。

「留盞燈吧。」爸爸說，順手在廚房抽出一把刀藏在衣服裡，媽媽打開地窖的小燈後，那三隻狼狗便嗚咽著、可憐兮兮地留在裡面。

我們跑出門，搭了一部吉普車駛向村東的軍事掩體。

我們站在急駛的吉普車上，什麼敵人也沒有看到，但遠處傳來的槍響與砲擊聲卻從未停歇。但天色卻更暗了。

「現在還沒入夜，那些該死的吸血鬼怎麼會來呢？」爸爸在一名士兵耳邊大聲問道。

「我也不清楚，據無線電說，好像是還沒變成吸血鬼的食屍鬼部隊吧！」年輕的士兵大聲回話。

「還有信仰魔鬼的異教徒吧！他媽的狗屎！要是老子看見一定見一個轟一個！」坐在副駕駛座的陸戰隊員正端詳著手上的步槍。

「可惡，那些吸血鬼一定躲在暗處，再過半小時不到就會入夜了，到時候那些鬼東西一定會發動大規模攻擊的。」開車的陸戰隊員罵道。

我焦急地說：「山王的白光不知道對那些食屍鬼有沒有效！」

「沒效！」

吉普車劇烈一晃，一雙毛毛大腳砰然踩在我身後的鋼板上，是山王！

「崔絲塔！我特地來打招呼的！看見你們沒事眞是太好了！」山王興高采烈地說，白蒼蒼的壯碩身軀上揹了兩管短鐵槍，那是他善用的近身兵器。

「現在是什麼情況啊！」媽媽回頭看著山王，我大聲喊道：「山王，你一定要加油！」

山王顯得鬥志高昂，他摩拳擦掌道：「現在有陸戰隊跟賽辛擋著，入夜後就看我的了！崔絲塔，祝我們大家平安贏得這場勝利！」

看見山王精神這麼振奮、勇敢無畏，我也跟著抖擻起來；我用力拍著山王的大手，說：「山王加油！山王加油！」

突然間，一道巨響幾乎碎裂我的耳膜，天與地頓時快速飛旋顚倒。

10 山王篇

我今年十六歲，朋友叫我山王，其他人則稱我白狼。

這個世界上大多數的人都有夢想，他們立志要當像懷特那樣的醫生，要當像狄米特爸爸那樣的中學教師。而我從兩年前開始，就不得不立志當一個剽悍善戰的狼人戰士。

從小，我就知道我不會平凡。真的，我從來沒有懷疑過自己會淹沒在這個遼闊深邃的森林裡。但我還真沒料到，那個夏夜的變身會如此劇烈地將我的生命推向另一個方向，一個不可思議的方向。

在那裡，我要面對成千上萬、齜牙咧嘴的吸血鬼，這是我血液裡我無法理解的成份，所強加給我的責任，還有力量。

我害怕嗎？我一向死命地樂觀，一向嘻嘻哈哈，但我還懂得害怕。

不過，儘管我畏懼吸血鬼的碧綠雙眼，卻從未孤單。

我知道戰爭的目的，我清楚我在守護著什麼。我明白戰爭過後的歸處，所以我絕不會向強敵低頭。

我不會低頭，絕不。

而今天黃昏，大批的食屍鬼不知道從哪裡鑽出來，自四面八方圍擊巨斧村；他們像潮水一樣前仆後繼地向前湧進，昂貴的銀彈無法使他們哀號倒下，空洞的眼神操控在躲在黑暗的吸血鬼法師手中，他們揹負著火藥與利爪，將各國陸戰隊與狼人戰士撕成碎片。

戰爭終於開始了。

在聽見轟炸機的隆隆引擎聲前，賽辛帶領著大夥在樹林中奮力殺敵；阿格像個巨靈神般緊跟在動如脫兔的妮齊雅附近，兩手各抓起一個食屍鬼當作武器揮舞、拋擊開路，陸戰隊緊緊跟在阿格身後，機槍瞄準那些食屍鬼的腳脛掃射，試圖緩和食屍鬼的攻勢。

所幸我們準備充分，雖然沒有意料到吸血鬼會在黃昏出擊，但這波攻擊總算是暫時控制下來了。我想，這只是吸血鬼削弱我們防守的第一步吧。但要來拿我的命？還太早！

我被當作是最終兵器看待，而不是領袖，這點我漸漸明白。所以在畏懼陽光的吸血鬼出現之前，我不能參加危險的攻防戰，而我體內珍貴的白光能源，必須保留在吸血鬼大批出現時，一鼓作氣殲滅他們。

也好，我被當作什麼都好，至少我開始體會到海門當時從雲端落下的心情。這群聲稱是我生命相依的夥伴，卻從未真正善待這個善良的男孩，他們在和平時期將「戰神的後代」看作是可怕的瘟疫迴避，但在危機乍現後，他們又將海門捧上了天；然後再次毫不留情、重重地將他摔落，沒有一絲憐憫。

但我還是要奮戰，只有奮戰才能保護狄米特不受到流言傷害，只有奮戰才能守護我的家園。

我遠遠看見崔絲塔一家人坐上吉普車，在入夜以前我想再跟崔絲塔說說話，於是我擺脫福特跟百恩的護衛，跳上了吉普車。

我是喜歡崔絲塔的，從我見到她的第一眼開始。

但是，這個世界上種種排列組合，都不是自己所能掌握的；每次想到這一點，我就忍不住要花上個一整天看著浮雲傻笑。我知道崔絲塔喜歡的是海門。

那樣很好，因為海門比我值得信賴多了，你該看看他們站在一起的模樣，他們真是一對。

唯一沮喪的是，我必須常常裝作喜歡別的女孩，這樣才不會讓事情變得太複雜。說到這一點狄米特倒是積極多了，我沒有像狄米特那股絕地大反攻的衝勁，也沒有指望什麼。我希望能趕快喜歡上別的女孩子，這樣我就不須要一直演無聊的戲。

「崔絲塔！我特地來打招呼的！看見你們沒事真是太好了！」我大聲說道，希望崔絲塔能給我打氣打氣。

「現在是什麼情況啊！」崔絲塔的媽媽回頭看著我，喊道：「山王！你一定要加油！」

我心頭火熱、摩拳擦掌道：「現在有陸戰隊跟賽辛擋著，入夜後就看我的了！崔絲塔，祝我們大家平安贏得這場勝利！」

崔絲塔用力拍著我的大手，說：「山王加油！山王加油！」

我點點頭，我一定會保護大家的。

突然間，一枚偏離的流彈砲將右側的屋頂掀了開來，吉普車急轉不及，整台倒轉了起來。此時天空已經陷入危險的黑暗，紅色的光暈已不是夕陽的餘暉，而是槍火爆炸的烈焰。

車子打滑倒轉，我立刻抱住崔絲塔從車子裡飛了出來；然後吉普車就撞倒在盧曼家的牛棚裡，碎玻璃飛散在濃煙中。

□

「爸！媽！」崔絲塔在我懷中急切叫道，我趕緊將著火的吉普車用蠻力扳正，將受傷的駕駛、副駕駛，還有崔絲塔的爸媽扶了出來。

「怎麼辦？」崔絲塔看著她那昏迷的爸爸，側臉傾聽他的心跳；她媽媽輕輕咳了幾下後，堅強且冷靜地打量附近的地形。

這裡距離軍事掩體還有一大段距離啊！

「我們躲進盧曼家吧，山王，麻煩你了！」崔絲塔媽媽剛毅地說。

我點點頭，一拳將盧曼家的大門搗破，他們一家都是狼族，根據任務配置，他們這時候應該全站在西村口埋伏吧。

「夫人，還是軍事掩體比較安全！請……請讓我們送你們過去。」受傷的駕駛一手緊握住鮮血慢慢流出的脖子，一副專家的口吻。他的頸動脈似乎受了傷，這名陸戰隊員卻沉著地用手指緊壓住動脈，果然是軍人本色。

「我丈夫受傷不能移動，你也一樣，給我進來，我為你跟你朋友包紮。」崔絲塔媽媽說，跟我一齊小心翼翼將他丈夫抬到盧曼家的客廳裡；那兩名受傷的陸戰隊面面相覷，但還是婉拒了崔絲塔媽媽的好意。

一隻眼睛快睜不開的副駕駛跑進吉普車內拿出槍彈分給駕駛，說：「我們的同伴一定需要我們

的幫助，那麼，天主保佑你們。」

「陸戰隊也是人，你們兩個快給我進來。」崔絲塔媽媽不客氣道。

「不打緊，我們兩個可以聯手掛了一連的吸血鬼。」駕駛笑笑：「你們躲好，小妹妹，拿著。」

駕駛將他們兩人脖子上的狗牌取下，交給崔絲塔。他們兩人相互攙扶著，漸漸走到遠方砲火聲最密集的地區。

我看著他們遠去，這個背影熟悉卻模糊。

「你在顫抖。」崔絲塔的手揉著我粗厚的掌心。

「嗯。」我站著，點點頭。我羨慕地發抖。

「快走吧，用最快的速度解決掉他們！」崔絲塔的眼睛泛著淚光，將兩只狗牌握在手裡：「然後我們把狗牌還給他們。」

「那有什麼問題！我山王可是有史以來最強的白狼！崔絲塔，我走了！」我哈哈大笑，渾身充滿了戰意。

我走出門，拿起短鐵槍將吉普車迅速轟成廢鐵，然後將吉普車半掩住盧曼家的房門。那些吸血鬼的目標是我，應該沒工夫理會一戶普通人家吧。

我在村子的屋頂上快速跳躍著。幾個狼人看見了，紛紛保持不同的距離圍住我，遙遙保護著我。

我攀上村子最高的建築物——教堂頂端，觀看戰局。此時天已經黑了一陣子，真正的決門才正要開始。我遠遠看見有幾個法力高強的吸血鬼法師已經在空中飄浮，距離大約一公里，稍嫌遠了點。而更遠的天空有幾團火球照亮了天邊雲彩，該不會是軍方的轟炸機吧？

「現在怎麼樣了？」我喊著。

「食屍鬼的攻勢暫時歇止了！」底下一個狼族喊道。

「那我們趁機到前線去。」我喊，眾狼隨即附和。

我們飛快趕到村子戰火最猛烈的北側，那裡原本是一片大麥田，麥田的後方是錯綜複雜的灌木林，那灌木林中某棵結實的大樹上，架著我們四人的樹屋，再後面就是「不知道通到哪裡河」了。

原本蓋雅爺爺就研判過地形，確認村子北側是吸血鬼最可能進攻的地方，所以賽辛安排了大概四十五個狼族跟八十個三角洲陸戰隊隊員在灌木林裡埋伏。但現在因為食屍鬼的瘋狂進擊，我們的防線往後移了四百公尺；這四百公尺已不是血跡斑斑可以形容，而根本是屠宰場。

戰死的盟友、夥伴，與沒有痛覺的食屍鬼的屍塊堆疊在一起，濃稠濕黏的氣味將飽滿的月亮染成深紅。

幾個陸戰隊隊員在大石塊後幫助同伴包紮傷口；額上的泥沙和凝結的血漬，使他們看起來疲倦不堪，壯碩的狼人弟兄各執兵器蜷在地上，眼睛茫然看著遠方，咀嚼著剛剛那場他們未曾見識過的食屍鬼大戰。我們為這場戰爭幾乎進行了兩年的準備，只因為一場黃昏意料之外的突擊，就幾乎擊潰了我們的防線，也差點崩散我們的信心。

我發覺自己正踩在一個破碎的頭顱上，趕緊將腳拿開。

「那是鄧肯。」麥克靜靜地說，他手中原本該是海門的巨斧正在發顫。

「嗯。」我應道，看著鄧肯模糊的臉孔。

現在的我對麥克一點敵意也沒有，即使我發覺他的斧頭根本一點血跡也沒有。任何人在這種地方退縮，都是值得原諒的，何況只是一個十八歲的孩子。

「山王，賽辛在那邊。」哈柏瑪斯困頓地坐在大樹後，手指指著左邊一群狼人聚集的地方，他的巨斧沉默地躺在他的腳邊。

我矮身跑到賽辛旁，賽辛身上充滿了血氣，那是勇氣的味道。

□

「山王，我們損失了不少人，等一下全看你的了。」賽辛剛毅的狼臉上露出微笑，一手短槍，一手長刀。

「白光一施展，我們就衝上去。」賽辛身旁的妮齊雅說，她的身後是呼呼大睡的阿格。阿格變身成狼人時真是個超級巨漢，卻極容易疲勞。

「不必麻煩，我一發出白光，大家就可以休息了。」我自信說道。

「是嗎？」一名陸戰隊隊員失笑，他的額上都是汗珠。

「這裡還有幾人？」我問，看樣子傷亡真是慘重。

「狼族剩下十八，三角洲陸戰隊還剩三十，等一下支援還會從村西過來，到時候會有三倍以上，西側的政府軍跟美國狼族正在整隊。坦白說，這還是我第一次感受到當年蓋雅他們所遭遇到的恐怖，難得吸血鬼都到齊了，撐過去，好日子就來了。」賽辛說，誠實地面對恐懼卻不失自信。

但我不明白狼族十八、陸戰隊三十，這兩個數字還可以抵擋多少吸血鬼，尤其是那些飄盪在遙遠天空的吸血鬼法師。

我集中精神，也許惡名昭彰的黑祭司就在上頭。

空氣中傳來不平靜的氣味、還有隱隱的風暴聲，賽辛也察覺到了。

「是蝙蝠。」賽辛沉吟道。

「另一個是什麼？」我問，那氣味有些熟悉，卻又想不太起來是什麼。

轟！

轟！

轟！

「水蛭！」我大叫。

百公尺外的灌木突然被巨力轟倒，上百萬隻蝙蝠有如黑色的毒物向我們籠罩過來的同時，可怕的魔獸「惡魔水蛭」竟張大嘴巴從樹林中爬來！全都是十幾公尺長、比我們四人在兩年前遇見的還要龐大許多！

蝙蝠！惡浪翻騰的振翅雷聲！

「等我的信號！不要浪費白光！這些吸血鬼想一次又一次消耗你的能量！不要上當！」賽辛吼道，我心頭燒了起來。

「小心蝙蝠裡面的吸血鬼！」眼尖的妮齊雅喊道，她發現吸血鬼潛藏在黑壓壓的蝙蝠裡，但蝙蝠襲來的速度實在太快！

陸戰隊全傻了眼，但他們訓練有素的身體立即做出反應。

「自由射擊！」陸戰隊隊長大叫，機關槍的子彈與火焰槍的烈焰全撲進四面八方的蝙蝠群中，驚醒的阿格抓起大石塊丟向齜牙咧嘴的蝙蝠，十幾顆手榴彈同時在天空中爆炸。

「張網！」北歐狼族領袖魯當斯大叫，二十多張利網從早就架好的高速噴射槍中射出，數百隻蝙蝠登時團團隨網摔下。

「再張！」又是二十幾張利網噴出，蝙蝠轟然落下，但上百萬隻蝙蝠的數量實在超過我們的預估太多！

「衝上去！」賽辛大叫，十幾把斧頭與十幾把戰刀隨著狼的勇氣拔出麥田，狼嚎不絕，斧風吼吼。

「阿格小心！」妮齊雅的腕刀精準地刺進一個正想偷襲阿格的吸血鬼背後，她擔心體積龐大的阿格成為吸血鬼襲擊的第一目標。

「吼！」阿格憨傻地應道，他什麼也不懂得怕，只是一味地依賴妮齊雅的呼喚，粗魯地一把一把抓死蝙蝠。

「啊——啊——」一名陸戰隊慘叫聲中，我緊張地聆聽賽辛的信號，然而惡魔水蛭已經逼進不到十公尺。

「火力集中！撂倒水蛭！」陸戰隊隊長大吼，他的命令掩沒在狂暴的惡魔聲響中；一條惡魔水蛭被兩道迫擊砲同時命中，腐臭的味道從灼熱的碎屍中噴出。

麥克與哈柏瑪斯掄起巨斧笨重地驅趕蝙蝠，麥克的弟弟亞當卻被隱匿在蝙蝠群中的吸血鬼撕成兩半，血水炸在每個人的臉上。

「可惡！」麥克抓狂，一斧將吸血鬼轟殺。

「不只是蝙蝠裡！小心地上的影子！」我大叫，會使用影匿術的吸血鬼可是法師級的！

我揮舞著手中的短鐵槍，將一個剛要從地上鑽出的吸血鬼逮個正著，我一槍插進他的頭頂，他登時化作一團烈焰。

「迎接夜之王的今晚，所有狼族都將成為王的祭品！哈哈哈哈哈！」吸血鬼恐怖的笑聲從四面八方捲來，那陰沉、蒼白的邪惡！

我眼中白光浮現，厚實的白毛底下再也藏不住摧毀邪惡的慾望；我手中飛快輪轉的短鐵槍燃燒著白光將周圍的蝙蝠驅開，一道光球自槍頭衝出，貫穿兩個從天殺下的吸血鬼，但北歐狼族領袖魯當斯的腦袋也同時滾到我的腳下。

「啊！怪物！」一個陸戰隊慘叫，他的身體只剩下兩隻腳插在地上，上半身被惡魔水蛭一口咬去，阿格見狀奮勇上前，拿起一塊石頭就往惡魔水蛭的身上砸！他那巨大、絲毫不輸給惡魔水蛭的身軀，在他雙手各執一石的勇悍下，惡魔水蛭一下子就在哀嚎中化成肉泥。

「去死吧！去死吧！」兩個陸戰隊隊員背靠著背，拿起火焰槍圍出一個安全的防圈，數十隻蝙蝠焦黑落下。

一個青髮吸血鬼奸笑著，火焰隨即被五個從土堆裡蹦出來的泥巴怪竄出一個缺口；兩個陸戰隊員隨即錯愕地與泥巴怪揉身近戰，兩個泥巴怪被塗銀的刺刀擊碎，但兩支火焰槍也躺在地上熄滅

了。

「倒下！」一個吸血鬼法師大笑，兩手一撐，遠在他三公尺外的麥克轟然被無形怪手推倒；我趕緊將手中短鐵槍擲向吸血鬼法師，鐵槍快要刺破吸血鬼法師頭顱的時候，卻被一個自土堆冒出的泥巴怪接住。

「接招！」法師吼道，周圍土塊大量暴起，十幾個泥巴怪低吼著向我衝來。

颼！

一道矯捷的身影穿梭進泥巴怪中，剎那間泥巴怪全都散落零碎，妮齊雅腕中銀刀插進吸血鬼法師的咽喉裡，那法師錯愕地化成烈焰。

「啊——」一聲慘叫，我的臉上全是熱烘烘的血，我往右一看，英國的狼族英雄紀登斯呆呆地站在一旁，上半身斜斜摔落到地上。

賽辛呢？為什麼還不叫我放白光？

我焦急地看著賽辛那一方，只見賽辛遠遠地跪在地上，一個吸血鬼正踩著他巨大的狼背，扒開他的脊椎骨，十幾隻蝙蝠嘶咬著他的筋肉。

「可恨！」我怒吼，全身激射出猛烈白光，白光朝四面八方洶湧襲去，轉眼間吸血鬼灰飛煙滅，掙扎在烈日下的哀號在一瞬間化作殘敗的火星。

「走開！」我命令，百萬隻浴在白光裡的蝙蝠齊衝上天，惡魔水蛭像是求饒般蜷縮在地上，我深深吸了一口氣，白光盡數消失。

我鎮定下來，環顧四周。

這些蒼白與驚惶的臉孔，這一雙雙充滿疲倦的眼睛，他們的喉嚨已無法吶喊出振奮人心的口號，但他們全都用一種看待救世主的眼神注視著我。

期待英雄。他們在期待英雄嗎？

我的熱淚盈眶，是的，我不會讓你們失望的。

我看著遠方天空一群又一群的吸血鬼法師，憤怒地咆哮：「下來啊！」

那些吸血鬼法師雙手一齊舉起來，大地震動！

大震動！

「那是什麼鬼東西？」麥克緊張地握住歐拉的巨斧。

「我的天，我們全都要死在這裡了。」哈柏瑪斯呆若木雞，他的身後全是遍體鱗傷的陸戰隊隊員，個個忙著裝填新的彈匣、用無線電呼喚延遲的支援，但現在村子其他的防線說不定正受到更可怕的攻勢。

「住口。」妮齊雅斥道：「我教你們，教的是殺光這些醜陋東西，不是教你們送死的！」

大地不斷震動，隆隆聲自樹林外圍合抱過來。

「賽辛自己都死了！我們撤退回村子吧！」麥克哭道。

「那是他自己不中用！」妮齊雅罵道：「他總是這樣分心！你們只要盯著眼前的敵人就夠了！」

妮齊雅的眼睛紅了，阿格悲愴地抱著賽辛的屍骸大哭，哭聲震天價響。

「全體注意！」陸戰隊聚精會神，挺起機槍與迫擊砲。軍人早已作好犧牲的準備，他們追求的不是苟活，而是榮光蔽體。

轟！轟！轟！

轟！轟！轟！

吼——歐——

上千個泥巴怪從灌木林裡衝了出來，裡面還有數十個還無法飛行的低級吸血鬼穿梭其中，聲勢恐怖驚人。

我站在衆狼之前，迎著吸血鬼的千軍萬馬，一陣寒風颳上我的狼背。沒有你，我只能更加堅強，不是嗎？

「我山王！有史以來最強的白狼！」我狂吼，雙手掌心白光急竄。

白光炸裂！

「烈日風暴！」我大吼，光的能量急濤釋放。

排山倒海的吸血鬼軍隊震地而來，然後在烈日中排山倒海地倒下。

消失了，一切都只剩下有如螢火蟲的白光點點。

「看看是誰先倒下。」我看著天空中沉默的吸血鬼法師，他們現在應該回想起法可尚在的恐怖時代了吧。

我深深呼吸，看著阿格。我可是比法可更出類拔萃的天才。

「大傢伙，你的胳臂夠不夠力？」我說。

「吼——」阿格憤怒大吼。

妮齊雅點點頭，我往後退了十幾公尺，然後拔腿狂奔。

阿格低下身子，雙手合捧。

我一腳踩上阿格的雙掌，在阿格驚人的助力下縱身往上飛躍！

夠近了！

「去死吧！」我看著那些吸血鬼法師錯愕逃竄的樣子，全身釋放出巨大的白光，十幾個來不及飛到更高處的吸血鬼法師全身迸裂冒火，隨著我落下。

我落下之前，瞄準那些逃散的吸血鬼法師的方向，算準時間，手指噴出一團壓縮的小型光球；那光球急衝到吸血鬼法師堆中，炸了開來！天際一片火霧。

阿格在底下接住了我，妮齊雅拍拍我氣喘吁吁的肩膀，說：「做得好。」

那些僅剩的幾個吸血鬼法師在更高處咆哮、詛咒著，我威風凜凜地吼回去；僅存的寥寥數個陸戰隊隊員為我高聲歡呼。

「看來他們暫時不會有新的攻勢了。」我說。

「那些吸血鬼法師恢復法力需要一段時間，但夜晚可是漫長得很呢。」妮齊雅說，坐了下來，阿格則擁抱著賽辛退化成人的屍體嗚咽著。

過了兩分鐘，一大群的陸戰隊與一百多個狼人戰士搭乘吉普車從村子南側趕過來，他們的樣子雖然疲累，但顯然村南的戰事並沒有這邊吃緊。他們來的時機真不錯，我瞧那些陸戰隊的子彈都打完了，因為我看見他們把槍丟在一旁，竟開始對著手杖的刺刀發愣。

援軍為首的是雅典的狼族領袖桑坦娜，她拿著對講機走了過來，說：「村南被綠扁帽部隊跟德軍守住了，那裡還有三百多個人，我們這裡一百五十多人是過來協防村北的，但我們剛剛聽說村東的軍事掩體防線陷入苦戰，白狼，你能過去支援嗎？」

軍事掩體裡面還有將近一百多個平凡百姓，崔絲塔一家也在附近啊。

「老師，妳先挺住，我去村東看看。」我說。

「沒問題。」妮齊雅酷酷地說。

我正要轉身跑去，妮齊雅淡淡地在我身後說聲：「孩子，今晚沒有你可不行。」

我心頭一震。真不像是平日冷酷無情、潑辣易怒的妮齊雅。

「我知道。」我說，飛躍上枝頭。

□

我雙手孕育白光，在前往村東的屋頂上看見兩個鬼鬼祟祟的吸血鬼，在空蕩蕩的村子裡穿梭時，順手送了他們的命。

奇怪的是，我遙遙看見村東的戰火儘管猛烈，仍舊有十幾個狼人陸續從村東奔向戰火得到控制的村南，形色匆匆，全都是與蓋雅爺爺交好的北歐武士，實在不像是臨時懼戰的生手。

我正自狐疑時，已經來到盧曼他家附近。那輛毀壞的吉普車仍舊躺在盧曼家門口；而怪獸的叫聲已經巨大到震耳欲聾的地步，還伴隨著人類盟軍的直升機墜落的聲音。

崔絲塔的小臉探出盧曼家門口，焦急地四處張望，她一眼看到我就大叫：「山王過來！」

我一驚，難道是崔絲塔的爸爸情況惡化？

「怎麼回事？快進屋子裡！」我跳下房子，看著崔絲塔焦躁的模樣：「我還要趕去支援村東苜蓿園那邊，那裡的戰火距離大家聚集的掩體太近了！還是你爸需要醫生？」

崔絲塔的媽媽也探出頭來，說：「她爸爸沒事了，不過崔絲塔很擔心狄米特，狄米特也被送到地下掩體裡面了嗎？」

「我怎麼知道？應該被送去了吧？」我說，聽著前線的戰鬥聲令我亟欲上陣。

「我剛剛從窗子看見蓋雅老頭帶著一群狼人往村南過去，然後又是另一群狼人跑過去，那是怎麼回事？」崔絲塔拉著我。

「我也才剛過來，不過應該還是村東最緊急啦，我要過去了，等一下北邊妮齊雅那裡的法師恢復法力的話，那可就糟了。」我忙道。

「他們去的方向是狄米特他家啊！」崔絲塔著急喊道：「剛剛有幾個吸血鬼好像也往那邊飛去了，你確定狄米特沒事嗎？」

我愣住了。

東線戰火吃緊，蓋雅爺爺在這種時候去找狄米特幹嘛？

「山王，你一定要保護狄米特，你答應過他的！」崔絲塔的樣子顯得六神無主，說：「我的第六感告訴我，狄米特現在很需要你，你趕快過去看一下好不好？」

「蓋雅爺爺耶！那個教狄米特打水漂的蓋雅爺爺耶！」我不以為然，但一陣寒意爬上我的背脊。

那是我面對吸血鬼千軍萬馬，也無法比擬的凜冽寒意。

我猛然想起那些吸血鬼法師那恐怖的笑聲：「迎接夜之王的今晚，所有狼族都將成為王的祭品！哈哈哈哈哈！」

夜之王？狄米特？

「不大對勁。」我喃喃自語，等到我意識清醒時，我的巨腳已經踏上某戶人家的屋頂，而崔絲塔的呼喚在背後漸漸遠離。

「我山王！」我不由自主大吼：「狄米特！我來找你了！」

我用力地踩在屋頂的瓦片上，一步一步，瓦礫一片一片崩碎。然後，我的腳步觸電般停了下來。

「痛！」那莫名的聲音直達我心裡。

我一驚。

「誰？」我大叫，那是誰的聲音？

我的眼淚莫名其妙流了下來，怎麼回事？我甚至連腳都在顫抖？

「痛！」

我大叫：「我來找你了！」

我雙拳用力捶向自己不中用的雙腿，然後發狂飛奔。

沒有雷鳴，沒有閃電，我的臉被突如其來的陰雨蒙上，鹹鹹的，酸酸的。

「不要！」我終於停了下來，驚駭莫名。一片的火。

眼前熊熊的大火冰冷了我的心。

狄米特的家裡被一支支火箭穿入，儘管火勢已經著魔似衝上天際，有如一隻惡龍，但火箭卻在無間斷的槍聲中流星般地繼續射出。

蓋雅爺爺在做什麼？他揹著斷腿的摩賽爺爺，站在三十幾個瘋狂的狼人戰士中間，指揮著……指揮著一排又一排的火箭、一串又一串的銀彈衝進我摯友的家裡。

然後他轉過頭來，面無表情地看著我，右手僵硬地舉起來。

揮下。

颼颼颼颼颼颼颼！

碰碰碰碰碰碰碰！

「你們在做什麼！」我怒吼，往火場裡衝去，卻轟然倒下。

蓋雅那瘋子一拳打在我的臉上，其他人連忙將我架住。

「山王小子，快去東側！」摩賽失心瘋似地吼著：「吸血鬼魔王已經被我們提前解決了，東側才是你應該待的地方！決勝負的時刻才正要開始！」

我無法言語，我只覺得有太多太多恐怖的、瘋狂的、迷亂的幻象在我眼前燃燒、傾頹。

我跪在這裡做什麼？看著烈火侵吞我生命中最重要的一部分？

「瘋了！你們全都瘋了！」我淒厲地吼叫：「你們這些瘋子！全都是喪心病狂的瘋子！」卻掙脫不了緊緊鎖住我身上的狼爪。

幾個狼人瘋子踏著我的視線，不要命似衝進搖搖欲墜的火場裡；他們咆哮著、歡呼著、像嘉年華會那樣舞蹈著，然後，用勝利的姿態將不忍卒睹的屍骸抬了出來。

我發瘋似地用頭撞著地。

狄米特的爸爸抱著狄米特，兩人焦黑地相擁；狄米特的媽媽面容憔悴地將天真無邪的貝娣抱在懷中，兩人緊緊依偎著，但他們四人的眼睛再也睜不開了。

「天啊！」我大哭，猛力甩開身上的狼爪，但隨即被蓋雅快速地摔倒在地，兩個人搶上前來將我壓在地上。

「冷靜點，山王，你現在應該執行你身為白狼的任務。」蓋雅那瘋子斥道。

「你們殺了狄米特！你們殺了狄米特！你們殺了狄米特！」我憤恨地痛哭、大叫。

「那些吸血鬼殺了看守狄米特的狼衛士，幸好我們趕在他們的儀式前殺了那些吸血鬼法師；不得已，也只好如此阻止狄米特轉化成吸血鬼魔王。山王，很抱歉是這樣的結局。」蓋雅瘋子果斷地說。

「狄米特小子才是吸血鬼攻村的目標。」摩賽瘋子大笑又大哭：「沒法子，我也是看著他長大的啊！沒想到吸血鬼最惡毒的詛咒盤據在他的血液裡，我們不能冒這個險啊！相信我，山王小子，沒有人願意這樣對待狄米特一家。」

我號啕大哭，雨點也漸漸大了起來。

上天！你也在替狄米特不平嗎？你也感到憤怒嗎？

那你為什麼眼睜睜看著如此善良的人被欺負？

為什麼！

「架起來！」蓋雅瘋子命令道，狄米特的屍骸立刻與他爸爸強行分開。

我看著蓋雅瘋子的手腕中彈出一柄類似妮齊雅腕中的銀刀，然後慢慢走近焦黑扭曲的狄米特。

「願和平早日來臨。」蓋雅瘋子遺憾說道，腕中銀刀猛力一揮！

狄米特的頭顱滾落。

一聲悶雷，滂沱大雨驟下。

我茫然地看著狄米特那脆弱的頭顱滾在地上，滾著，滾著。

崔絲塔呆若木雞，滿身大汗站在狄米特的頭顱旁。

□

每個時代都有狂熱的瘋子。

焚書坑儒、獵殺女巫、在十字架上釘死一個又一個的異教徒、一枚又一枚的炸彈在城市上空悲慘落下。

幾千年來，上千萬狂熱的瘋子用暴力、蠻橫，遂行狂熱而非理性的目的，不是因為畏懼，而是因為拒絕相信人的良善。

他們無法相信人脆弱的外殼裡，蘊藏著最善良的本質；所以恐懼才會蒙蔽他們的理智，魔鬼因此輕易操弄他們木偶般的線性行動。

破壞，焚燒，與不信任。

狂熱只是他們的外衣。

一次又一次，善良被抹殺。

這一次，我無法選擇哭泣。

崔絲塔看著狄米特扭曲、焦黑的臉龐；慢慢地，抬起頭來。

「不要哭。」我說，壓在我身上的力量漸漸鬆脫。

崔絲塔沒有搖頭，也沒有點頭，只是默默地讓眼淚滑下來。

「你們這些瘋狂的人，你們跟吸血鬼根本沒有兩樣。」我閉上眼睛，站了起來。

從一開始就錯了。

從憎恨開啓的戰爭，根本不能期待除了憎恨之外的結局。憎恨讓瘋狂燎原，所有人都迷亂了。

「山王，跟我們走吧，我們到最前線去！好好衝殺一陣！」摩賽瘋子在蓋雅的背上大吼，手上拿著一挺機槍。

「不要叫我山王，對你們來說，我只是白狼。」我喃喃自語，走向崔絲塔，擦掉她臉上的淚水。傾盆大雨嚎啕墜落。

看著沒有星光、失去紅月的雨夜。我舉起雙手。

「森林之神，請賜與我大地所有的力量，我需要每一道風的溫煦，需要每一寸土地的滋養，需要蘊藏在山林間最純淨的光，需要你對善良的執著。」我輕輕說著。我知道，此刻的我充滿了強大的白光，我的狼毛溫柔地在大雨中波浪起伏。

暖暖的風從遙遠的山谷向我吹來，腳下的土地那綿綿生機遍及數百里，慈愛的眼神在我心底照看著我；森林之神，我需要比以前更強大數倍的力量。

「山王！你在做什麼！」蓋雅瘋子吃驚，但我知道此刻的他們無法傷害我；因為大地與我同在。

我看著悲傷的天空。

夜啊！你無須悲傷了，因為我將彌補瘋狂的錯誤，這個世界不再需要白狼的力量，需要的是追求善良，保護比自己生命更重要、更珍貴事物的執著。

所以，請賜給我大地所有的力量吧！

是了。

就是這股力量。

我深深吸了一口氣，此刻的我充滿了前所未有的能量，那是大地同意我施展白光的最高境界，生命之術的證明。我要盡一切力量，交換我的朋友，交換我朋友的至親家人。交換所有的可能。雖然我沒有把握頭顱被斬斷的狄米特是否能夠甦醒，但我一定幫他拯救他心愛的家人。

「山王！千萬不可以這麼做！千萬不可以這麼做！你冷靜下來！」法國的狼族領袖布爾迪厄大叫。

「孩子！你是我們狼族的英雄！你知道你在做什麼嗎？」我爸爸驚怒。

我在做什麼？我不是在當英雄。

一個以全體福祉為唯一生命目標的英雄，我沒有力氣去當。

我是山王，山王有他愛的朋友，有他捨命相護的友誼。我的眼界很窄，但我很清楚對自己最重要的東西，那是每一個人都不能夠拋棄的真摯感情。

就在我徜徉在白光之中時，一股莫名的恨意突然聚斂在風雨中，以不可思議的驚人速度，既矛盾又突兀地在我身旁暴漲。

是你嗎？

狄米特？

我雙手撐天，萬丈白光衝向天際，原本應該歡欣鳴叫的大地卻發生痛徹心扉的吶喊。

那是你的吶喊嗎？狄米特，你等等，我馬上就能治癒你心中的痛楚。

白光衝上天的最高點，然後流星雨般墜落、墜落，我不顧一切將所有的力量施展出來，將白光不斷自體內轟到天際。但就在我幾乎要耗竭我所有的能量時，我看見狄米特的頭顱竟已碎成灰沙。

蓋雅的大腳將狄米特的頭顱踩破，堅定說：「山王，你不能。」

那流星墜落的白光鑽進狄米特父母、以及他年幼的妹妹貝娣身體裡，一道又一道；我繼續燃燒我身體裡每一滴的能量。慢慢地，我正在變矮，感覺手臂上的白毛像蒲公英一樣隨風脫落，我開始覺得寒冷，開始咳嗽，開始覺得心跳得好慢，覺得好疲倦。

四周圍的聲音似乎變得很刺耳，我緩緩睜開眼睛，那些瘋狂的狼人居然跪在地上、抱著頭恐懼地大叫；連勇悍的蓋雅也摀著臉不能自己地顫抖，散落一地的兵器。

我無法理解地看著他們，看了看自己的雙手，已是人類的孱弱。我的白光耗竭，蕩然無存，虛弱得連十分之一個吸血鬼都殺不死。

但這些狼人為什麼害怕到哭泣、恐懼到將兵器丟下？

我搖搖晃晃，依稀，好像有幽魂般的怪異顏色飄浮在整座村子裡，那顏色奇異到我無法加以辨認，也許那顏色根本不存在這個世界上，那是來自黑暗的信號。

我晃晃腦袋，盯著最後一道白光撞在貝娣身上，但他們三人依舊緊閉雙眼，只有貝娣身上的焦黑慢慢褪色中。

結果還是不行嗎？

但我幾乎要暈倒了，雙腳發軟。至少讓我為狄米特救回他心愛的貝娣吧。

就在我默默祈禱的時候，大雨突然硬生生停止。

轟！黑壓壓的天空墜落大量的黑點，打在我的臉上又黏又痛。

我大吃一驚，這不是雨點啊，這些都是水蛭啊！成千上萬的水蛭啊！

我打了個哆嗦，任由億萬隻小水蛭從空中不斷落下；而此刻瘋狂的狼人陷入了歇斯底里的精神狀態，他們有的蜷縮在地上不肯把頭抬起來，有的拔腿狂奔，有的抱著腦袋痛哭著。

「大家鎮定點！這一切都是……都是吸血鬼的巫術啊！」蓋雅用刀刺進自己的大腿，勉強振奮一點精神，但恐懼早已在他的眼珠子裡盤根錯節。

我迷迷糊糊地站著，看著崔絲塔害怕地瑟縮在角落，我想過去擁抱她，卻聽見一聲極為憤怒的巨響：

「不准過去！」

我的腳步不自覺地停了下來，我看見那些在村子裡橫衝直撞的奇異色彩慢慢被一個黑洞吸收進去，那黑洞不像是存在這個空間的魔物，那黑洞吸收所有怪異的顏色後便萎縮消失了。我正自狐疑時，狄米特那破碎的頭顱突然快速拼湊成形，他焦黑炭化的身軀卻崩散成塊狀，然後又奇妙地重新組合；一瞬間，狄米特那肢首分離的身體恐怖地接合在一起，慢慢地，狄米特站了起來。

這是生命之術的回魂效果嗎？

不可能的，這不會是生命之術帶回來的狄米特！

「離崔絲塔遠一點！」狄米特的聲音陰森地迴盪在空中，他的身體詭異地垂掛在一隻無形的黑手上。

我眼神迷離地看著狄米特，他的樣子有些古怪，那焦黑的皮膚被一陣風吹落，露出原本白皙的模樣。他赤裸地站著，任由那些墜落的水蛭爬上他的身體，毫不引以為意。

「狄米特，你還痛嗎？」我咳嗽，欣慰地說。回來就好，任何傷痛我們都會一起撫平它的，即使你真的成為吸血鬼的魔王，那也無妨。

「痛？是指這樣的嗎？」狄米特冷冷說道，他這樣的表情我從未見過。

我低下頭，抽搐，發冷。

狄米特不知道何時已經靠了過來，一隻手穿過我的腹部。

我張大嘴巴，看著狄米特湛藍的雙眼慢慢溶解，陌生的綠色晶芒妖異地閃爍著。我聞著狄米特冰冷的鼻息，將我的頭靠在狄米特的肩上。

然後腹部又是一陣絞痛。

「這就是你嗎！你竟然帶這群野獸屠戮我的家人！你！該死！」狄米特在我的耳邊大吼著，他的吼聲遠比我腹部的痛楚更加教我崩潰。

這是什麼樣的仇恨啊！我的朋友竟然毫不猶豫對我如此咆哮。

轟。

轟咚！

轟。

轟咚！

戰鼓雷鳴。

大地震撼。

遠方的地上傳來奔跑的衝擊聲，我的臉靠在狄米特肩上、勉強睜開眼睛；遠處的山頭在一刻間擁下吸血鬼大軍，那些食屍鬼像是無限繁衍似地呼嘯而下，整個山坡都是螻蟻般的魔物；陣地堅強的村南防線居然在傾刻間崩潰失守，我依稀看見精悍的陸戰隊只能睜大眼睛，血肉橫飛。

幾個吸血鬼法師在空中瘋狂大笑，為首的法師應該就是黑祭司吧。他的聲音格外尖銳高亢：

「夜之王已經順利轉世了！你們這群四腳獸的末日已經來臨了！感謝你們的無知！你們真以為我們不知道夜之王的寄宿主是誰嗎？你們真以為你們殺死了夜之王嗎？哈哈哈哈哈哈！沒有死亡，王要如何吃食寄宿主虛假的軀殼？我們播下疑慮的種子，卻教愚蠢的狼族替我們收割啊！夜之吾王無法不生於恐懼陰暗、無法不生於死亡背叛，還有那可敬的仇恨！今晚，永夜降臨的一晚，讓黎明再無法升起！讓夜之王再度領導我們！」

狄米特彷彿沒有聽見黑祭司的呼喚，只是在我的耳邊繼續沉痛地怒吼：「為什麼這樣對我！為什麼！你這個表裡不一的禽獸！你跟他們都是一個樣子的！」

狄米特的吼聲炸開，幾個狼人紛紛退化成人，失禁、打滾、昏厥、自裁；蓋雅慘然大叫一聲，與其他較機警的狼人拔腿就跑，遠離這致命的恐怖感。而我只是流著眼淚。

此時，森林最深最深、最遠最遠處的山谷，傳來遲到的一陣清風，那清風鑽進我的鼻息裡，帶來了大地最後施予的力量。

我不由自主抬起頭來，看著狄米特那綠色的眼睛。

狄米特沒有停止他悲傷、憤怒的控訴，而我的手中已經慢慢聚合了一團足以毀滅一切邪惡的純淨白光。

狄米特？你真是夜之王者嗎？

如果你深陷邪惡，我應該帶著你一塊離開嗎？離開能解除你內心的痛苦嗎？

「你是魔王，我是白狼，那很好啊！告訴我狄米特，你會跟我作戰嗎？」我捏著狄米特的臉，狄米特終於真正笑了。

「你說的對，要我真是大魔王就好了。」狄米特笑著，也用力地捏著我的臉。

我看著狄米特，眼淚從他的綠色眼珠裡滾落。那不只是憤怒的眼淚，我還聞到心被傷透的味道。

我的手不由自主放下。

「狄米特……你……你聽我說……」我顫抖著，四肢開始冰冷。

狄米特嗚咽著，卻又憤恨地將他的手抽動著。

「你殺的……是白狼……」我感覺到意識逐漸朦朧，四周的戰鼓聲與肅殺都蒸發了：「那樣很好……你是夜的……夜的王……這是你應該做的……」

狄米特憤怒地哭著。記住你現在的眼淚啊，我的朋友。

「可是……」我失去所有的力氣，連手心上的白光都快溜走了：「可是，你殺的不是你永遠的朋友……山王……你……你一定要記住這一點……」

狄米特怒吼，怒吼，捅進我身體裡的手卻沒有拿出來，就這麼將我架著。

我由衷祈禱狄米特不要因此內疚，就算在這個時刻，他的肩膀還是溫暖、可靠，我試著微笑，在他的肩上看著滿山的吸血鬼軍隊聲勢驚人地蹉地、嘶吼。

突然間，那群吸血鬼大軍陷出一條筆直的血線，那血線以無法想像的速度向村子逼近，而吸血鬼大軍卻無法阻止那恐怖的穿透，只能一個又一個倒下。

那血線是一陣風，摧枯拉朽、狂猛無匹。

能夠如此蠻橫、卻又不加思索地胡亂穿透吸血鬼的千軍萬馬，只有他了吧？

狄米特……
你殺的……
是白狼……
咳……
那樣很好……
你是夜的……
夜的王……
這是你該做的……

你殺的不是
你永遠的朋友……
山王……
你……
你一定要
記住這一點……
山王！

「狄米特，撐住，能夠保護你的人來了。」我開心地說，腹部一陣空虛。

我終於倒下，看著崔絲塔在一旁對狄米特拳打腳踢；手心上的白光兀自燃動著。

眼皮好沉重啊。

那傢伙真是的。

「海門！這下可有點不妙啊。」我喘著氣，看著前方滿山滿谷的吸血鬼大軍。遮蓋天空的吸血鬼、像座小山的惡魔水蛭、搖頭晃腦的食屍鬼齜牙咧嘴著，還有吸血鬼法師在天空中詛咒施法，而我的白光只剩下三成能量了。

「山王！你該不會想逃吧？」海門大叫，與我背靠著背，我可以感覺到他的巨斧掄起的暴風。

「逃？你這笨蛋不會明白我期待這一刻有多久啊；倒是你，我的背交給你，沒有問題吧？」我笑了，掌中白光激射。

「毫無問題！」海門豪氣萬千大叫，十幾個吸血鬼血肉橫飛地炸翻。

吸血鬼前仆後繼地衝來，好像沒有止盡似地，他們凶惡的臉孔一步步逼近，卻又爭先恐後地倒下。

海門的背早溼透了，我們倆像是小時候玩鬧般，不是扮演拯救世界的英雄，而是很起勁地扮演著搭救彼此的朋友。

我眞希望，這場戰爭永遠不要結束。

11 海門歸來

在吸血鬼大軍壓境，出乎意料地在黃昏發動猛烈攻勢後，逼近的恐怖感奪走了一切。當所欲守護的價値迷失在追求勝利之中，其實已不再有勝利。

曾經與狄米特一同站在河畔，丟上一個下午的小石子的蓋雅、老是亂摸狄米特的金髮哈哈大笑的摩賽、看著狄米特長大的叔叔伯伯們，他們在極度恐懼之中不只喪失對人性的期待，也否定了自己。

巨大的邪惡蔓生於被拋棄、被踐踏、被莫名仇視的泥沼裡，蔓生於狄米特死而重生的綠色眼珠中。死於仇恨，生於仇恨。

憤怒與傷心取代了恐懼，我大哭對狄米特拳打腳踢，我不管他變成了什麼妖魔鬼怪，我都只能用淚水與不斷地哭吼，來表達我心中萬分之一的苦痛。

爲什麼會變成這個樣子？

整個村子都瘋狂了；連善良的狄米特也著了魔，將他的手穿透捨命相救的朋友，掏空了他脆弱的生命。

沒想到狄米特眞是吸血鬼詛咒的轉世，他與山王站在光與影的兩端，他們之間的命運矛盾卻又緊緊相繫著。

無辜嗎？當時的我並無法這麼認為，我為這無可原諒的錯誤尖叫著。因為再無法挽回了。

「崔絲塔！別怨我！這傢伙居然這樣對待我！對待我的家人！」狄米特沒有將我推開，他的咆哮聲中充滿了沒有感情的苦痛，他的心正在僵硬、冰冷。

「你知道你做了什麼嗎？」我拿起石頭用力丟向狄米特，狄米特沒有閃避，石頭將他的額頭撞出血來，但傷口一下子就癒合了。

狄米特沒有出聲，只是看著身旁二十幾個暈厥退化的人類。水蛭雨不知道什麼時候已經停了，而他家卻依舊熊熊烈火。

「山王根本不知道這些人對你做的事！他還放棄作戰，他用盡所有的力量！用生命之術拯救你的家人！」我哭著：「他甚至在最後關頭也沒有殺了你，你知道為什麼?!」

狄米特的聲音空洞陰冷：「妳胡說！妳胡說！這傢伙也是他們中的一分子，他比他們更可惡！」

我大哭：「什麼這傢伙！他是山王啊！」

就在這個時候，一個清脆溫香的聲音驚醒了狄米特。

貝娣慢慢睜開眼睛，身上的焦黑灼傷消融在和煦的白光之中；貝娣雙手抱住自己的胸膛，胸口緩緩起伏著。

狄米特身子一震，整個世界都虛無了。

貝娣輕輕咳嗽，說：「哥哥，我好冷喔。」

狄米特睜大眼睛，看著原本被大火燒死的妹妹奇蹟似地活轉，身上一點傷口也沒有。

我搖搖頭，眼淚與鼻涕爬滿了整張臉。太遲了，一切都太遲了。

「這……」狄米特張大嘴巴，我似乎能感受到他的心慢慢重新跳動著。

「哥哥，抱抱。」貝娣好像從噩夢中驚醒，尚未發覺身旁的父母早已死去。

狄米特錯愕地跪了下來，將貝娣擁抱在懷裡，貝娣卻皺著眉頭說：「哥哥，你的身體好冰喔。」

我哭著，將貝娣抱在懷中，用手蒙上她的眼睛，免得她看見父母慘死在一旁。

狄米特眼神空洞地看著微笑闔眼的山王，他的身體劇烈顫動著。

「為什麼！為什麼！山王已經這麼努力了！他已經這麼努力了！你為什麼不能相信山王！為什麼！」我大哭，將貝娣緊緊抱住。

狄米特嘔吐了，他正在為自己的喪心病狂反胃。

天空中傳來響徹雲霄的歡呼聲，那些不斷稱頌夜之王誕生的尖銳口號，一遍又一遍在狄米特的耳邊嗚咽著。

反胃又怎麼樣？

痛徹心扉又怎麼樣？

你能跪在這裡一輩子嗎？

山王會因此睜開眼睛嗎？

我看著山王，他的笑容一點也不僵硬勉強，他似乎正在做一個很甜美的夢。他的手心微微握住一團淡淡的白光，那白光純淨無瑕，就好像是他善良的心地一樣。

貝娣在我懷中睡著了，從生死關頭走了一回，她很累很累。我揹著貝娣，用身旁的破布將貝娣緊緊繫在腰上；我走到山王身旁，右手小心翼翼捧起了白光。那是山王最後的意志。

狄米特抬起頭來，呆滯地看著我：「把白光給我，崔絲塔。」

我抽抽咽咽，說：「如果山王想要你死，剛剛就可以做了。這白光不是給你的。」

狄米特茫然地看著白光，突然大叫：「給我！把它給我！」狄米特的叫聲引來了陰風陣陣，我可以感覺到地上的枯樹枝劈里啪啦地戰慄著。

此時，狄米特的周遭突然落下四個吸血鬼法師，恭恭謹謹地單膝跪地，隨後大聲賀道：「夜之王，您終於復活了，請再一次領導永夜的降臨。」

這四個吸血鬼法師對我視若無睹，他們的眼中只有高高在上的狄米特；但狄米特只是出神地看著我手中的小光球，他的眼淚怔怔流下。

「黑祭司正在空中指揮，謹讓這場戰爭的勝利、狼族的滅絕，祝賀夜之吾王的復活。」一名吸血鬼法師說道。

我抱著熟睡的貝娣，戒慎恐懼地想往回走，深怕驚動了殺人不眨眼的吸血鬼。我一定要回到盧曼家跟爸媽會合，務必要躲到天亮逃走。

但一名吸血鬼法師斜眼看見我，奸笑道：「夜之吾王啊！要讓他們走嗎？」他露出慘白的尖牙，雙手青指虛張，我的身體突然無法動彈。

「住手！誰都不准傷害他們！」狄米特大怒，那名吸血鬼法師突然驚恐地趴伏在地上，一點聲音也不敢發出，我的呼吸突然順暢許多。

既然如此，我把握機會拔腿就跑！

從小我就是村子裡的運動健將，十一歲時我甚至跑得比山王跟狄米特都要快，我忍住悲傷，在熟悉的村子裡快速奔跑，一邊祈禱爸爸媽媽都沒事才好。

□

「姊姊，哥哥呢？」貝娣在我顫簸的肩上半說著夢話。

我輕輕說：「哥哥在忙，姊姊帶妳去睡覺，好不好？」

貝娣沒有說話，又睡著了。

我停住腳步，深深吸了一口氣。這條街的轉角突然湧出十幾個食屍鬼，看來村南最堅實的防線是徹底潰堤了；我心中盤算著的，不是如何從這裡到村東的最快路徑，而是如何從這些食屍鬼的茫然眼神中逃脫。

左邊？

右邊？

右邊！

我大步急衝，跳上麥克家的木桶和窗簷，然後從防火巷中穿進另一條巷子，那些愚蠢的食屍鬼沒有跟了上來，他們只是筆直地在街上衝撞著。

我手中的白光越來越稀薄，我深怕我的直覺是錯的。

那個硬是在吸血鬼陣地殺出一條血路的小黑點，眞的是他嗎？

山王臨死前的愉快眼神傳遞給我這個再鮮明不過的意念，我一定要爲山王將他的意志帶到他的手中。

我跑著跑著，聆聽著村東的戰火聲，此時村子東側似乎有坦克車履帶輪轉的巨響，還有連串的砲擊聲。這會是政府的軍事支援嗎？他們又能發揮多大的效用？我沒跑幾步路，那些履帶聲已經消失了，取而代之的是食屍鬼的呢喃聲。

那些呢喃聲很近，就在我面前二十公尺！

「天啊。」我喃喃自語，卻不敢往回頭看。

我的身後也是一片噁心又無意義的呢喃聲，還有屍體腐爛的氣味。

這下子無路可走了。

我想祈禱。

可是我不知道該祈禱些什麼？

祈禱狄米特大聲命令所有的妖怪都不准接近我嗎？我能如此信任一個剛剛才殺了山王的兇手嗎？

食屍鬼看見了我，就像看見一塊鮮美的肥肉一樣，張大嘴巴衝了過來。

我一手捧著白光，一手撫摸背上的小女孩。

「貝娣，對不起，姊姊應該把妳留在哥哥身邊的。」我遺憾說道，歉疚取代了死亡的恐懼。

神啊，請救贖狄米特罪惡的靈魂吧；這是我最後的願望。

「崔絲塔！蹲下！」

我立刻蹲下。這個聲音充滿了魄力，也充滿了不可思議的信任感，我毫無猶豫照辦。

轟！

今夜，我看見太多恐怖的血腥畫面，但如此暴力張狂、卻又充滿凜然正氣的矛盾場面卻是生平唯一。

那些食屍鬼像是稻草人般一塊一塊飛來飛去，腐臭的膿血潑墨似在空中塗開、炸裂；兩股不斷翻騰的龍捲旋風、狂風暴雨地轟擊著我的視覺神經，觸動了我內心最激動的情緒。

「海門！」我大叫，悲喜交集，手中的白光突然變得燦爛無比。

眼前這個十六歲半的大男孩大刺刺地站在我面前，無數的屍塊與血水從半空中摔落在我們周遭，這一幅血淋淋的畫面靜止在我激動不已的情緒中，竟是如此美麗動人。

「好久不見了！崔絲塔！」海門興奮大叫，手裡握著兩把巨大的利斧，那利斧不若歐拉的巨斧沉重巨大，卻也相差無幾。

海門變得更高更壯了，但他黑白分明的大眼睛還是一樣稚氣，渾不若他剛猛雄渾的力勁，他的身上遍布著擦傷、刀傷、還有焦黑的燒傷，那是他蠻橫穿越吸血鬼大軍的勇氣證明。

「你怎麼都不寫信！」我怒吼，白光璀璨動人；它也感應到了。

「啊？我都有寫啊！」海門錯愕道：「我還把妳家的住址刺在我的手上，怕忘記了！」他露出

粗壯的上胳臂，黑黝黝的皮膚上刺著一串德文住址。

我看了那串德文一眼，狠狠地大哭大笑：「你這個笨蛋！你把我的住址給刺錯了！還刺錯了兩個地方！」

海門一愣，傻傻地說：「那……那可有很多事要跟妳慢慢說的了！」他呆呆地說著，手中的雙斧飛翻，十幾個食屍鬼再度七零八落地炸開。

海門呆呆地笑。

「我好想你！」我大哭。

「我也是啊！」海門的雙斧停了下來，雙手垂地：「山王呢？他怎麼放那麼多吸血鬼在街上到處亂跑啊？我好不容易才殺出一條路回來，他居然在偷懶。」

我一直哭一直哭，海門著急了，將雙斧放下，蹲在我面前說：「不要哭了啦，大家都在哪裡？妮齊雅呢？賽辛呢？狄米特他們有躲好嗎？不要哭了啦，我都不知道該怎麼辦！」

我伸手，將那燦爛奪目的白光放在海門的鼻尖上，哭說：「這是山王留給你的，他一直想與你並肩作戰，他等你很久很久了。」

海門大叫：「我知道啊！所以我回來了！山王在哪裡，我要找他！」

我哭著搖頭，說：「蓋雅他們放火燒死狄米特他們全家，狄米特死了，山王就跟以前救你時一樣，把貝娣救活了，可是狄米特變成吸血鬼以後，以為山王……」

海門震驚大叫：「等等！這是怎麼一回事！我怎麼聽不懂？山王他人呢？狄米特呢？」

我想把事情原原本本地說給海門聽，但情勢緊急，海門的腦袋又不靈光，我只好將眼淚擦乾，說：「我路上說給你聽，我們先去找我爸爸媽媽，他們躲在盧曼家。」

海門急道：「不，我現在就要找山王，他現在沒有法力，一定很危險！」

我大哭：「山王死了！被狄米特殺死了！」

海門眼神恍惚，不能置信地看著我，說：「怎麼可能！狄米特怎麼可能殺死山王！」他沒有吼叫，也沒有哭；他無法接受這個驚懼的事實。

此時，白光球順著我的指尖，滑向了海門的眉心；白光籠罩著海門，滲透進海門全身孔竅，軟綿綿的光暈在海門的皮膚上蕩漾著、波瀾著，所有的傷口都消失了。山王正在治癒他的朋友，用他最後的力量與祝福。

海門閉上眼睛，感受著山王留給他的一切，也體驗著山王的所有感覺。

白光慢慢消失中，海門點點頭，然後又點點頭。

「崔絲塔，我們一定要拯救狄米特。」海門睜開眼睛，虎目含淚。山王的記憶與意志透過他的力量，傳遞給海門。

「爲什麼，狄米特他殺了山王啊！」我既難過又憤怒。

「因爲狄米特是我們的朋友，我們絕不能讓狄米特變成夜的魔王。」海門慢慢站了起來，看著我剛剛跑來的路線；他一定是想去找狄米特。

此時，天空響起一陣悶雷，大雨滂沱落下。

「崔絲塔，我不能帶妳去。」海門說，大雨打在海門的臉上，他的眼神堅定剛強。

「看樣子，不帶我去也沒辦法了。」我說。

大雨中，數百個食屍鬼踩著凌亂的步伐向我們衝過來，裡頭還有幾個尚無法飛行的低等吸血鬼。幸好他們沒有繼續圍擊村東，而是衝向村子北側妮齊雅跟賽辛等人防守的戰線，我爸媽只要躲好，就應該沒事。

食屍鬼逼近，這數量可不是海門所能應付的。

「他們應該是去找狄米特，我們不能讓他們搶先。」海門大叫：「崔絲塔，我揹妳！」

我跳上海門的背，緊抓著，海門壯碩的身子飛快地跳躍前進。

「海門，幸好你終於來了。」我趴在海門的背上啜泣。

海門沒有說話，專心一意地往村北大步邁進，他焦急的心劇烈跳著，急切地想挽救一切。

海門啊！如果當時你也在場，你一定不會任由那群瘋子做出這麼邪惡、殘忍的事吧！但你現在又能做什麼呢？最糟糕的事已經發生了，你那焦躁不安的步伐究竟在期待什麼？

我不懂，但我真心相信你。

□

我們三人就這麼衝向村北。除了後面的吸血鬼軍隊，村子裡面已成空城；之前山王待在最熟悉的村北作戰，那裡一定最安全了，希望村北的戰線能夠支撐起來，殲滅這一大群吸血鬼。

但遠遠的，我感受到一陣陣陰冷的氣息自前方吹來，海門也一定察覺到了。

大約在兩百公尺外的幽暗馬房中，我們看見十多個吸血鬼法師正圍著狄米特跪拜讚歎。此時狄米特已經穿上了衣服，但他的臉模模糊糊的看不清楚，我驚懼地看著海門一點都沒有停下腳步的意思，說：「海門，你要做什麼？」

海門大吼大叫：「狄米特！我跟山王來救你了！」

狄米特的臉還是看不清楚，但他周遭的法師全都站了起來；嘲弄的聲音猶如金屬撕裂聲，他們舉起雙手，大聲施咒。我可以感受到許多無形的怪手試圖推倒海門，我的臉也遭到強大氣勁的推壓。

但海門的腳步居然一點也沒有變慢，他舉起兩把比我還要巨大的利斧，像頭兇惡的野獸狂吼，向狄米特奔近：「放──開──狄──米──特──」

「這麼多人想當歐拉啊？」爲首的吸血鬼法師溫溫笑道。他身穿黑色的長袍，面容青綠得可怕，他的聲音穿透斗大的雨珠，他就是那天晚上侵入我家的老妖怪，多半就是黑祭司無疑。

黑祭司點點頭，身邊的吸血鬼法師齊聲詛咒，數十個泥巴怪自百公尺的地上迸裂彈出，我不願閉上眼睛，因爲我要與海門同在。

「崔絲塔，相信我！」海門大吼，縱身一躍。

相信你。

我當然相信你，就跟那時候一樣。

那時候的你，拳頭只有現在的一半大。

但你卻沒有半點猶豫。

「歐拉歐拉歐拉歐拉歐拉歐拉歐拉歐拉歐拉歐拉！」

海門放聲大吼著，兩把巨斧有如無堅不摧的龍捲風，將那些虛張聲勢的泥巴怪捲上了天，根本沒有一個怪物能夠接近海門一公尺之處。我沒有一點驚訝，因爲我知道，這全是海門日夜苦心鍛鍊的絕技，這都是爲了有朝一日能夠保護山王，當山王最強的戰甲、最可靠的盾牌。

一下子，我們氣勢驚人地來到距離狄米特不到十五公尺的地方！

海門卻戛然停下了腳步。

不知道什麼時候，那些吸血鬼法師已經將我們圍在中心，他們迅速的身影令我驚詫萬分；海門警戒地觀察這十三個吸血鬼法師飄忽的身影，包括擋在狄米特身前的黑祭司，而遠方的食屍鬼大軍的震地腳步聲卻越來越近了。

現在的我，深怕成爲海門的負擔、致命傷。但那些吸血鬼法師卻用一種恐懼的眼神在觀察著海門手上的兩把巨斧，彷彿巨斧上有幽靈似的。

「崔絲塔，我們一起賭命，拯救狄米特好嗎？」海門慢慢開口。

「好。」我說。

海門突然大聲喊道：「狄米特！我要過去了！你準備好！我們等會要一口氣衝到『不知道通到哪裡河』，知不知道！」

此時我已能夠看清楚狄米特的臉。狄米特的臉蒼白接近死灰，淚痕滿佈；他搖搖頭，尖銳地大叫：「海門！對準我這裡砍下去！砍下去！我快撐不住了！」

狄米特指著自己的眉心痛苦咆哮著，他身前的黑祭司無奈地搖搖頭。

「山王不是說了嗎！你殺的是白狼！不是他！」海門在大雨中、吸血鬼法師的合圍中大叫，雨點刺痛地打在我的臉上。

「你不會明白的！你不可能明白的！」狄米特在馬房中跪了下來，瘋狂地大叫：「這全都是命運啊！我命中註定要變成這個樣子！命中註定要親手殺了我的朋友！海門！求你殺了我！不要留情地殺了我！」

海門剛毅地搖搖頭，渾不理會那些吸血鬼法師的威脅，說：「狄米特，你別胡說八道，山王到死都沒有恨你，他到死都擔心著你啊！」

我忍不住大聲說道：「狄米特，你別拿命運當作藉口了！海門根本不是狼族，但是他照樣繼承了歐拉的英雄氣魄，所以他今天才能這樣勇敢地站在這裡！狄米特！你被命運吃食了！是你放任自己被命運吃食的！」

狄米特一直哭一直哭，他脆弱的模樣一點都不像是君臨黑暗的魔王，說：「海門是英雄，英雄可以超越命運；而我卻只是命運的俘虜，害死了山王，也害死了我的家人。有些人註定要成爲英雄，有些人卻不得不成爲魔王啊！海門，求你解脫我！朝這裡用力地劈下去吧！」

海門大叫：「那我不當英雄了，那你也別當什麼大魔王了！」

狄米特痛苦地尖叫又尖叫，他邪惡的靈魂似乎快要膨脹到極限，我感受到一股凜冽的懼意，我的頭皮發麻，心跳加速。我甚至想逃。

這就是魔王的力量嗎？這就是嚇退蓋雅等人的力量嗎？

但海門卻凜燃無懼地站在狄米特面前，高高舉起雙斧，好像根本不受到影響似的。

「狄米特！還記得那個晚上嗎？」海門的聲音很大很大，說：「那時候你根本嚇死了，但你卻勇敢地擋在我跟大黑熊中間，現在輪到我來救你了！告訴我！你想逃！」

狄米特的十隻手指將他的臉撕出十道血痕，但那些血痕在瞬間就消失了。我心中忿忿不平，海門也許從白光中體驗到山王的感受；但他根本沒有親眼看見狄米特殘酷對待山王的樣子，否則海門就不會這麼執著了。

狄米特既然是邪惡的夜王者，他想逃，他就一定逃得了，憑什麼一定要海門來救？當時我是這麼想的，現在回想起來，我當眞是愚蠢得不可思議。

然而，狄米特哭了。

號啕大哭宣洩了他僅存的人類情感，哭出了他對山王的悔恨。

「救救我，海門！」狄米特哭著。

「好！」海門大吼，我也流下眼淚。

是啊！狄米特需要的拯救，也只有海門才能辦得到。

□

海門的雙斧掀起了颶風，而我死命黏在海門的背上，有如身處於暴風眼中；看著海門以極其粗暴、毫無招式可言的「力量」，與吸血鬼法師的魅影搏鬥。

這是一個人類能夠達到的極限吧？我想，看著雨珠隨著強大的斧風逸散；一個吸血鬼法師的利

爪從上空垂直撲了下來，但他卻變成兩團火焰往兩旁倒下，然後又是兩個吸血鬼法師被斧風攪了進來，碎成了無數火花飛出。

斧頭上一定是塗了銀漆之類的材質，加上剛猛無儔的急速力道，這些魔鬼只消給斧頭帶上一點邊，立刻就抵受不住。

轉眼間一半的吸血鬼法師就倒下了，海門的身上卻一點傷痕都沒有，但他的確是大汗淋漓，氣喘如牛。我跟貝娣一定拖垮了海門的體力，因爲海門無法以眞正的戰鬥姿態揮舞巨斧，而是一味地瘋狂亂揮巨斧，將四面八方給「縫住」，不讓我們受到一點攻擊；然後再移動身體，將那些想攻擊的吸血鬼法師絞成碎片。

海門的雙斧終於停了，他的皮膚變得好燙，兩把巨斧斧面沉重地垂到地上。

剩下的六個吸血鬼法師，除了始終擋在狄米特前面的黑祭司，都驚嚇地飛到我們的頭頂五公尺處，大聲施咒召喚泥巴怪物圍攻我們，但泥巴怪根本不是海門的對手。海門氣勢磅礡地大吼一聲，兩把巨斧轟然交互撞擊，我立刻聞到一股刺鼻的瀝青味道，兩把斧頭都燒了起來！斧頭火焰的高熱令我不得不瞇起眼睛，而海門的頭髮也烤得鬈曲起來。

「喝啊！」海門大叫，那些泥巴怪竟然駐足不前！

那些吸血鬼法師大吃一驚，顯然這種怪事從未發生過；這些沒頭沒腦的召喚怪物竟然會懼怕海門?!

海門毫不理會舉足不前的泥巴怪，雙手奮力一擲；兩條火龍噴上天際，兩把火斧飛快盤旋天空，竟將那些驚愕交加的吸血鬼法師轟殺三個，剩下的兩個機警落地後，眼看那兩把斧頭尚未落地，兩人發瘋似地將他們的利爪遞上前來。

「唰！」

依舊沒有任何準備動作，海門的拳頭擺脫沉重的巨斧，反而用快上數倍的驚人速度，撲上那兩個搞不清楚狀況的吸血鬼法師！

海門兩個巨大的拳頭停在半空；這一瞬間的剛猛悄然靜止，連傾盆大雨也停了兩秒，才又繼續落下。

而那兩個襲來的吸血鬼沒命似地與我們擦肩而過，他們的雙腳不停奔跑、奔跑，然後跪倒。他們那醜陋的腦袋被空前恐怖的怪力撕離了頸子，然後爆開。

「你是黑祭司嗎？」海門瞪著黑祭司。

兩把猛烈燃燒的巨斧落下，斧刃深深沒入了土地，周圍的泥巴怪一下子崩落，化成了平常的土壤。

「可怕的小子，嘿，我總以爲那些被我派出去的部下辦事不力，所以未能從賓奇的口中帶回歐拉巨斧的祕密。」黑祭司冷笑：「原來眞的不能怪他們，你的確有這個本事。」

黑祭司看著海門；他臉上的皺紋居然有如水波紋擾動，綠色的瞳孔急速擴散到整個眼白，兩手指甲暴長；我感覺到一股與其他吸血鬼法師迥然不同的氣勢，肅殺的意念膨脹爆破，馬房後面的林子上飛起了上千隻全身沾滿白光的蝙蝠，那些蝙蝠驚慌地在空中亂飛亂跌。

海門當然也感受到黑祭司可怕的力量，於是他示意我離開他的背，我戰戰兢兢地照做了，此時正是我最害怕的時刻。

躲在黑祭司身後的狄米特，正抱著他的頭發抖流淚、口吐白沫，彷彿正與邪兩股力量正在他的體內交戰著；海門與黑祭司的對決他已經無法注視，他的精神正被黑暗侵呑著，一口又一口。

「夜之吾王啊，待會殺了最後這幾個人，你就……」黑祭司冷笑，瞥眼看著崩潰中的狄米特。

然後事情就結束了。

就這麼一個瞥眼，海門大步一跨、兩手一抓，就將黑祭司的腦袋三百六十度、亂七八糟地整個扭了下來，一點猶豫都沒有。

海門將黑祭司那瞪大眼睛的頭顱丟在一旁，然後推開他那僵硬的身體。

「狄米特，一年不見了。」海門開懷地笑著，緊緊抱著哭泣的狄米特。海門的眼淚高興地落下，那眞是他一貫的風格。

我站在雨中，貝娣依舊在我的背上幸福地酣睡著。

依稀，我看見兩人緊緊相擁的瞬間，還有個喜悅的大男孩將他們抱在一塊。他們還是老樣子，總是把我晾在一邊。

我揉揉眼睛，擦掉我發誓絕不再出現的淚水，那張熟悉的笑臉已經化作淡淡的光霧消失在大雨裡。

揮揮手，我對著天空揮揮手。

再見了，謝謝你在最關鍵的時候拯救了我們三個人。

□

大雨停了，天空已不再哭泣。

「海門，我眞的錯了！我對不起山王！」狄米特的臉色很蒼白溼冷，顫抖地說：「但我的頭好痛好痛，我整個人都很不對勁！你不要抱我抱得太緊，我好怕我會做出可怕的事情！」

但海門沒有時間安慰狄米特了，我們必須拔腿就跑。

剛剛那群上千個食屍鬼，已穿過大半個村子朝著我們衝來；不，或許有一萬個也不一定，我對這種鋪天蓋地之盲亂軍伍的估計，一向是用驚嚇程度做指標。但眼前的陣仗實在太浩大，海門若有幸可以自保，我跟狄米特也必將淹沒在食屍鬼的腳步之中。

儘管黑祭司的腦袋稀里嘩啦被海門擰斷，但其他正領導著食屍鬼部隊的吸血鬼法師，卻依舊果斷地執行他們的計畫：「搶奪夜之王！」黑祭司是整個計畫的領導人，但計畫的目標卻還未消失。他們今夜不得到狄米特，誓不罷休。

對了！

「狄米特，你快點命令他們停下來！」我說道。沒錯啊！一開始就該這樣的！狄米特既然是他們亟欲追隨的目標，所以狄米特所說的話就是絕對的命令、無上的權威。

狄米特蒼白著臉，點點頭，但海門卻大聲喝止：「狄米特！千萬別命令他們！我很笨，但我還知道，一旦你命令了他們，你就無法脫離這個命運了！你一秒鐘都別當什麼大魔王！我會保護你的！」

「那我們快跑吧！」我大叫，揹起貝娣就跑。

巧下熄滅了。

「沒錯！」海門深深吸了一口氣，將兩把冒火的斧頭用力一揮，那兩團火竟然在海門特殊的技

於是狄米特跟我跑在前面，海門威風凜凜地殿後，與食屍鬼保持不到兩百米的距離。那些吸血鬼法師想要接近我們，卻畏懼著海門身上黑祭司死亡的氣味，還有那深深烙印在吸血鬼歷史傷痛記憶中的兩把巨斧；於是他們畏首藏身在食屍鬼的陣中，想靠陣仗將海門累死。

狄米特看著我背上熟睡的貝娣。他的臉色我形容過太多次，但一次比一次還要蒼白枯槁，跟以前那個機敏聰慧的孩子完全不一樣。

「貝娣……她沒事吧？」狄米特低著頭跑。

「山王的光，已經將她治療好了。」我負氣說道：「貝娣只是睡著了，你要自己揹嗎？」

狄米特搖搖頭，跑得更快了，說：「不，妳揹著好。」

儘管當時我對狄米特的憎恨之意濃厚，但我實在不忍心看他這憔悴模樣。

「狄米特，你逃走吧。」我故意不看著狄米特，深怕我的眼中流露出我心中的憤怒：「搭著巨斧三號，逃走吧，別再回來了。」

狄米特沒有回話，我可以想像他心亂如麻的焦慮；他亟欲救贖自己、卻又毫無出路，他唯一的想法極可能是毀滅自我；但聰明的他一定了解，這根本不算是救贖。至少山王不會這麼樣看待。

我嘆了一口氣，看看身旁的狄米特，狄米特淚眼看著我。

「碰！」

狄米特的眼睛睜大，倒下。

他的眉心被一枚子彈穿透，鮮血蒙上了我的眼。

我愣住了，海門也停下了腳步。

狄米特的眼睛茫然看著我們，鮮血自他的後腦汩汩流出。

「趁他還沒恢復！割下他的頭！」

多麼熟悉的聲音。

蓋雅揹著摩賽，摩賽瞇著眼，手中的來福槍槍口兀自冒著白煙。七個狼人從高處遠遠衝了下來，手裡的闊斧與長刀明晃晃的亮著。

「海門回來得好！快割下他的頭！這是個好機會！」摩賽大吼：「歐拉也會這麼做的！」

海門看著從高處奔下的狼人，大叫：「滾開！」

狄米特閉上眼睛，然後又睜開，站了起來，兩眼畏懼又畏縮地躲在海門背後，這一點點傷害是無法奪走夜之王的詛咒的，卻輕易地再一次侵蝕他善良的心。

□

食屍鬼大軍逼近，但這幾個目睹狄米特轉變成噬血的夜之王的狼人，卻執著地想完成他們的勝利。

「滾滾滾滾滾滾滾！」海門生氣大叫，舉起巨斧：「我不是歐拉！你們別想欺負狄米特！誰都不要靠近我們！」

我趕緊拉著六神無主的狄米特，朝我們熟悉的灌木林低身快跑；海門大吼一聲，居然想將蓋雅等人嚇回去，但蓋雅他們越衝越近，眼看我們全都要給追上了。就算海門的腳程夠快，我跟狄米特也不行。

我有些腳軟，但不是因爲我累了，而是我深怕海門被流彈打中。

「海門！你還不知道狄米特的事情嗎？」蓋雅等人已經將我們半圍住，一邊吼著一邊試圖想接近像老鼠一樣驚惶的狄米特，但海門的巨斧遮住了我們。

天啊！那些食屍鬼距離我們不到一百公尺了！

「那些食屍鬼來了！來了！」我尖叫，我快受不了這些壓力了。

海門點點頭，他從未這樣大聲地對蓋雅說話：「你們傷害了狄米特！放火燒死了他的家人！」

蓋雅遺憾地搖搖頭，說：「海門你讓開，我們要對付的不是狄米特，而是希特勒的後人。」蓋雅的手腕上彈出一柄尖刀，摩賽趴在蓋雅的肩上，用來福槍瞄準狄米特。

其他人也無視食屍鬼的逼近，眼光全放在狄米特身上。他們全都瘋了。

不，這裡不正是山王口中所說的，妮齊雅跟賽辛他們防守的陣地？我張望著，果然麥草田裡有著濃郁的血腥味，腳底下還有許多黏黏的屍塊。

「海門，你不是一直當嚮往著英雄歐拉嗎？」摩賽大聲說：「現在你應該拋棄個人的感情，爲大家著想！」

海門大叫：「我不當英雄了！我也拋棄不了感情！我只知道什麼是對的、什麼是錯的、什麼應該賭上生命去保護！」

「很抱歉要跟你作戰，海門。」蓋雅嘆了一口氣，眼神卻堅持地可怕：「希望你能明白我們的敵人不是你，也不是狄米特。」

「放下狄米特！」山王的父親拿著大鋼刀，憎恨道：「我要手刃這個殺害我兒的魔頭！」

海門的眼睛紅了。他咬著牙，把兩把斧頭垂在胸前，哽咽地說：「我一點也不想跟大家打，但從現在開始，誰進入這個圓圈，我都看不見了。」

他的巨斧在半空中劃出一個虛圓，我趕緊抱著冰冷的狄米特挨著海門。我的天，狄米特的身子好冰，他顫抖得厲害。

「妮齊雅！那些臭傢伙就交給你了！」摩賽大叫，他的槍已上膛。

此時，我發覺麥田四周圍站起了至少有一百個狼人；他們似乎早埋伏在這裡，個個都是以一擋十的好漢，巨大的阿格爬出土堆，笑嘻嘻地看著海門，而爲首的妮齊雅坐在阿格的肩上，連看都不看我們一眼。他們的目標也很明確。

「殺！」妮齊雅發號司令，震天裂地的狼嚎百鳴不已，一百多個狼人邁開步伐狂奔！

咚！

戰意取代旌旗。

咚！咚！

眼神取代嘶吼。

咚！咚！咚！咚！咚！咚咚咚咚咚咚咚咚咚咚！

腳步聲取代戰鼓雷鳴！

轟隆！

食屍鬼部隊的前方轟然出現上百個泥巴怪，戰力陡然增強不少；宰殺的聲音殷紅了天空，粗暴的、原始的作戰，用最肢體的方式。

但身處兩大交鋒陣營的海門，卻依然傻氣地護著狄米特跟我。

「海門，對不起了！」蓋雅大叫，摩賽手中的槍響了，一顆子彈射中了海門的大腿，我驚叫。

七個狼人全都衝上前來！

「滾開！」海門怒吼，排山倒海的力勁穿透了桑莫的鐵斧，將桑莫連人帶斧砸飛到數公尺外；緊接著，從背後偷襲的山王父親手中鋼刀像玩具一樣被撕裂，然後海門的斧面一帶，將他翻到半空中。

此時，蓋雅的腕刀距離狄米特的脖子只有幾寸！

我閉著眼睛，伸手往狄米特的脖子上一擋時，我的臉上全都是熱騰騰的鮮血。

蓋雅的手摔在我的面前，血淋淋的狼爪。

海門毫不留情地斬下蓋雅的手！

「滾開！」海門咆哮著，不遠處的兩大宿敵也殺得一片混亂；蓋雅又驚又痛地倒在地上，海門一斧將摩賽的來福槍轟斷，然後回身一擊，將盧曼手中的盾牌轟成碎片；盧曼竟抓著盾牌把手當場昏厥。

妮齊雅陣中的麥克與哈柏瑪斯脫離了與食屍鬼的交鋒，兩人各執歐拉的巨斧站在一旁，看著矮他們一截的海門將霍布思的鐵錐砍飛，然後將霍布思拿著狼牙棒的左手卸下。

「不要過來！」海門砍紅了雙眼，卻沒有失去他的初衷。

麥克與哈柏瑪斯相對一眼，兩人並沒有上前送死的意思，他們只是很迷惘。難道海門手中的巨斧，才是歐拉眞正遺留在人間的神兵利器？不然他們手中的巨斧爲何沒有海門手中巨斧的破壞力？

況且，海門只是個人類啊！他們的眼中流露出一種矛盾的懼色。

而他們手中的歐拉巨斧卻顫抖著，拚命想證明一件事。

「接招！」麥克歇斯底里大吼，與哈柏瑪斯一齊躍起，朝海門頭頂劈下，那兩把傳奇中的傳奇、斬斷邪惡厲鬼的歐拉巨斧，在空中遮蓋天日、呼嘯而下。

海門雙臂一舉，既不硬氣互劈，卻也毫不閃躲。就這麼霸氣地格擋下歐拉的巨斧。

歐拉的巨斧與海門的巨斧撞擊在一起，四柄巨斧上都澆有瀝青與柏油，剎那間火焰暴漲；然而麥克與哈柏瑪斯受不住巨震與突如其來的火焰，歐拉巨斧竟脫手震出；兩人摔在地上，看著徒然焚燒的歐拉巨斧發呆。

「崔絲塔！狄米特！我們快走！」海門當機立斷，舉起火焰雙斧，將最後一個嚇呆的狼人老者手中的銀色長槍砍斷。

海門眼看追擊的狼人全都無力再上，生怕被前方的大混戰拖住腳步，趕緊催促我們衝向「不知道通到哪裡河」。

我們以最快的速度奔跑著，我突然驚覺海門的大腿已經受到槍傷；低頭一看，只見到褲子破了一個大洞，沒有血跡。

是山王吧？

這樂觀的頑童始終與海門同在。

□

遠方殺聲震天，血氣的味道玷污了黑森林。

我看著天空那血紅顏色的圓月，潺潺的水流聲也沖不走那戰爭的喧囂。

海門抱著狄米特，久久不能自己。他剛剛懾人的氣魄與現在的號啕大哭，眞是判若兩人。

我摸著巨斧三號的纜繩，幾分鐘後纜繩一斷，巨斧三號將會帶狄米特到什麼地方？

「狄米特，這是我所有的錢！」海門哭得好淒慘，將幾枚金幣塞在狄米特上衣口袋裡，然後又猛力地抱狄米特幾下，我也忍不住哭了。

「海門，崔絲塔，我不知道我該不該走……」狄米特好像還沒從剛剛那致命槍擊的驚慌中清醒，他全身上下都在發抖，說：「也許，你眞的該把我的頭……」

我一巴掌打下去，希望可以讓狄米特更清醒些。我斥道：「狄米特，去一個沒有人知道你叫狄米特的地方，永遠別再回想起關於夜之王的事，勇敢活下去，這樣才對得起山王爲你所做的一切。」

狄米特黯然點點頭，海門將他抱了起來，說：「狄米特，這次的冒險就只有你一個人了，你這麼聰明，一定行的，對不對！」

狄米特慘然一笑，那是多麼孤單的笑容。

此時我感覺到貝娣正在伸懶腰；方才那激烈的爭鬥聲與奔跑，都沒能讓貝娣醒來，但此時貝娣幽幽醒轉，好像知道他的哥哥即將要遠行一樣。

「哥哥，你怎麼了？」貝娣睡眼惺忪，我解開腰帶，讓貝娣走到狄米特的身旁，狄米特親吻貝娣的額頭，看著貝娣那漂亮的大眼睛。

「謝謝你，山王。」狄米特的眼淚很清澈，說：「貝娣，哥哥要去旅行了，妳要聽海門哥哥跟崔絲塔姊姊的話，知道嗎？」

貝娣大哭，說：「我也要去！」

狄米特又親了貝娣一下，隨即轉身跳上巨斧三號，坐著山王以前的老位子，示意海門動手。

「再見了！」海門的巨斧斬斷了巨斧三號的纜繩，狄米特乘著巨斧三號向我們揮手。

「去一個連我們也找不到的地方！再見了！」我大哭，手牽著的貝娣也大哭。

「我會永遠記得你的！」海門狂吼。

海門當時的樣子好傷心好傷心，比起他被麥克的爸爸槍擊後，躺在擔架上的樣子還要傷心百倍。他就是這樣的一個人，他可以當不成英雄，卻割捨不下比他生命更重要的朋友。

我們看著巨斧三號消失在河的另一端，的確就如同海門所說的。這次的冒險就看你一個人的。

狄米特。

「我要去痛宰那些殭屍，崔絲塔，妳跟貝娣留在這邊。」海門重新掄起巨斧，我幫他擦掉眼淚。

海門傻笑回應，然後轉身走了。

我一點也不擔心他，因為山王始終與他並肩作戰著。

後來聽妮齊雅說，她看見了戰神歐拉，看見了那些沒有痛覺的食屍鬼懼怕地哀號、跌在地上不敢前進；吸血鬼一個個法力用盡，被大斧頭轟成碎片。

她還看見了戰神歐拉一邊流著眼淚，一邊撂倒上千個敵人。

在海門轉身離開我的一小時內，戰爭就結束了。這是場悲慘的戰爭。

我們輸掉了一切，贏得了滿地的屍體。

留下的，只有回憶。

「不知道通到哪裡河」上，一艘不知道要航向哪裡的小舟。

河面上映著點點星光，夜風流波，小舟宛如航在一條寧靜歌唱的銀河上。

「我知道自己將來一定是個了不起的人，但怎麼樣也沒想到，我居然要維護世界和平。」山王說，四腳朝天坐在木桶裡。

「清不完的，想也知道他們會躲得好好的。」狄米特睿智地說：「要是我，就會躲到誰也找不到的地方。」

「那時候我有種感覺，說不定越沒有力量的人，去做越需要勇氣的事，就越勇敢的樣子。」海門看著熟睡的狄米特跟山王，說：「他們都比我了不起，都是我的偶像。」

「你想太多了，這樣不適合你啦。」我笑著，說：「你也是我的偶像啊！」

巨斧三號繼續揚帆，它一定會載著狄米特到一個連我們都找不到的地方。

尾聲

大戰過後，東側的軍事掩體成功地防守住，至少老百姓都平安無事。躲在盧曼家的爸爸跟媽媽也沒事，也沒有怪我爲什麼跟著山王衝了出去。甚至連我們家那三條淚眼汪汪的大狼狗也妥妥當當的，他們吃光了所有的燉肉大餐，捧著大肚子等我們打開地窖。

雖然許多房子都需要整修，但其實也沒有必要這麼費工夫了。幾乎所有人都要搬走了，只留下像蓋雅與摩賽與少數的狼族，連我們家都要搬走了。這些留下來的狼人數量極少，其他就算在大戰中活了下來，也踏上搜尋狄米特的漫長路程。

海門呢？村子當然容不下他了，所有人都痛恨他，只有妮齊雅和阿格還願意跟他說說話，眞是意想不到吧。

「小子。」妮齊雅綁著繃帶，看著坐在我身旁的海門。

海門跟我說了好多好多的故事，包括他如何跟賓奇老人鍛造新的巨斧，如何在沒有適當場所的大城市中鍛鍊強大的肌力，如何在苦戰中砍下許多吸血鬼刺客的腦袋。我聽得一愣一愣，好像當時我就在他的旁邊一樣，不過海門說故事的能力很拙劣，不像山王那樣說得出神入化。

「什麼事？我可不想跟妳打了。」海門搔搔頭說。

「誰想跟你打了？」妮齊雅不屑的臉色我越看越習慣，她說：「我只是想告訴你，你那白毛朋友跟你一樣勇敢，那些吸血鬼一下子就清光了，高興吧？」

海門興奮地點點頭，說：「很高興。」

不過後來他們兩個還是打了起來，原因我已經記不清楚了；當了媽媽以後，記憶力就不太行了。我只記得妮齊雅一直在咒罵海門不要以爲自己很厲害就留一手，然後海門只好再把她甩了出去。

幾天後我們葬了山王，然後就一起離開了巨斧村。海門捨不得離開我，於是他帶著簡單的行李，坐在卡車後面，曬著大太陽跟著我們旅遊，尋找適合的地方居住。

海門的行李眞的很簡單，甚至沒有那兩把大斧頭。

「讓它們陪著你吧，沒有你，我不當戰士了。」海門將兩把巨斧埋在山王的左右兩側，好像守護神似的。

另一個原因則是，沒有英雄，就不會有魔王；魔王不想當魔王，這世界也不會需要英雄。

「你們看！這裡住起來挺好的吧！」我爸爸哈哈大笑，拍拍車頂喊道：「海門小子，你看這個地方怎樣？」

海門在狗吠聲中探頭下來，說：「有山有水，可以住一輩子了。」

於是我們將行李搬下車，在另一個小農莊住了下來。

幾年後，我成了植物學家、旅遊家，也成了海門太太，過了兩年，還成了兩個孩子的媽媽。

我說過了，這不是一個關於英雄的故事，也不是一個關於吸血鬼與狼人殺到血流成河的壯烈史詩。平凡的故事，應該有平凡的幸福作爲結束。

印象中，在那神祕的森林裡，最幽靜與最熱鬧同時存在，最安全與最危險一起呼吸，所有的矛盾與和諧叮叮咚咚跳躍在同樣的五線譜上。

春天來的時候，雀鳥飛到村子教堂上的咕咕鐘發愣，我坐在「不知道通到哪裡河」河畔洗著腳大聲唱歌。

夏日茂密的黑森林也藏不住陽光，青蛙傻瓜似一隻隻跳到山王的掌心，然後又一隻隻跳進「不知道通到哪裡河」裡。

秋風將黑森林掃成一片鵝黃，狄米特坐在鋪滿金黃的「不知道通到哪裡河」中的大石上，吹著幽幽陶笛。

冬夜的刺骨寒風將大熊大蟒趕到不存在的洞穴裡，卻無法阻擋海門在冰冷的「不知道通到哪裡河」中敲擊碎冰。

這是一個關於友情的故事。

自始至終，我都這麼相信。

FROM 狼嚎 TO 蟬堡

「怪事，這簡直是艘鬼船！」

上船搜索的航警嘖嘖稱奇，拿著手電筒在貨櫃中搜尋著任何生還者。

這艘貨船失聯了兩個星期，終於在汪洋大海中被航警找到。

鬼船的意思是，這艘巨大的貨船上面至少有八十多個船員，但他們現在全都變成了死人，一個個僵硬地躺在地上、掛在船桅上。

「馬的，眞是令人頭皮發麻啊，全都是失血過多死掉的。」一個經驗老道的航警觀察躺在甲板上的屍體，說：「不，根本就是被搾乾的，只剩下皮包骨，眞是邪門。」

「有外傷嗎？」一個航警掏出手槍，緊張地說：「比如說……像是脖子上的咬痕還是什麼的？」

那老航警搖搖頭，說：「看不出來，不像。」

另一個航警狐疑道：「要不要通知聯邦調查員？」

此時一個驚喜的聲音在貨櫃中傳出：「發現生還者！」

那蹲在地上、經驗老道的航警吃了一驚，說：「小心！不要靠近他！」隨即起身，率領四個航警持槍進入那貨櫃。

「是個小夥子！」發現生還者的航警驚喜地說，指著一個發抖抽搐的年輕小夥子。

那孩子大約十六、十七歲，頭髮金黃帶點褐色，兩眼無神地看著周遭的持槍航警，他坐在地上，兩隻手抱著雙腳。

「站起來！雙手放在背後！」那經驗老道的航警異常緊張，他曾經在一艘尋獲的失蹤商船上看過類似的怪事，也遭遇到極恐怖的經驗，那次他死裡逃生，絕不會忘記教訓。

那孩子沒有反應，只是呆呆地看著地上。

「他只是個孩子啊！」發現孩子的航警抱怨著。

那老航警看著外面的陽光，拿出皮夾裡的小鏡子，慢慢走到貨櫃外面說：「讓開一點，這小鬼要是喊疼，大夥就一起斃了他，有事我老約翰承擔。」

航警們讓出一條路，小鏡子在老航警的手中折射出一道金黃陽光，陽光反射在那孩子蒼白的臉上，但那孩子一點反應都沒有。

「白癡老約翰，你眞以爲是吸血鬼啊！」那些年輕的航警鬆了一口氣，忍不住大笑。

老約翰也笑了，不過他實在想不透那八十多個船員爲何會全身失血死去，的確奇怪，因爲上次那艘商船上的六具屍體，脖子上都有不正常的膿血創孔。

老約翰心中一驚，難道這是最新的黑死病嗎？這下可糟了，一定要通知檢疫單位。老約翰示意大家別接近那孩子，因爲那孩子身上可能有病毒，只是尚未病發？

「孩子，沒事了，你叫什麼名字？」老約翰溫和說道：「不要怕，我們會保護你的。」

「……」那孩子似乎還在恐懼著。

「別怕，醫生很快就會來了。」老約翰安慰著那孩子：「紐約有很多醫生，一定醫得好你的。

告訴警察伯伯，你叫什麼名字?」

「狄……狄理特。」那孩子口齒不清地說道，眞是可憐。

「狄理特（Delete）?消除?」老約翰等人面面相覷，眞是個怪名字。

一個小時後，聯邦調查局的特別幹員降落在這艘鬼船上，爲那個可憐的僅存者穿上檢疫用的特製防毒衣後，就帶他上直升機，老約翰等人看著直升機遠遠離去，爲那個瘦弱受驚的孩子祈禱著。

螺旋槳的巨大聲響掩蓋住兩名探員的祕密對話。

「這孩子沒有身分，正好送到那裡。」一名探員笑道。

「那也得先通過檢疫才行，我們可不能送個活病毒過去。」另一個探員嚴肅道。

「是嗎?我看他們也不會拒絕的。」輕浮的探員無所謂地說。

「眞是抱歉了，孩子。」嚴肅的探員瞥了後座穿戴防毒裝的孩子一眼。那是個世界上最恐怖、最黑暗的地方，如果有地獄，也不過是如此吧。

直升機在沙漠上空繼續飛著，那個將名字清除掉的孩子一言不發地接受命運的安排。

他的眼睛呆滯，不知道在回憶著什麼。

有時，他看著窗外一望無際的沙漠，無端流下晶瑩剔透的淚水。

有時，他的瞳孔映出動人的綠色光芒，深沉而憂鬱。

《狼嚎》完

後記
從來就不是從眾的

GIDDENS九把刀

《功夫》討論正義；《狼嚎》，我們來討論英雄。

每個社會、每個時代所定義的英雄都不大一樣。大致上說來，我們賦予英雄的定義越來越狹小。現在社會堪稱承平，我們所稱頌的英雄，是符合社會規範的，例如不顧一切進入火場救人的警消、為貧苦學童提供營養午餐的愛心媽媽、揭發工程弊案的立委等等。也就是說，當今社會所認可的英雄，是社會法治、倫理道統的模範生第一名，褒獎這些人，就是鼓勵大家都向他們看齊。

其實這些英雄，不過就是「好人」〔註一〕而已。

我認為，真正的英雄，從來不是從眾的。

英雄具有強烈的「對抗」氣質，是顛覆的，是具有驚人破壞性的，在大家都贊成的時候能勇敢抗議，在所有人搖頭的時候他義正嚴詞捍衛想法的那種人，必要的時候，英雄還要能撕裂自己與眾人間的情感，捍衛「自己信守的價值」。

拿金庸小說裡最出名的兩位大俠，郭靖與楊過的比較好了。郭靖是標準的「為國為民，俠之大者」的模範生，尊師重道，保疆衛土，許多情節我們看得慷慨激昂，但在楊過與小龍女的師生戀爆發的時候，我們見識到郭靖一味將社會規範枷鎖於兩位小朋友上，顯得怯懦、不可情喻。而楊過則是一路反對禮教到底，他重視的是心中的對錯，而不是大家告訴他的對錯，所以楊過在抵抗世俗目光時，我們感到很痛快，當他執意與小龍女在迂腐居首的全眞教大殿成婚，那目空一切的氣魄我激賞。如果要辦一場角色喜好投票，楊過十之八九會贏郭靖。

這並不是說，反抗眾人的必能稱英雄，也不是說，英雄心中的對才是對，眾人長年死守的東西就是迂腐。我們每個人分辨對與不對的標準，一定不會完全跟眾人一樣〔註二〕，能相信自己到願意挺身而出、實踐理念的那人，才具有英雄特質的起點。

所以英雄其實是很危險的，他挑戰著集體的價值，捍衛著的，是自己。

也因爲英雄眞正對抗的，並不是集體共同的敵人（如幫助漢朝對抗匈奴的將軍們，在我眼中就不是完整的英雄），光是帶著集體對抗公認的仇敵，英雄不過是集體價值的容器（在《狼嚎》裡，狄米特就是屈從於眾人錯誤期待的命運的容器），彰顯不出眞正的道德勇氣，只見粗暴地以眾人之名行戰鬥之實的武將罷了。

英雄的敵人是集體本身，這個集體擁有壓垮英雄的所有條件，英雄的親人、朋友、社會，要反抗這一切，確是需要跨越眾人的勇氣、承受不斷被否定的痛苦。社會需要穩定，要穩定，就不能倡導英雄主義，讓英雄整天吃飽飯瞎挑戰社會價值，要求進步，社會講究在體制內循序漸進地修正政策上的疏漏，而不講拋頭顱撒熱血的革命。

社會不愛，但我們這群凡夫俗子還是嚮往英雄的。沒人讀《西遊記》時喜歡碎碎唸的唐三藏，大家都爲被緊箍咒弄得頭痛不已的孫悟空拍手叫好。讀《三國》，讀《水滸》，讀《刺客列傳》，無數政客、智者穿梭文間，我們卻爲那些死士的英雄氣魄所震懾，爲那些英雄們桀傲不馴的姿態感動不已。

海門與山王都不是從眾的，他們只是孩子。孩子所相信的，是可以觸摸得到、有血有肉的友情，對他們來說，那才是眞實，那才是足以犧牲生命去捍衛的東西。眾人口中、傳說必然發生的正邪之戰，對他們來說太複雜，也很不切實際，要毀壞朋友間的信任，更加難以想像。

相信鋼鐵般牢固的傳說？還是相信與你朝夕相伴的摯友？面對這兩個選擇時，海門與山王都沒意識到自己是不是英雄，更不介意自己是不是英雄。但他們都做出讓你我流下眼淚的抉擇。

時光不會一直停留在那小小的河舟上，巨斧颳起嗚咽的風，卻還停留在充滿傳說的村落裡。只是，新的傳說不再是正邪對抗的驚心動魄，而是一場關於友情眞諦的悲傷默契。

註一：當沒有批評這些人的意思（笑），好人既然好人既然有個好字，想必所作所爲當然是好的。有個好字，想必所作所爲當然是好的。

註二：太過分堅持實踐自己的喜好而不管別人怎麼想的人，進進出出監獄也是在所難免，兩大兩小的長庚溜鳥俠在程度上也算是信守承諾的英雄，到底還是被長庚釘了個滿頭包。

國家圖書館出版品預行編目資料

狼嚎／ 九把刀(Giddens) 作.
--二版.--台北市：蓋亞文化，2013.
面； 公分. ——(九把刀. 小說 ; GS011)

ISBN 978-986-319-055-4 (平裝)

857.83 102000262

九把刀・小說 GS011

狼嚎 CITYFEAR 6 全新插畫版

作者／九把刀（Giddens）
插畫／簡嘉誠
封面設計／克里斯
出版／蓋亞文化有限公司
地址◎台北市103赤峰街41巷7號1樓
電話◎（02）25585438 傳真◎（02）25585439
部落格◎gaeabooks.pixnet.net/blog
服務信箱◎gaea@gaeabooks.com.tw
投稿信箱◎editor@gaeabooks.com.tw
郵撥帳號◎19769541 戶名：蓋亞文化有限公司
法律顧問／十方法律事務所
總經銷／聯合發行股份有限公司
地址◎新北市新店區寶橋路二三五巷六弄六號二樓
電話◎（02）29178022 傳真◎（02）29156275
港澳地區／一代匯集
電話◎（852）27838102 傳真◎（852）23960050
地址◎九龍旺角塘尾道64號龍駒企業大廈10樓B&D室
二版二刷／2013年07月
定價／新台幣 299 元
Printed in Taiwan

GAEA ISBN／978-986-319-055-4

Gaea

GAEA